© FjällBunny Verlag, Clenze

Email: tomteparker@t-online.de

Fotos: Anke Möller
Lektorat: Anke Möller
Kartenerstellung mithilfe von Stepmap
ISBN 978-3-00-061235-0

"Das Leben ist kein Problem, das es zu lösen,
sondern eine Wirklichkeit, die es zu erfahren gilt."

Siddhartha Gautama

"Das Leben ist eher breit als lang
und wir stehen allen mittenmang."

Walter Moers

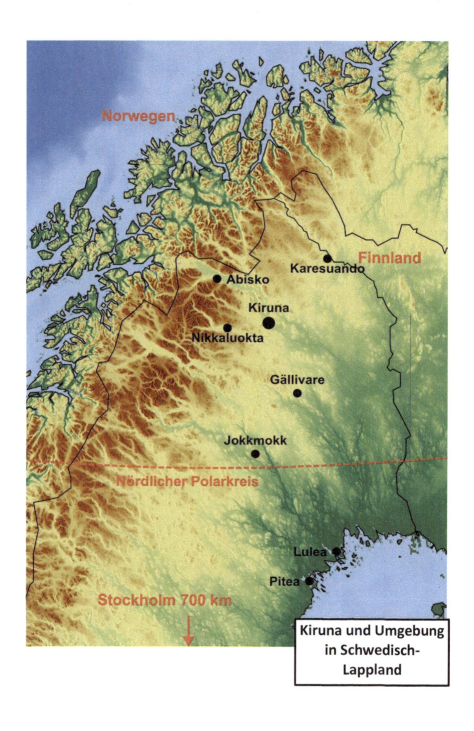

Norwegen

Finnland

Karesuando

Abisko

Kiruna

Nikkaluokta

Gällivare

Jokkmokk

Nördlicher Polarkreis

Lulea

Pitea

Stockholm 700 km

Kiruna und Umgebung
in Schwedisch-
Lappland

Inhalt

Was wollt ihr denn in *Lappland*?

Wir sitzen an Deck der Fähre von Dänemark nach Schweden, haben Deutschland schon vor einigen Stunden hinter uns gelassen. Die Sonne lacht mit zwei Dritteln von uns um die Wette. Das jüngste Drittel, unser sechszehnjähriger Sohn Moritz, verbirgt sich hinter seiner Sonnenbrille und verweigert sich jeglicher guter Laune. Als wir den historischen Moment der Überfahrt fotografisch festhalten wollen, nimmt der mürrische Ausdruck in seinem Gesicht zu. Um seine Gemütslage noch eindeutiger zu erklären, senkt er beide Daumen nach unten, als meine Frau auf den Auslöser des Apparats drückt. Zufrieden registriert er, wie Anke verärgert die Stirn runzelt, als sie seine Pose bei der Betrachtung des Bildes im Kameradisplay entdeckt.

Etwas sorgenvoll mustere ich sein verschlossenes Gesicht und erinnere mich an manchen seiner Ausbrüche in den letzten Wochen. Wie verbale Lava hatten sich die Worte unseres Teenagers über die zur Zeit brüchige Familienharmonie ergossen, hatten Schneisen in die elterliche Vorfreude auf das unmittelbar bevorstehende Jahr im nordschwedischen Kiruna gebrannt. „Was sollen wir bloß da oben!?" „Kein Arsch will nach Lappland, können wir nicht wenigstens an einen coolen Ort fahren!?" „Warum sollte ich Schwedisch lernen, kein Mensch spricht Schwedisch!"

Bei solchen Gelegenheiten machen Verweise darauf, dass fast zehn Millionen Schweden durchaus der Spezies Mensch zuzurechnen sind, die Dinge nur komplizierter. Geduldig ertragen wir Moritz' Eruptionen und versuchen hier und da, ermutigende Worte einfließen zu lassen. Natürlich hinterlassen die familiären Scharmützel dennoch Spuren in unserer Stimmung. Insgeheim fürchten wir, dass die jugendliche Sabotage die kommenden zwölf Monate andauern könnte.

Wie aber ist es überhaupt dazu gekommen, dass unser Sohn uns der Verschleppung und der sozialen Amputation bezichtigen kann? Mit welchem Recht reißen wir ihn aus seiner geliebten Clique, mit der er fast jede freie Minute verbringt? Warum berauben wir ihn seiner liebsten Freizeitbeschäftigung (Segelfliegen) ausgerechnet jetzt, wo er kurz davor ist, seinen Flugschein zu machen?

Rückblende. Drei Jahre zuvor. Wir sind als familiäres Trio auf einer ausgedehnten Radtour durch den hohen Norden Schwedens, Finnlands und Norwegens. Wir lauschen fasziniert dem Getrappel von Rentierhufen auf dem Asphalt, wir springen kreischend in das Wasser eines kristallklaren Flusses. Wir saugen den Duft der dortigen Sumpfkräuter ein, freuen uns an der meditativen Stille der Landschaft. Bei einer dieser Gelegenheiten tropft der Gedanke aus mir heraus: Wie es wohl wäre, hier einmal längere Zeit zu leben?

Fast unbemerkt nistet sich die Idee in unseren Hirnen ein, macht es sich dort zwischen anderen Sehnsüchten gemütlich. Durch die Rückkehr in den atemlosen Alltag des 21. Jahrhunderts wird sie auf ideale Weise gedüngt. Stille ist in Lappland ein sehr häufiges und sehr wohltuendes Geräusch. Nach einiger Zeit erkennen wir, dass aus einer vagen Vorstellung ein Vorsatz geworden ist. Allerdings gilt es jetzt erst einmal herauszufinden, wie dieser genau aussieht.

Zunächst feilen wir im engsten Beraterstab an dem Plan, den wir als unförmigen Brocken aus der Masse unserer Lebensträume herausgebrochen haben. Wir wollen ein Jahr in Schwedisch-Lappland verbringen, so viel steht schon früh fest. Obwohl unser Sohn Moritz zu diesem Zeitpunkt erst 14 Jahre alt ist, erhält er volles Stimmrecht im Familienrat. Erste Bedingung soll sein: Nur ein einstimmiger Beschluss führt zur Umsetzung des Vorhabens, das wir nach Moritz' zehntem Schuljahr - vor Beginn der Oberstufe - angehen wollen.

Meiner Frau und mir ist bewusst, dass wir unseren Teenager vor eine enorme Herausforderung stellen. Zu verlangen, dass ein Vierzehneinhalbjähriger die Bedürfnisse seines sechzehnjährigen Alter Egos kennt, ist fast so, als würde man ABC-Schützen dazu anhalten, in der ersten Klasse ihren bindenden Berufswunsch zu äußern. Im Zeitempfinden eines Heranwachsenden sind anderthalb Jahre mehr als eine halbe Ewigkeit.

Um Druck aus dem Kessel zu nehmen, räumen wir Moritz im Vorfeld eine mehrmonatige Bedenkzeit ein. Wir zeigen Alternativen auf. Wenn er keine Lust auf Lappland hätte, würden wir unsere zwölfmonatige Nordlandvisite auf die Zeit nach seinem Abitur verschieben. Alternativ könne er sich für ein simultanes Austauschjahr in einem anderen Land entscheiden, wo er dann *ohne elterliche Aufsicht* in einer Umgebung *seiner Wahl* den Duft der großen weiten Welt schnuppern würde.

Mir und meiner Frau kommt entgegen, dass Moritz längst vom Reisevirus befallen ist, der in unserer Familie seuchenartig grassiert. Immer wieder hatte er in den vergangenen Jahren in einem alten Fotoalbum von mir geblättert, das Bilder von meinem USA-Austausch als Jugendlicher enthält. Und immer wieder hatte er, wenn er den Bildband zugeklappt hatte, verlauten lassen, dass er so etwas unbedingt auch mal machen wolle.

Trotzdem tut er sich mit seinem Ja-Wort zu Lappland erwartungsgemäß schwer, auch deshalb, weil wir ihm klar gemacht haben, dass wir seine einmal getroffene Wahl als unumstößlich betrachten werden. Ein junger Mann, ein Wort. Als irgendwann bruchstückhafte Informationen aus unserem familiären Geheimzirkel an unsere Mitmenschen durchsickern, sehen wir uns kritischen Fragen ausgesetzt („Will Moritz das denn auch?!").

Es kommt, wie es kommen musste. Nach fast halbjähriger Beratung mit sich selbst gibt verkündet Moritz, dass er an unserem Lapplandprojekt teilnehmen wolle. Im Sommer darauf, etwa zwölf Monate vor dem Startschuss, bereut er diese Entscheidung bitterlich. Mehrmals findet er sich an der familiären Klagemauer ein und fordert eine sofortige Stornierung seiner Buchung. Zu diesem Zeitpunkt laufen unsere Planungen natürlich längst auf Hochtouren. Wir stellen ihm noch einmal frei, sich selbstständig um ein alternatives Austauschjahr an anderer Stelle des Globus zu bemühen. Für die Ernsthaftigkeit solcher Absichten scheint uns Eigenengagement unabdingbar, das haben mir meine persönlichen Jugendaustauscherfahrungen gezeigt.

Unser Filius kriegt nur einige halbherzige gedankliche Annäherungen an einen internationalen Soloritt zustande, obwohl Mitschüler ihm ein diesbezügliches Beispiel geben. Das bessert seine Laune kaum. Insbesondere in den letzten Wochen vor unserer Abreise macht er aus seinem Herzen keine Mördergrube und klärt uns wiederholt in lautstarkem Tonfall darüber auf, was er von seiner elterlichen Schleuserbande hält. Manchmal hilft uns Sarkasmus über die ein oder andere Szene hinweg. „Gott sei dank steckt er nicht auch noch mitten in der Pubertät!" bringen dann Anke oder ich ironisch an.

So wird uns schon im Vorfeld klar, dass wir jede Menge Familiendynamik mit nach Lappland schleppen werden. Dieses Bewusstsein macht mich misstrauisch gegenüber unseren eigenen Plänen. Reiseberichterstatter erzählen oftmals im Tonfall akuter Verliebtheit von ihren Erlebnissen in der Ferne. So wie man der Macken seines langjährigen Partners überdrüssig werden kann, scheint in der Affäre, die man mit der Fremde hat, zunächst alles besser als in der eigenen Heimat. Der Schnee ist weißer, die Gräser grüner und sowohl der Morgenkaffee wie auch der abendliche Wein schmecken besser, wenn man ihn auf einer Terrasse schlürft, die man nicht selbst sauber und instand halten muss.

Bin ich nur ein alltagsmüder Reiselüstling, den die Andersartigkeit Lapplands fasziniert und damit – quasi Hals über Kopf - zum geografischen Seitensprung motiviert? Reicht unsere Zuneigung zum nördlichsten Skandinavien für mehr als den dreiwöchigen Quickie, den wir dort in einem Sommerurlaub genossen hatten? Wie wird es werden, wenn wir die rosarote Brille des Urlaubers absetzen? Sibirische Kälte von -20 ° Celsius, die Wäsche innerhalb von Minuten zu einem steifen Brett werden lässt, ist für einige Tage interessant, aber wie wird man nach zwölf Wochen unerbittlichen Frostes empfinden? Was wird aus unserer Lapplandbegeisterung nach einer hohen Dosis winterlicher Einsamkeit, Dunkelheit und Kälte werden?

Inmitten solcher Gedanken treffen wir auf Ratgeber, die wir gar nicht um Rat gefragt haben. Die posaunen uns in einem gefestigten Vorurteil ihre Meinung um die Ohren: „Macht das nicht! Ihr werdet es bereuen! Dort wird man depressiv!" Wenn wir den Berichten der ungefragten Kommentatoren trauen können, grenzt es angesichts der winterlichen Suizidbereitschaft der Skandinavier an ein Wunder, dass diese Länder nicht mittlerweile komplett entvölkert sind.

All das kann uns nicht davon abhalten, am Feinschliff unseres Planes zu arbeiten. Eines ist von vornherein klar: Es soll ein Abschied auf Zeit sein. Wir wollen ein Jahr in eine andere Welt eintauchen und dann zurückkehren. In den Diskussionen um unser Vorhaben fällt gelegentlich der Begriff „Aussteigen", über den ich dann dozierend herfalle wie ein Raubtier über sein Opfer: Wir würden *keine* Aussteiger sein. Wir würden weder unsere Berufe, noch unseren sozialen Zusammenhang, noch unsere Herkunft komplett ad acta legen.

Und genau darin liegt das Problem. Wir wohnen zwar im Wendland, in dem es vor Künstlern, Rentnern und Systemverweigerern wimmelt. Mit unseren Berufen treiben wir allerdings in der Flussmitte des Main Streams. Als selbstständige Rechtsanwältin kann Anke künftige Mandaten nicht auf einen Gesprächstermin vertrösten, der über ein Jahr in der Zukunft liegt. Sowohl personell, organisatorisch wie auch technisch muss sie ihre Kanzlei auf unser Lapplandabenteuer vorbereiten.

Der EDV-Spezialist muss einen einsturzsicheren Tunnel ins Internet graben, so dass Anke von Lappland aus Akten einsehen und bearbeiten kann. Ihre Bürokräfte brauchen ein angepasstes Arbeitssystem, müssen Schriftverkehr einscannen, Mandanten vermehrt für Telefontermine begeistern. Mit ihrem Kollegen müssen ihre Abwesenheitszeiten koordiniert werden. Und last not least braucht sie anwaltlichen Nachwuchs, den sie vorbereitend in ihr Fachgebiet einarbeiten kann.

Anfänglich scheint der Aufgabenberg unüberwindlich. Wenn meine Frau zu verzagen droht, schwinge ich mich auf meine imaginäre Kanzel und setze zu einer salbungsvollen Litanei an, deren Tonfall man leicht bei amerikanischen Fernsehpredigern einstudieren kann. Dann rede ich vom Glauben, der Berge versetzen kann. Ich male paradiesartige Vorstellungswelten in unseren Traum, versuche ihre Sehnsucht und Motivation anzufachen. Ich mystifiziere das Gefühl, dass das Schicksal uns Lappland als Lebensbonbon präsentiert, den wir früher oder später werden auswickeln *müssen*. Ich überzeuge mein Weibchen, dass wir auserwählt sind, das zu tun, was wir aus dem tiefsten Herzen heraus tun wollen.

Ohne den Schleudergang meiner Gehirnwäsche zu brauchen, findet so unser Leitmotiv „Wo ein Wille ist, ist auch ein Weg" irgendwann wieder Zugang in die Gedankenwelt meiner Frau. Nach einigen Monaten, in der die Realisierung unseres Projektes gefährdet scheint, stößt sie auf ein entscheidendes Puzzleteil. Die Einstellung einer Bewerberin zeichnet sich ab. Als die „Neue" dann tatsächlich Teil ihres Teams wird, ist das Fundament für alles weitere fast gegossen.

Parallel zu Ankes Initiativen habe ich mich mit der Tatsache auseinanderzusetzen, dass ich als Mediziner weder freischaffend noch selbstständig noch ultrafrüh berentet bin. Mein großer Vorteil ist, dass der europäische Arbeitsmarkt derzeit nach Ärzten lechzt. Das verschafft mir eine ausgezeichnete Verhandlungsposition.

Ich erwäge, in Lappland zu arbeiten. Zunächst scheint auch sehr viel für diese Variante zu sprechen. In der Region herrscht chronisch Medizinermangel. Es bereitet keine Schwierigkeiten, als Deutscher für Schweden eine Berufserlaubnis zu erhalten. Und: Das dortige Gesundheitssystem bietet ausländischen Ärzten einen sehr sanften Einstieg in die Arbeitswelt, indem es einen dreimonatigen Sprachkurs auf Staatskosten finanziert. In dieser Zeit ist man von jeder Berufstätigkeit freigestellt.

Kurioserweise gibt genau diese Tatsache den Ausschlag. Ich werde schon nach zwölf Monaten wieder nach Deutschland zurückkehren. Außerdem bin ich nur bereit, eine Teilzeitstelle anzunehmen. Der Arztberuf ist ein gefräßiges Monster. Wenn man nicht aufpasst, verschlingt es einen mit Haut und Haaren. Der beste Schutz dagegen ist Arbeitszeitreduktion. Das gilt um so mehr für unser geplantes Lapplandabenteuer. Ich will in Nordschweden nicht fast ausschließlich das Innere einer Klinik kennenlernen.

Angesichts solcher Überlegungen hätte ich ein schlechtes Gewissen, dem schwedischen Staat während eines Sprachkurses ein Vierteljahr auf der Tasche zu liegen und dann als Teilzeitkraft sowie unter Berücksichtigung der Urlaubszeiten nur vier bis fünf Monate netto zu arbeiten, bevor ich nach Deutschland zurückkehrte. Das wäre für mich eine Lösung jenseits des Fairplays.

Abgesehen davon brächte eine Tätigkeit in Schweden sowohl in der Vorbereitung wie auch im Nachgang einen Rattenschwanz an Formalitäten mit sich: Abmeldung Ärztekammer, Abmeldung Ärzteversorgung, Bewerbungsschreiben, Vorstellungstermine, An- und Abmeldung schwedisches Einwohnermeldeamt etc. pp. Ich beginne, eine andere Variante zu prüfen. Wenn ich mit meiner jetzigen Teilzeitstelle in Blöcken arbeiten würde, wenn ich noch zwei Monate unbezahlten Sonderurlaub erhielte und wenn ich die gesamten Urlaube zweier Kalenderjahre in den geplanten Zeitraum legte – würde das gehen?

Die Beantwortung dieser Frage hängt in erster Linie von der Position meines Arbeitgebers ab, also reiche ich einen offiziellen Antrag auf zwei Mal vier Wochen unbezahlten Sonderurlaub ein. Da ich keinerlei Rechtsanspruch auf mein Anliegen habe, heißt es danach: Abwarten und Tee trinken. Gaaaaaanz viel Tee. Während die Personalabteilung meiner Bitte einigermaßen offen gegenüberzustehen scheint, ist mein Chef erwartungsgemäß wenig begeistert. Notgedrungen übe ich mich in Geduld, beginne aber – als die Wochen ins Land ziehen, ohne dass eine Entscheidung absehbar ist – mich noch einmal intensiver mit der Kündigungsfrist meines Vertrages zu beschäftigen. Muss ich doch in Schweden arbeiten? Oder sollte ich eine einjährige Tätigkeit als selbstständiger Honorararzt in Deutschland ausüben? Als Honorararzt könnte ich natürlich alle Einsatzzeiten selbst bestimmen. Ein „Sabbatjahr" jedenfalls scheidet schon aus finanziellen Gründen für mich nach wie vor aus.

Bevor ich die Hoffnung auf einen positiven Bescheid von meinem Arbeitgeber nach etwa zwei Monaten fast aufgebe, starte ich einen letzten Versuch. Wie wäre es – frage ich meinen Chef – wenn ich im Sommer vor unserer Abreise durch Mehrarbeit helfe, das urlaubsbedingte Personalloch zu stopfen. Dann könnte ich im Herbst das Plus auf meinem Stundenkonto abbummeln. Mit dieser Variante ist mein Lehnsherr fast sofort einverstanden. Nachdem wir uns geeinigt haben, die Abmachung schriftlich zu fixieren, fühle ich mich wie ein Lottogewinner. Gerade eben habe ich einen riesigen Felsbrocken aus dem Weg gerollt. Als ich abends nach Hause komme, sprudle ich die gute Neuigkeit auf Anke, die sofort glänzende Augen bekommt. Es sieht doch tatsächlich so aus, als könnte alles aufgehen!

Entführung des eigenen Kindes: Planung und Durchführung

Wenn da nur nicht die Torpedos unseres eigenen Sohnes wären. Wir versuchen, Moritz' Widerstand in eigener Begeisterung zu ertränken. Die nächsten Tage rutschen unsere Finger über die Landkarte Schwedens und suchen nach einer Stadt, die alle benötigten Zutaten für unser Abenteuer enthält. Wir brauchen einen Flughafen, eine weiterführende Schule, einen Bahnhof und eine Chance auf eine Mietwohnung. Nach einigem Hin und Her schaffen es fünf Orte auf die Auswahlliste. Sie erfüllen weitgehend die Anforderungen: Luleå, Piteå, Jokkmokk, Gällivare und Kiruna.

Um persönlich eine Witterung der jeweiligen Stadtatmosphäre aufzunehmen, kommen wir an Lokalterminen nicht vorbei. Wir beschließen, den fünf Kandidaten einen Besuch abzustatten. Geplant, getan. Nach einer Anreise per Zug beginnt Mitte Oktober unsere Inaugenscheinnahme in Luleå. Am dortigen Flughafen holen wir auch den Mietwagen ab, mit dem wir unserer Aufgabe als Stadttester nachkommen wollen. Sehr schnell stelle ich fest, dass zwei Drittel unseres Trios dazu neigt, sich im wesentlichen auf den ersten Eindruck zu verlassen. Versuche meinerseits, das Auswahlverfahren auf eine analytische Ebene zu bringen, prallen an Anke und Moritz ab. Kaum dass wir in der Ostseestadt Luleå durch die Innenstadt gestreift und ein wenig umhergefahren sind, verkündet Anke in unbeirrbarem Tonfall: „Hier ist es doof!" Sie untermalt ihre Aussage mit einer Kann weg!-Mimik und weigert sich, irgendwelchen Einwänden von mir Gehör zu schenken. Moritz stößt ins gleiche Horn.

Seufzend füge ich mich dem Votum meiner Begleiter, das mich zumindest in seiner Entstehungsgeschwindigkeit und Absolutheit irritiert. Es scheint, als passe das Wesen einer Küstenstadt so gar nicht zu unseren familiären Vorstellungen eines Lapplandjahres.

Trotz der sich entwickelnden Skepsis bestehe ich darauf, auch Piteå aufzusuchen. Der Ort liegt etwa 60 km südlich von Luleå – ebenfalls unmittelbar am Ufer der Ostsee. In Piteå wiederholt sich die eben gemachte Erfahrung. Vier Daumen und vier Mundwinkel zeigen bereits nach wenigen Minuten nach unten. Kopfschüttelnd registriere ich erneut die Schnelligkeit der Urteilsfindung, pralle aber zum zweiten Mal an den unbeirrbaren Gesichtern meiner Lapplandkomplizen ab. Widerstand scheint zwecklos.

Am nächsten Morgen machen wir uns auf nach Jokkmokk, das sehr, sehr viele Kilometer von der Küste entfernt liegt, wie ich meiner Familie gegenüber ausdrücklich betone. Nach etwa zwei Stunden erreichen wir unser Ziel. Beim Anblick des Ortsschildes treibt mich die Frage um, ob die beiden Scharfrichter, die mit mir zusammen in der Jury sitzen, der Siedlung wieder nach wenigen Sekunden die Rote Karte zeigen werden. Vorbeugend lege ich mir einige Worte für das Grundgerüst eines Protestplädoyers zurecht. Schließlich gehen uns spätestens dann die Optionen aus, wenn es keine der fünf Städte ins Recall schafft.

Argwöhnisch blinzele ich zu meinen Begleitern hinüber. Jokkmokk ist klein, nach wenigen Kreuzungen hat die Stadt schon fertig. Ein Supermarkt, eine Handvoll Läden, ein Rathaus, ein Museum und eine sehr übersichtliche Anzahl von Häusern wandern durchs Blickfeld. Tatsächlich lässt sich unsere Rasterfahndung nach einem potentiellen Wohnort nur mit Abstrichen auf Jokkmokk anwenden, da weder ein Bahnhof noch ein Flughafen vorzufinden sind. Beides ist etwa eine Stunde Autofahrt entfernt. Immerhin gibt es ein Gymnasium, auch wenn der Ort keine 3000 Einwohner zählt.

Die Tatsache, dass die Siedlung vor etwa vier Jahrhunderten als samischer Handelsplatz[1] entstanden ist, verrät, dass wir uns im

---

1 Die Samen sind die Urbevölkerung Skandinaviens, die in diesem Teil Schwedens ein ursprünglich oft nomadenhaftes Leben führten.

Herzen Lapplands befinden. Erleichtert stelle ich fest, dass hier allen Mitgliedern unserer dreiköpfigen Abordnung das Herz mindestens ein bisschen aufgeht. Mit kollektivem Wohlwollen mustern wir das beschauliche Treiben in dem Städtchen und stellen uns vor, ein Teil davon zu werden.

Nachdem wir eine Weile durch den Ort geschlendert sind, ist es an der Zeit, den nächsten Schritt zu tun. Assoziationen an samstägliche Discobesuche steigen auf. Auf Dauer bringt es wenig, den schönen Frauen sabbernd hinterher zu glotzen. Jetzt müssen wir tatsächlich irgendwie den Mund aufkriegen. Unsere Verunsicherung ist in einer Hinsicht noch elementarer als bei einem Abend auf der Tanzbalz. Wir wissen noch nicht einmal, wen wir ansprechen sollen. Sollen wir uns plump an den erstbesten Passanten ranmachen? „Entschuldigen Sie, wir wollen hier eventuell ein Jahr lang leben, können Sie uns bitte sagen, wie das geht?"

Wir beschließen, das Verwaltungsgebäude der Gemeinde aufzusuchen. Dort angekommen, drücken wir uns zunächst im Eingangsbereich herum. Schon in einer deutschen Behörde kann man sich schnell verloren vorkommen. Hier kommt erschwerend dazu, dass wir von Schildern und Wegweisern in schwedischer Sprache umzingelt sind. Was heißt eigentlich „Integrationsbeauftragter für Abenteuerlustige" auf Englisch? Nachdem wir für reihenweise verständnislose Gesichter und serielles Stirnrunzeln gesorgt haben, werden wir mit unserer extrem unscharf formulierten Frage nach allem möglichen in den ersten Stock verwiesen. Wir brauchen jemanden, der bereit ist, in der Ursuppe der schwedischen Lebensart nach Wohnraum, Schulbesuchs- und Aufenthaltserlaubnis mit uns zu tauchen.

Im ersten Stock angekommen machen wir zunächst mit der Übung „Ratlos herumstehen" weiter. Wenn man uns noch ein bisschen Zeit gibt, beherrschen wir zumindest diese Pose perfekt, überlege ich. Allerdings wäre eine Tasse Kaffee schön. An der könnte man sich prima festhalten, während man hin und wieder mit gedankenvoll in die Ferne schweifenden Augen an ihr nippt. Das gäbe der eigenen Verlorenheit gleich wieder einen professionellen Touch.

Irgendwann tritt aus einer der Türen ein freundlich dreinblickender jüngerer Mann und scheint gewillt, sich unserer anzunehmen. Er führt uns in sein Büro, wo wir ihm die Mission skizzieren, in der wir gerade unterwegs sind. Seine Reaktion begeistert uns. Er findet es auf Anhieb toll, dass wir seiner Heimat so viel Interesse entgegenbringen. Natürlich sei es möglich, dass Moritz in Jokkmokk zur Schule gehen würde. Außerdem gäbe es gute Busverbindungen aus den ringsum liegenden Dörfern. Jeder Schüler fände auch im Winter den Weg zum Unterricht. Das ist das Stichwort für Moritz, der davon träumt, im Winter mit dem Schneemobil zur Schule zu fahren.

Moritz fragt, ob er auch einen Schneemobilführerschein machen und ob man in der Region gut fahren könne. Beides wird von unserem Informanten bejaht. Ein Paar jugendliche Augen fängt an zu leuchten. Die Aussicht auf einen familieneigenen Skooter, auf rasante Fahrten durch die lappländische Wildnis ist unser As im Ärmel, mit dem wir Moritz schon seit Monaten ködern. Alles, was nach Benzin riecht und außerdem schnell und laut ist, übt derzeit eine hypnotische Wirkung auf ihn aus. Mit nur einem halben Ohr folgt er den weniger aufregenden Themen, die wir im weiteren Gespräch mit dem Mann vom Amt streifen. Spätestens als Erik - so heißt unser Gegenüber - zum Abschluss des ermutigenden Austausches die Hoffnung äußert, dass wir "seine" Stadt für das Jahr auswählen werden, wird er zu unserem definitiven Lieblingsmenschen in ganz Jokkmokk.

Beschwingt verlassen wir das Gebäude, schnuppern noch ein wenig umher und folgen dann einige Kilometer einer sich westwärts der Stadt in der Einsamkeit verlierenden Straße. Während wir diese mit dem Auto abfahren, mustern wir idyllisch an einem See stehende, vorbildlich schwedenrote Häuser. „Zahlreiche potentielle Mietobjekte!" denken wir und wünschen uns eine Fee, die in Immobilien macht.

Ohne die Hilfe solch magischer Wesen suchen und finden wir eine Hütte auf dem Campingplatz bei Jokkmokk, in der wir die Nacht verbringen. Ausgeruht machen wir uns am nächsten Morgen auf nach Gällivare. Dabei senken wir unsere Spürnasen noch ein wenig tiefer in die Gegend, indem wir eine Nebenstrecke abfahren, die sich östlich von der Europastraße durch nahezu unbewohnte Gegenden schlängelt. Die Hektik Mitteleuropas wird zu einer verblassenden Erinnerung. Kilometer für Kilometer stehen Pygmäen von Bäumen Spalier, mal säumen kniehohe Weidenbüsche den Straßenrand, dann wieder streiten Moose, Flechten und Felsen miteinander um die Vorherrschaft.

Wir gönnen uns eine Wanderung um einen See, den wir nahe der Straße ausmachen. Wir kraxeln über Stock und Stein, da der Weg sich rasch zwischen den Bäumen verliert. Bei solch anarchistisch anmutenden Varianten der Fortbewegung hat selbst Moritz seinen Spaß. Ein Wanderweg steht in seinen Augen für eine absolut überflüssige Anhäufung von Regeln und Vorschriften, die in allererster Linie von spießigen Erwachsenen gemacht werden. Ihm zufolge taugen wir in dieser Hinsicht als personifizierte Musterbeispiele.

Nach unserem Mini-Ausflug in die Wildnis erreichen wir Gällivare gegen Mittag. Wie für Kiruna gilt auch für diesen Ort, dass er seine Entstehung dem Eisenerz verdankt, das in den naheliegenden Bergen abgebaut wird. Die Narben, die die Minen in der Landschaft hinterlassen, sind weithin sichtbar. Dennoch wartet die Natur um Gällivare herum mit Schönheit auf. Der Dundret thront als mächtiger Berg unmittelbar neben der Stadt. Wenn man vom Dundret aus den Blick schweifen lässt, sieht man eine lange Kette von Gipfeln, die in-

einander übergehen, und kriegt eine Ahnung von der Weite der hiesigen Natur.

Das Zentrum Gällivares ist so aufregend wie der Aufenthalts-
raum eines Seniorenheimes während des Mittagsschlafs seiner Bewohner. Nur der Bahnhof kann sich mit Erfolgsaussichten um das
Prädikat „schön" bewerben. Als zweistöckiger, mit Erkern verzierter
Holzbau mit rot gerahmten Fenstern ist er eindeutig die ästhetische
Perle des Ortes. In den spärlich frequentierten Straßen der Stadt
pfeift ein unangenehmer Wind und torpediert damit deren Gemütlichkeit. Wir bemühen uns, trotz dieser Makel eine positive Grund-
haltung gegenüber Gällivare zu behalten und sprechen bei der Touristinformation vor.

Die Frau, die dort ihren Dienst versieht, verrät uns, wem wir
mit unseren Fragen auf die Pelle rücken sollten. Gällivares Gemeinde
hat tatsächlich so etwas wie einen Sonderbeauftragten für Polar-
kreiswillige. Man strengt sich an, einen sehr dicken roten Teppich für
all diejenigen auszurollen, die ernsthaftes Interesse an einem Leben
in der Stadt zeigen. Wir erfahren die Kontaktdaten des Ansprech-
partners, der bei Wohnungssuche, Organisation des Schulbesuchs
und etlichen anderen Integrationsproblemen helfen kann. Allerdings
- das erfahren wir auch - sei unser Mann für alle Fälle erst am Nachmittag des Folgetags zu sprechen. In Gällivare habe gerade ein über
zweiwöchiges Kulturfestival stattgefunden, das an den Reserven der
kommunalen Bediensteten gezehrt habe.

Während die samisch aussehende Fremdenverkehrsfrau uns
all dies wissen lässt, drückt sie uns noch Infomaterial in die Hände.
Das Überreichen von Prospekten scheint tief im genetischen Code
von Touristbüromitarbeitern verankert. Sich dagegen zu wehren,
wäre so, als wolle man einem Bäcker das Brötchenbacken untersa-
gen. Folgsam studieren wir später die Broschüren und erfahren neben Hilfreichem auch Interessantes. Beim o.g. Festival, das wir um

einige Tage verpasst haben, hat unter anderem ein Bärenforscher Vorträge gehalten. Mann, gibt es hier tolle Berufe …

Wir erweitern unsere Ortskenntnis durch einen Stadtbummel, checken das Sortiment zweier Supermärkte und besuchen – schon, weil sie so lustig klingt – die Siedlung Koskuskulle, die sechs Kilometer von Gällivare entfernt liegt. Das freundliche kleine Örtchen gefällt uns auf Anhieb, vielleicht könnten wir ja dort wohnen?!

Nachdem wir das lokale Flair ausreichend inhaliert und wiederum in einer gemütlichen Hütte auf einem Campingplatz übernachtet haben, beschließen wir am nächsten Morgen, nicht bis zum Nachmittag zu warten und auf ein persönliches Gespräch mit dem Integrationsbeauftragten zu verzichten. Prinzipiell deutet sich an, dass der lokale Steigbügelhelfer, dessen Namen wir jetzt kennen, auch telefonisch oder per Email für Problemlösungen zu gewinnen wäre.

Erst einmal wollen wir unsere Besuchsliste weiter abarbeiten. Wir fahren in Richtung Kiruna, das weitere 120 km entfernt liegt und die nördlichste Stadt Schwedens ist. Noch eine viertelstündige Autofahrt von unserem eigentlich Zielort entfernt stoppt uns das Dorf Alttajärvi, das aus einer Ansammlung locker verstreuter Häuser um den gleichnamigen See besteht, der östlich von Kiruna seine Platz auf der Landkarte beansprucht. Vor zwei Jahren hatte ich dort als Radtourist eine Übernachtung im „Camp Alta" gebucht. Der so getaufte kleine Familienbetrieb wartet mit Hütten und einem Campingplatz auf, die traumhaft unmittelbar am Ufer des Sees liegen. Ich hatte mich bereits damals heftig in diesen kleinen Ausschnitt Lapplands verliebt.

Als ich jetzt dorthin zurückkehre, merke ich, dass sich an meiner Faszination nichts geändert hat. Auch Anke und Moritz bleibt angesichts der Schönheit des Ortes fast der Mund offen stehen.

Bunt leuchtende Hütten verschiedener Größe kuscheln sich in das von Bäumen und Sumpflandschaft umrahmte Areal. Eine im traditionellen Stil erbaute Holzkota lädt mit kreisförmig um eine Feuerstelle angeordneten Sitzen zum Verweilen ein. Die Bänke sind mit Rentierfellen gepolstert. Draußen fällt der Blick ungehindert auf das bereits zufrierende Gewässer, das zu dieser Jahreszeit vom makellos weißen Schnee der Wälder umrahmt wird. Eine Landschaft zum anbeißen.

Auch vom Fenster der Hütte, die wir im Vorfeld reserviert hatten, ergießt sich die Idylle in jede Blickrichtung. Irgendwann schaffen wir es, uns loszureißen - schließlich müssen wir auch noch Kiruna selbst kennenzulernen. Wir fahren in die Stadt, die immerhin 17.000 Einwohner zählt. Der unvermeidliche Gang zum Touristbüro mündet darin, dass wir einen noch größeren Stapel an Faltblättern heraustragen als am Tag zuvor in Gällivare. Zusätzlich haben wir die Adresse der Wohnungsvermittlung und die der Schule Kirunas erfahren.

Das Zentrum des Ortes liegt auf einer Anhöhe. Wir schlendern umher, saugen die Atmosphäre auf, versuchen einen ersten Überblick zu bekommen. Ein Abstecher zum Gymnasium, das fünf Minuten Fußweg vom Busbahnhof entfernt liegt, stiftet uns erneut zu Gedankenspielen an. Würde Moritz hier bald tagtäglich entlangtrotten?

Wenngleich das Bild der Stadt durch die Mine verhunzt wird, die sich den schweifenden Blicken als hässliches graues Etwas in den Weg stellt, sammelt die Innenstadt Kirunas bei uns dreien neben Jokkmokk die meisten Pluspunkte. Den klaren Neins zu Luleå und Piteå, dem Ja zu Jokkmokk, dem Vielleicht zu Gällivare folgt jetzt ein entschiedenes Ja zu Kiruna. Es sieht so aus, als würde es auf ein High Noon zwischen Jokkmokk und Kiruna hinauslaufen.

Letzte Klarheit bringt uns der weitere Verlauf unserer Stipp-visite. In Alttajärvi erklärt uns unsere Herbergsmutter Miriam, dass heute gute Chancen auf Nordlichter bestünden. Und tatsächlich! Am Abend bestaunen wir die Himmelserscheinungen. Als wir bibbernd draußen stehen, um uns satt zu sehen, stellen wir fest, dass es das Thermometer schon jetzt im Oktober auf -18°C schafft. Umgehend gründet Moritz seine eigene „Jugend forscht" – Dependance und er-mittelt, wie lange es braucht, um bei dieser Temperatur seine nasse Badehose zu einem steifen Brett werden zu lassen.

Da sich hier sogar die Natur um uns zu bemühen scheint, spricht eigentlich alles dafür, endlich den sich aufdrängenden Sieger in unserem familiären Städtewettbewerb zu küren. Was uns noch ausbremst, ist die Tatsache, dass in Kiruna zur Zeit gravierender Wohnungsmangel herrscht. Als Minenstadt vor über 100 Jahren ge-gründet, findet die Eisengewinnung in Kiruna seit vielen Jahrzehnten unterirdisch statt. Mittlerweile ist der Untergrund des Ortes durchlö-chert wie ein Schweizer Käse. Die Minenarbeiter haben das hiesige Erdreich so oft ins Mark getroffen, dass die Zahl der Straßen unterta-ge weit größer ist die an der Erdoberfläche. Infolgedessen senkt sich das historische Zentrum Kirunas allmählich ab und wird geologisch instabil. In einem gewaltigen Akt ist man gerade dabei, den Stadt-kern mitsamt Rathaus und kommunalen Einrichtungen einige Kilo-meter nach Osten zu verlegen. Dabei legen die Verantwortlichen eine Gemütsruhe an den Tag, die den Bewohnern Kirunas den Bei-namen "Kein-Problem-Leute" eingebracht hat.

Die notwendige Umsiedlung der Innenstadt trägt ihren Teil zur Verknappung des Wohnraums bei. Wir sprechen am nächsten Tag bei der städtischen Wohnungsvermittlung vor. Das Ergebnis ist ernüchternd. Unser Gesprächspartner setzt uns auf eine Warteliste für Obdachsuchende. Als wir ihn fragen, wann wir damit rechnen können, ganz oben auf der Liste zu stehen, wiegt er seinen Kopf einen Augenblick lang hin und her und schätzt dann: „In drei Jahren?!"

Wir weigern uns, einfach aufzugeben. Wir steigen ins Auto und erforschen Kirunas Umland. Es ist so gut wie ausgeschlossen, an einem Haus der umliegenden Dörfer ein Schild mit der Aufschrift „In einem Jahr zu vermieten!" zu entdecken. Schon unsere mangelnden Schwedischkenntnisse machen das unwahrscheinlich. Mit der inbrünstigen Hoffnung eines Kleinkindes, das mit ein paar Cent in der Tasche vor einer teuren Modelleisenbahn im Spielzuugladen steht, tasten unsere Augen dennoch die vorbeiziehenden Grundstücke ab. Alles fühlt sich besser an, als tatenlos herumzusitzen. Vage Hoffnung treibt uns an. Wieder in unserer Herberge im Camp Alta angekommen eröffnen wir Leif, dem Mann von Miriam, was uns eigentlich nach Lappland treibt.

Der hat sofort eine Idee. Einige hundert Meter von seinem Grundstück entfernt besitze ein französischer Millionär ein Haus, das eigentlich das ganze Jahr leer stehe. Er empfiehlt uns, Kontakt mit dem Eigentümer aufzunehmen. Vielleicht könnten wir dort ein Jahr lang wohnen, Hausmeisteraufgaben übernehmen und müssten noch nicht einmal Miete zahlen. Das Sahnehäubchen seines Vortrags überreicht Leif mit den Worten: „Wir könnten dann Nachbarn und Freunde sein!"

Wieder einmal sind wir begeistert von der Offenheit der angeblich so introvertierten Schweden und begeben uns auf direktem Weg zum Haus. Zunächst bleiben wir an der Grundstücksgrenze stehen und staunen die Hütte an, wie wir früher die Süßwarenauslage am Kiosk angestarrt haben. Sie liegt einige Meter vom Ufer entfernt und scheint auf Anhieb wie für uns gemacht.

Obwohl unsere Zugangsberechtigung zum Privatbesitz bestenfalls zweifelhaft ist, schleichen wir kurz darauf um das Objekt unserer Träume herum. Eine Maßnahme, die sich als Brandbeschleuniger für den bereits heiß lodernden Wunsch entpuppt, das Ganze sofort in Beschlag zu nehmen. Sauber, ordentlich und rustikal zugleich ruft uns das Häuschen mit einer Stimme zu sich, die wir alle drei zu hören scheinen: „Kommt herein! Wir werden es schön haben miteinander!"

Nach der Inaugenscheinnahme sprinten wir zu Leif und bitten ihn, uns Adresse und Telefonnummer des angeblich schwerreichen Franzosen zu überlassen. Kaum ist das geschehen, reaktiviere ich die kümmerlichen Reste meines Schulfranzösischs und schreibe einen mehrseitigen Brief, in dem ich die Umstände unserer ungebetenen Kontaktaufnahme erläutere und, so schüchtern es geht, meine dreiste Frage stelle: He, haste mal 'n Haus für uns!? In dem handschriftlich verfassten Bewerbungsschreiben als ungebetene Mieter kündige ich ein Telefonat an, das ich von Deutschland aus zur Klärung dieser Frage führen will. Vorher soll der Adressat des Briefes Zeit bekommen, sich an den Gedanken zu gewöhnen, Deutsche in sein Haus zu lassen, was ja für einen Franzosen auch historisch gesehen nicht immer leicht ist.

Vor der Rückreise nach Deutschland fragen wir Leif, welche Optionen wir noch haben, eine Hütte zu finden. Er rät uns, auf „blocket.se" zu stöbern. Über die schwedische Internetbörse werde alles Denkbare ge- und verkauft, außerdem würden dort auch Mietwohnungen angeboten. Sobald wir wieder in unserer Heimat angekommen sind, buche ich eine Dauerkarte für den Besuch des Onlineportals.

Zu meinem eigenen Erstaunen stoße ich schon nach anderthalb Wochen auf ein Angebot, dessen Faust genau auf unser Auge passt. In Poikkijärvi bietet jemand eine Hütte an. Poikkijärvi liegt an einem breiten Fluss auf der anderen Seite des Waldes, der nördlich von Alttajärvi beginnt. Der Streifzug, den wir im Umland von Kiruna auf der Suche nach möglichen Bleiben unternommen hatten, hatte uns auch dorthin geführt. Der beschauliche Ort ist in nahezu idealer Weise für unser Vorhaben geeignet.

Aufgeregt nehme ich per Email Kontakt mit dem Anbieter auf und schütte einen Eimer voller Fragen über ihm aus: Ist die Hütte noch zu haben? Ist sie möbliert? Was kostet sie monatlich? Ist sie auch im Winter gut zugänglich?

Ein gewisser Mark dichtet innerhalb weniger Tage die Löcher ab, die ich ihm in den Bauch frage. Die Hütte sei noch zu haben, habe aber weder Telefon, Fernsehen noch Internet. Sie sei möbliert, verfüge über einen Holzofen und über Strom und sei daher auch elektrisch beheizbar. Ein Nachbar sorge im Winter mit seinem Schneepflug dafür, dass die kleine Straße, die sich bis auf 25 Meter an das Haus heran windet, befahrbar bleibt. Wenn der Fluss im Winter zufriere, seien es nur wenige hundert Meter Fußmarsch bis zum berühmten Eishotel.

Sobald Mark die ersten Antworten gegeben hat, werfe ich einen neuen Bombenteppich an Fragen über ihm ab. Auf diese Weise wechselt der Tennisball unserer Online-Korrespondenz mehrmals die Seite des Netzes, dann bitte ich ihn endlich um einen Termin, an dem wir seine Hütte vor Ort anschauen können.

Zwischenzeitlich hatte ich mir einen Ruck gegeben und den in Südfrankreich lebenden Mann angerufen, dessen Haus am Alttajärvi laut Leif chronisch verwaist ist. Nervös hatte ich seine Nummer gewählt und mir dabei vorgestellt, dass ich ihn gerade dabei störe, wie er von knapp bekleideten, nahtlos braunen Schönheiten auf seiner Mittelmeer-Yacht massiert wird, während er seinen mittäglichen Cocktail schlürft. Leifs Angabe, dass es sich um einen Millionär handele, hatte meine Phantasien befeuert.

Als ich den Franzosen an die Strippe bekomme, ohne einen Telefonbutler um eine Audienz bitten zu müssen, bin ich froh. Ich stammle meine auswendig gelernte französischen Einleitung einigermaßen fehlerfrei, dann wechseln wir zu meiner Erleichterung kurz darauf ins Englische. Leider hat mein Gesprächspartner den noch in Kiruna abgeschickten Brief nicht erhalten, so dass jegliche Erläuterungen bei Adam und Eva anfangen müssen. Obwohl der französische Robert Geiss diesen ausgesprochen freundlich folgt, stellt er schnell klar, dass er sein leerstehendes lappländisches Domizil nicht mit Bewohnern verunreinigen will. Offensichtlich ist er in dieser Hinsicht Purist.

Nach dieser Absage sind wir doppelt motiviert, dass andere Eisen zu schmieden, dass wir uns ins Feuer gelegt haben. Wir planen einen Wochenendtrip nach Kiruna, um Marks Hütte eingehend zu beschnuppern. Da zu diesem Zweck eine Anreise per Flugzeug unvermeidlich sein wird, ist Moritz sofort begeistert. Schon bevor er Dauergast auf dem kleinen Flugplatz unseres Landkreises wurde, auf dem er die Zutaten für seinen Segelflugschein zusammensucht, hatte ihn alles fasziniert, was Tragflächen hat. Wenn fliegende Klassenzimmer endlich den entscheidenden Schritt aus der Romanfiktion in die Wirklichkeit täten, wäre er morgens der Erste in der Schule.

Also jetten wir etwa einen Monat nach unserem ersten Trip Mitte November schon wieder nach Lappland. Mit Mark hatten wir hin und her geschrieben, um den Besuch zu koordinieren. Kurzzeitig hatten wir sogar darüber nachgedacht, eine Nacht in seiner Hütte zu schlafen – gewissermaßen als Praxistest. Kurz vor unserem Abflug waren wir dann von ihm informiert worden, dass das nicht ginge, weil alle Leitungen in der Hütte gefroren seien. Ein Vorgeschmack auf Probleme, mit denen wir bald zu kämpfen haben würden?

In schwedisch-unkomplizierter Art funktioniert die Verabredung zur Hüttenbesichtigung. Mark verrät uns, dass der Schlüssel zur Haustür links auf der Fensterbank liege – er selbst sei leider an dem Wochenende 300 km entfernt. Als wir einige Tage später unseren Mietwagen durch Poikkijärvi steuern, bekommen wir eine Ahnung, wie der Winter sich hier viele Wochen lang anfühlen wird. Zu beiden Seiten der schmalen Straße türmen sich Schneeberge auf, keine Menschenseele ist zu sehen. Ein fahles Licht scheint vom Himmel. Klirrende Kälte erwartet uns außerhalb des Autos.

Wir tasten uns auf der verschneiten Piste vorwärts, finden fast sofort die richtige Abzweigung und rollen noch einmal einen etwa zwanzig Meter hohen Hang hinunter, dann haben wir Blickkontakt zu unserem Ziel. Wir mustern das etwas windschief anmutende Anwesen nur kurz von außen, dann wollen wir uns dringend Innenansichten verschaffen.

Das Schlüsselversteck hält, was Mark versprochen hat. Wir betreten die Hütte. Im Erdgeschoss gelangen wir über einen beengten Flur in die Wohnküche, in der u.a. ein mit Holz beheizbarer Herd auszumachen ist. Über eine schmale, sich windende Treppe gelangt man nach oben. Am Ende der letzten Stufen angelangt blicken wir auf eine kleine Nische, in die ein Bett gezwängt ist. Rechts von der Schlafbucht geht eine Tür ab, dort befinden sich weitere Matratzen in einem ziemlich dunklen kleinen Zimmer, das von Dachschrägen begrenzt wird.

Etwas schweigsam geworden, gehen wir wieder nach unten. Das Filetstück des Häuschens ist eindeutig der Vorbau, der das geräumige untere Zimmer mit einer Fensterfront schmückt und Blicke in drei Himmelsrichtungen erlaubt. Von dort hat man einen grandiosen Blick über den Fluss, der zu dieser Jahreszeit längst zu Eis und Schnee erstarrt ist. Allerdings scheint „schmücken" selbst für den Erker ein unpassender Ausdruck zu sein. Das ganze Ambiente atmet männlichen Pragmatismus, der an diversen Kanten zerfleddert. Die Möbel wirken zusammengewürfelt. Ihre Gebrauchsspuren berichten von einem langen und ereignisreichen Leben und tragen zum Flair eines in die Jahre gekommenen Schrebergartenhäuschens bei. Dessen Lage besticht zwar, aber das Wort Gemütlichkeit passt hier eindeutig nicht hin. Passen wir hier hin?

„Wenn ich hier wohnen würde, käme ich mir vor, als wäre ich in einem Zeugenschutzprogramm!" meint Moritz. Wir wissen, was er meint. Die Kargheit der Einrichtung fügt sich in die Winterlandschaft ein. Die Kälte, die in dem Gebäude herrscht, verstärkt das unwirtliche Gefühl. Abenteuerlich wäre eine solche Unterkunft. Allerdings bräuchte es ein hochbegabtes Händchen, um eine wohnlichere Atmosphäre zu schaffen.

Als wir wieder draußen sind, stapfen wir zur Sauna, die als kleiner Holzverschlag nah am Ufer des Flusses steht. Das Gelände fällt dort noch einmal steil zum Wasser hin ab. Über verschneite Stufen tasten wir uns nach unten. Wenn wir ein Loch ins Eis des wenige Meter entfernten Flusses schneiden würden, hätten wir unser Kältebad direkt neben der Sauna. In meinem Kopf entstehen die Eingangssequenzen eines Filmes, die uns als harmlose Einsiedler zeigen. Während ich mich gerade mit einem um die Hüfte gewickelten Handtuch dem Eisloch nähere, schleicht sich unbemerkt irgendeine finstere, bis zu den Zähnen bewaffnete Bedrohung an, die uns liquidieren will. Ja, das mit dem Zeugenschutzprogramm trifft es. Hier fühlt man sich wirklich total allein.

Wir legen den Schlüssel wieder an seinen ursprünglichen Platz und versuchen die Köpfe über den Rand des tiefen Zwiespalts zu strecken, den die Besichtigung in uns hinterlassen hat. Ratsuchend fahren wir zu unseren bisher einzigen lappländischen Bekannten ins Camp Alta, wo wir an diesem Wochenende erneut untergekommen sind. Als Leif von unseren Zweifeln hört, hat er anscheinend schon wieder eine Idee. Wir können im gar nicht dankbar genug sein, dass er unser Problem zu seinem eigenen macht. Gebannt schauen wir ihm zu, als er zum Telefon greift. Er ruft seinen Bruder an, der besitze ein Haus in Alttajärvi. Normalerweise vermiete sein Bruder dieses an Firmen, die dort Arbeiter einquartierten. In der letzten Zeit stünde es jedoch öfter mal leer.

Mikael (so heißt sein Bruder) ist bereit, sich mit uns in aller Frühe am Sonntagmorgen zu treffen. Mittags müssen wir schließlich schon wieder das Flugzeug Richtung Deutschland besteigen. Pünktlich finden wir uns am Folgetag an seiner Hütte ein, die am östlichen Ende des Sees liegt. Mikael öffnet uns die Tür und macht einen ebenso freundlichen Eindruck wie Leif. Kaum, dass wir das Innere betreten haben, beginnt das Kontrastprogramm zum Vortag. Ein rustikaler kleiner Ofen ist angefeuert und verbreitet eine wohlige Wärme. Während Marks baumumstandene, in einer Senke gelegene Wohnstatt relativ dunkel ist, sorgen die vielen Fenster in Mikaels Häuschen und seine etwas erhöhte Lage auch optisch für mehr Freundlichkeit. Insgesamt sind es mit der Küche vier Zimmer, die uns zur Verfügung stünden.

Innerhalb weniger Sekunden hat sich Mikaels Anwesen uneinholbar an die Spitze der Zweier-Konkurrenz gesetzt, wenn es nach Anke und mir ginge. Nur Moritz erwägt auch nach Ende unseres heutigen Lokaltermins, ob ihm eine Teilnahme am Zeugenschutzprogramm in Marks Hütte nicht lieber ist. Einen Haken hat das Auswahlverfahren allerdings. Es ist zweigleisig. Auch Mikael muss sich noch klar werden, ob er seine Hütte ein ganzes Jahr lang in fremde Hände geben mag. Daher bittet er zunächst um ein bis zwei Monate Bedenkzeit.

Zwei Wochen danach erfahre ich von Mark, dass er sich mit einem anderen Interessenten auf die Vermietung der Hütte geeinigt hat. Ich hatte mich gescheut, sofort nach unserer Rückkehr in heimatliche Gefilde Kontakt mit ihm aufzunehmen. Erst wollte ich mir mit meiner Familie klar werden: Was wäre uns lieber - Marks Spatz in der Hand oder Mikaels Taube auf dem Dach? Als uns dann Marks Absage erreicht, haben wir zwar nicht mehr die Qual der Wahl. Dafür empfinden wir die Wartezeit, die Mikael uns auferlegt hat, als Folter. Ich bin kurz davor, mir das Nägelkauen anzugewöhnen. Dennoch zwingen wir uns zur Geduld: Wir haben Angst, dass unser potentieller Vermieter sich durch eine zu frühe Nachfrage bedrängt fühlt.

Weitere sechs unendlich lange Wochen später trauen wir uns, Mikael anzurufen. Wir sind schon froh, als er gleich weiß, wer am anderen Ende der Leitung sitzt. Zögerlich stelle ich die alles entscheidende Frage: Könne er sich vorstellen, uns sein Haus für ein Jahr zu vermieten? Als er das nordisch-nüchtern bejaht, fühle ich sofort unsere größere Nähe zum impulsiven Südeuropa. Meine Beine wollen tanzen, meine Stimmbänder die Vibrationen eines Urschreis spüren. Ein Teil meiner Gesichtsmuskeln zerrt meine Mundwinkel bis in die Nähe der Augenbrauen, ein anderer Teil müht sich damit ab, das Herausfallen der Augen aus den Höhlen zu verhindern.

Im Telefonat streifen wir noch einmal die Höhe der monatlichen Miete. Ich will von Mikael wissen, welche Nebenkosten anfallen. Meinen zahlreichen folgenden Nachfragen wohnt ein ungläubiges Staunen inne. Je mehr Details ich aus Mikael herauspresse, desto sicherer kann ich mir sein, dass unser Traum tatsächlich Wirklichkeit wird. Mein deutsch-bürokratisches Naturell will es, dass ich schon jetzt den Abschluss eines schriftlichen Mietvertrages anrege. Mikael winkt ab. „Das können wir machen, wenn Ihr im Sommer herkommt."

Nachdem wir aufgelegt haben, bin ich darüber unglücklich. Eine schriftliche Vereinbarung wäre besser geeignet, meine letzten Zweifel zu erwürgen. So muss das ganze Gebäude unserer Planungen auf den möglicherweise wackligen Worten eines Fremden errichtet werden. Als ich einen Monat später eine Email an Mikael texte, um weitere Wissenslücken zu stopfen, erhalte ich lange keine Antwort. Mit jedem Tag einer ausbleibenden Reaktion bläht sich meine Skepsis weiter auf.

Schließlich halte ich es nicht mehr aus und rufe Mikael noch einmal an. Ob er meine Nachricht nicht bekommen habe, frage ich ihn. Er verneint. Sein Emailaccount würde er äußerst sporadisch besuchen, meint er. Besser sei es, ihn anzurufen. Was denn los sei.

Geduldig beantwortet er mir in den folgenden Minuten meine Fragen. Ich stelle fest, dass in Nordeuropa die „Ein-Mann-ein-Wort"-Regel zu gelten scheint. Mikael steht zu unserer Abmachung. Erleichtert wenden wir uns nach Ende des Telefonats einem anderen Problem zu. Wir müssen für Moritz eine Eintrittskarte ins schwedische Schulsystem buchen.

Mittlerweile sind wir andauernd auf der Internetseite der Hjalmar Lundbohmsskolan unterwegs. Das Gymnasium befindet sich im Zentrum Kirunas. Unsere digitalen Probebohrungen ergeben, dass dort über 1000 Schüler gezählt werden. Da dürfte einer mehr doch kaum auffallen, oder?

Wir machen das Massiv des schwedischen Kauderwelschs auf der Website weiter porös, indem wir die Übersetzungshilfen von google einsetzen. So gewinnen wir einen Überblick über den Schuljahresbeginn, Ferienzeiten und Kursangebote. Offensichtlich gibt es ein Integrationsprogramm an der Schule, das eigens für Landesneulinge ins Leben gerufen wurde. Nachdem wir diese Information aufgesogen haben, werden meine Klicks gleich etwas hektischer. Schnell stoßen wir auf die Kontaktdaten einer Lehrerin, die die Repräsentantin der schuleigenen Ausländerfreunde zu sein scheint.

Wieder müssen wir uns ein Herz fassen, um einen Anruf abzusetzen. Was wäre, wenn Moritz der Zugang zur Schule verweigert würde? Nur der Familienjunior sähe darin kein Problem. Nach seinen außerordentlich anstrengenden beinahe zehn Schuljahren hätte er gegen ein Sabbatjahr überhaupt nichts einzuwenden. Lebensentwürfe, die eine solche Maßnahme erst in den mittleren Lebensjahren vorsehen, taugen in seinen Augen allenfalls für den Papierkorb.

Die Befreiung von der deutschen Schulpflicht, die wir für Moritz erwirken werden, setzt Unterrichtsbesuch in einem anderen Land voraus. Doch nicht nur deswegen bin ich von Anfang an strikter Gegner eines jugendlichen Langzeitgammelns. Das verformt den Charakter, belehre ich unseren Teenie. Moritz soll den Alltag in der Fremde kennenlernen. Ein monatelanges Hocken im familiären Nest böte nur einen Bruchteil der Erfahrungen, die unser Sohn machen würde, wenn er dem Rhythmus einer unbekannten schulischen Routine folgte. Wenn er schon mit uns über den Tellerrand schaut, dann richtig.

Endlich greife ich zum Hörer, um Moritz' Chancen eines Besuchs der Hjalmar Lundbomsskolan zu ermitteln. Nach wenigen Augenblicken meldet sich eine Stimme am anderen Ende, die behauptet, Ann-Helen zu gehören. Etwas stockend skizziere ich der unsichtbaren Nordländerin unseren Lappland-Plan und formuliere die dreist erscheinende Kann-Moritz-Schule-Frage so unaufdringlich wie möglich sowie mit zahlreichen Konjunktiven durchsetzt.

Ich erwarte, dass eine Batterie an Nachfragen auf mich einprasselt. Statt dessen schmeichelt sich ein „Natürlich, kein Problem!" in meinen Gehörgang. Verdutzt wie ich bin, ist es an mir nachzufragen. „Einfach so?!" Die Antwort meiner fernen Gesprächspartnerin hilft überhaupt nicht, meine Perplexität zu beseitigen: „Ja."

„Aber müssen wir nicht irgendwelche Dinge tun, damit Moritz in Kiruna zur Schule gehen darf?" gebe ich meiner weiter bestehenden Verwunderung Ausdruck. Jetzt scheint auch Ann-Helen etwas irritiert, denn die folgende Antwort kommt langsamer und erst nach kurzem Nachdenken. „Nun ja, Ihr müsstet erst einmal herkommen...nicht wahr?!"

Innerhalb weniger Sätze stellt sich so heraus, dass Ann-Helen meine absolute Lieblingslehrerin in ganz Schweden ist. Wir vereinbaren, dass ich mich vor Beginn der schwedischen Sommerferien noch einmal bei ihr melden soll. Dann soll ich ihr bestätigen, dass unsere einjährige Expedition nach Kiruna weiterhin geplant ist. Im übrigen würde es reichen, wenn sich Moritz zu Beginn des neuen Schuljahres in ihrem Büro einfinde.

Während Anke und ich nach diesem Telefonat erneut kleine Freudensprünge vollführen, trägt Moritz angesichts des nur noch etwas über ein halbes Jahr entfernten Abreisetermins längst die Gemütsverfassung eines zu Unrecht zum Exil Verurteilten zur Schau. Mürrisch registriert er, dass wir schon wieder eine größere Hürde übersprungen haben. Und dann auch noch eine, die ihn so unmittelbar betrifft.

Ich hingegen bin ab diesem Zeitpunkt vor Eifer kaum zu stoppen. Ich bestelle ein Schwedisch-Lehrbuch. „Tala svenska" prangt sowohl auf der Lektüre wie auch auf der mitgelieferten CD. „Hej! Jag heter Tomte Parker!" begrüße ich am Abend meine Familie mit dem zufriedenen Gesichtsausdruck eines Erstklässlers, nachdem ich an einem freien Tag ein paar Blicke in das Buch geworfen habe. „Ich komme aus Deutschland!" versorge ich meine irritiert blickenden Angehörigen weiter mit redundanter Information, die ich ungeniert in miserabler schwedischer Aussprache ausliefere.

Obwohl ich meine Mitbewohner nicht mit der Lust auf eine neue Sprache anstecken kann, lasse ich in den folgenden Wochen bei jeder sich bietenden Gelegenheit die Lern-CD laufen und spreche beim Abwasch oder beim Kochen die Sätze meiner sprachlichen Vorturner so gut es geht nach. Wenn Moritz aus der Schule nach Hause kommt, antworte ich zufrieden grinsend mit einem „Hej-Hej!" auf seine Begrüßung, während im Hintergrund die Stimmen meiner Sprachlehrer aus der Anlage ertönen. Kopfschüttelnd verlässt er in solchen Fällen das Wohnzimmer. Andere haben doch auch normale Eltern, behauptet er dann.

Doch ich lasse mich nicht bremsen. Nachdem ich bereits einige Vokabeln gelernt habe, will ich die Familie an meinem Wissenszuwachs teilhaben lassen. Ich fertige kleine Zettel, beschrifte sie mit schwedischen Begriffen und klebe sie an alle möglichen Haushaltsgegenstände. „ Et kylskap" prangt fortan an unserem Kühlschrank, „et dörr" ziert als Aufschrift unsere Tür.

Leider unterstützen mich meine Mitbewohner kaum. Nicht nur, dass sie sich keinerlei Mühe geben, auf den mit Volldampf abfahrenden Zug meiner Lernbegeisterung aufzuspringen, zu allem Überfluss beschweren sie sich auch noch über meine angeblich schlechte Schrift. „Was heißt denn das über dem Ofen??? Eu ugu???" „Quatsch!" entgegne ich „En ugn!"

Noch jahrelang wird mich Moritz grinsend mit „Eu ugu" aufziehen, dass künftig für meine radebrechenden ersten Gehversuche in der schwedischen Sprache steht. Auch die Tatsache, dass „ugn" nicht den Kaminofen sondern den Backofen bezeichnet, wird mich während unseres Lapplandjahres ereilen.

Die Beschäftigung mit solchen Dingen zeigt, dass wir mittlerweile fast in der Kür unseres Vorbereitungsprogrammes angekommen sind. Zu den unbedingt notwendigen technischen Voraussetzungen gehört es noch, unseren PKW kältefest zu machen. Autofahren macht einfach viel mehr Spaß, wenn der Motor auch startet. Bei Temperaturen von minus zwanzig Grad ist das für ein verweichlichtes mitteleuropäisches Fahrzeug allerdings alles andere als selbstverständlich.

Wir diskutieren mit dem Automechaniker unseres Vertrauens die beiden Alternativen: Einbau einer Standheizung oder einer Motorvorwärmung? Bei der Motorvorwärmung wird ein Stromanschluss in den Kühlkreislauf integriert. Eine nach dem Tauchsiederprinzip funktionierende Heizspirale sorgt dafür, dass das Kühlwasser durch die entstehende Temperaturdifferenz von selbst zu zirkulieren beginnt und auch den Motor erreicht. An einer herkömmlichen Steckdose kann man eine annehmbare Betriebstemperatur erreichen.

Einen Schritt weiter gehen die teureren Standheizungen. Sie beziehen ihre Energie aus dem Kraftstofftank, arbeiten mit dem integrierten Wärmetauscher des Autos und heizen sowohl das Kühlwasser wie auch den Fahrzeuginnenraum auf. Wir müssten nicht einmal mehr Scheiben kratzen.

Die Aussicht auf ein solch immer gleich warmes Dasein ist uns sofort weniger sympathisch. Wir sind stolz darauf, keine Eidechsen zu sein. Wir wollen raus aus der ewig gleich temperierten Komfortzone, die Verfechter von PKW-Klimaanlagen propagieren. Unsere thermischen Talente als Warmblüter haben wir längst durch den Kauf sehr leistungsfähiger Winterjacken unterstützt.

Für zwei weitere Accessoires entscheiden wir uns mit der Installation der Motorvorwärmung. Wir lassen ein Paar zusätzliche, sehr helle Frontscheinwerfer montieren, die Licht in das Dunkel des lappländischen Winters bringen sollen. Außerdem erwerben wir einen robusten chromblitzenden Frontschutzbügel. Dessen landläufige hiesige Bezeichnungen („Hirschfänger" oder „Bullenfänger") übersetzen wir sofort ins Schwedische. Wir haben jetzt einen *Elch-*

fänger am Caddy. Und hoffen inständig, dass er im wildreichen Norden nie zum Einsatz kommt.

Das Thema Tiere beschäftigt uns noch in anderer Hinsicht. Gleich zu Beginn der Planungen haben wir Fähnchen in den Wind gehalten, um potentielle Katzensitter und Hausbewacher zu ermitteln. Als Sonderbeauftragte für auch diese Variante des Nestschutzes haben sich unsere Mütter aufgedrängt. Wie immer sind sie sofort bereit, die Flausen ihrer vor Jahrzehnten flügge gewordenen Küken uneigennützig zu unterstützen. Die hochbetagten Special Agents (gemeinsam bringen sie bei unserer Abreise 162 Jahre auf die Uhr) werden sich in unserer Abwesenheit als Dosenöffner für die Katzen und Bewacher des Grundstücks abwechseln.

Diesem Mosaikstein der Vorbereitungen verpassen wir in den Monaten vor der Abreise seniorengerechten Feinschliff. Ich konstruiere ein Geländer an den ewig rutschigen schmalen Stufen, die zum Katzenschuppen führen. Wir beauftragen den Sohn eines befreundeten Paares mit dem Rasenmähen. Wir stocken die Holzvorräte so auf, das sie für fast zwei Winter reichen werden. Wir machen eine Liste aller verfügbaren Hilfspersonen, die als lokaler Pannendienst fungieren könnten.

Inzwischen hat Ankes verschlüsselte Internet-Tunnelverbindung in den Büroserver bei ersten Praxistests überzeugt. Moritz ist von der hiesigen Schulpflicht befreit. Meine Dienst- und Urlaubspläne versprechen einen machbaren Start in die einjährige Zeit als Extrempendler. Wir können uns wieder zusammen an Deck der Schiffsfähre begeben, von wo aus die Zeitreise in die davor liegenden Monate gestartet ist. Denn jetzt geht es endlich los! ·

Ein rotes Schwedenhäuschen - ganz für uns allein

An einem Morgen im letzten Augustdrittel stehen wir früh-morgens um 5 Uhr auf. Obwohl wir es hatten verhindern wollen, sehen wir uns der familienüblichen Abreisehektik ausgesetzt. Wie aus dem Nichts waren am Vortag unvorhergesehene Pflichten aufge-taucht. Anke hatte einen außerplanmäßigen beruflichen Termin wahrnehmen müssen, Moritz hatte dringend neue Hosen gebraucht, als sei er über Nacht 20 cm gewachsen, die Nichte musste zum Bahnhof gefahren werden und Ankes Mutter, die unser Haus hüten wird, hatte sich auch spontan entschlossen, mit auf Shoppingtour zu gehen.

Das hatte den Vorteil gehabt, dass ich den Caddy ganz allei-ne und damit auch ohne die ansonsten üblichen Diskussionen („Ich würde *diesen* Karton eher nach *unten* packen!") beladen konnte. Mithilfe einer ausgeklügelten, mitunter radikalen Stopf-Knüll-Stapel-Technik hatte ich es geschafft, mein Futon aus Studentenzeiten (des-sen Mitnahme tagelanger Streitgegenstand zwischen mir und mei-ner Frau gewesen war), die Nähmaschine, einen Rolltisch, Moritz' Musikanlage, Campingstühle, Bettdecken, Kopfkissen, Ankes Step-Aerobic-Brett, unser aller Koffer und etliche Kartons und Kleinteile unterzubringen. Zum Ende dieses Vorgangs erinnerte der Beladungs-zustand des Autos an eine türkische Großfamilie, die mit ihrem ge-samten Hab und Gut aus ihrem Heimatland nach Deutschland über-siedelt. Wenn man die Heckklappe des Caddys öffnet, muss man mindestens zwei Hände frei haben, um die nach außen drängenden Gepäckstücke vor einem Fall ins Freie zu bewahren.

Die Fahrt verläuft unspektakulär über Hamburg, Flensburg bis nach Frederikshavn. Per Fähre geht es vom dänischen Festland bis nach Göteborg, dann folgen wir der Route quer durchs Land nach Norden. Unser ehrgeiziger Plan sieht vor, dass wir am ersten

Tag insgesamt 1300 km zur Strecke bringen. Eine Hütte bei Söderhamn ist vorgebucht. Wir erreichen unser Ziel gegen Mitternacht, die Rezeption ist längst geschlossen. Als dort - entgegen der vorherigen Absprache - kein Schlüssel hinterlegt ist, bin ich umgehend genervt und habe überhaupt keine Skrupel, den Campingplatzbetreiber telefonisch aus dem Schlaf zu klingeln. Am anderen Ende der Leitung krächzt eine müde Stimme einige routinierte Fragen. Nach kurzem Hin und Her wird klar, dass wir vor der Rezeption der Jugendherberge stehen, der Schlüssel aber am Eingang des Campingplatzes bereit liegt - 300 Meter entfernt. Kleinlaut stammele ich eine Entschuldigung und lege auf.

Am nächsten Tag folgen wir der Ostseeküste. Das Logbuch unserer Expedition beschreibt einen einzigen erwähnenswerten Umstand für diesen Teil der Fahrt: Anke leidet nach dem Verzehr eines seit über 24 h schlecht gekühlten Nudelsalatrestes unter heftigen Bauchkrämpfen. Vergeblich versuche ich, krampflösende Medikamente in der Apotheke zu finden, auch mein Arztausweis hilft nicht weiter. Das Mittel kommt auf die Liste nachzuholender Ausrüstung.

Schließlich überkommt uns, während der Beginn eines farbenfrohen Sonnenuntergangs die westliche Richtung anzeigt, ein finales Kribbeln: Wird uns das Domizil noch so gefallen wie vor einem dreiviertel Jahr, als wir es besichtigt hatten? Wie werden wir uns im Alltag in einer Region schlagen, in der wir bis dahin nur zu Urlauben gewesen waren? Erinnerungen an vorherige Aufenthalte liegen links und rechts der Straße, während wir uns unserem Ziel nähern.

Gegen 21 Uhr biegt unser Auto in den Haapalan Pekkas Väg ein. Anke steigt aus und filmt die für uns historischen Augenblicke, in denen die Reifen knirschend vor dem Schwedenhäuschen zum Stehen kommen.

Der knapp hundert Meter lange Schotterweg, der zur Hütte führt und sich mit einem eigenem Straßennamen brüstet, zweigt in Spuckdistanz vom Ostende des Alttajärvi-Sees entfernt Richtung Norden von der E 10 ab. Umgeben von einer Handvoll einfacher, teils reparaturbedürftiger Hütten, die sporadisch Einwohnern des 15 km entfernten Kirunas als Wochenendzuflucht dienen, endet er stumpf im Wald, der direkt hinter unserem Häuschen beginnt.

Einige Büsche und – dahinter gelegen – eine Reihe von Bäumen umgrenzen das auf einer leichten Anhöhe gelegene Grundstück zur Straße hin. In seiner Mitte prangt unsere rotweiße Stuga, die wir jetzt mit unmittelbar aufkommendem Besitzerstolz und gespannter Vorfreude mustern. Wir können unser Glück kaum fassen, dass dieses leckere kleine Wohnjuwel ein ganzes Jahr lang uns gehören wird. Ihre hier und da abblätternde Farbe verlangt wohl schon seit einigen Jahren nach einem frischen Anstrich, aber im äußersten Norden Lapplands hat man – das lernen wir bald - häufig eine sehr tiefenentspannte Haltung im Angesicht unerledigter Arbeiten.

Auch uns stören die kleinen Schönheitsfehler nicht. Vor der Haustür baumelt seitlich an einem etwa mannshohen Laternenpfosten die nutzlose, nur noch von Kabeln gehaltene Leuchtkammer, die ehemals seinen höchsten Punkt bildete. Offenbar ist sie einer kompletten Enthauptung nur um Haaresbreite entgangen. Dass der ehemals der Beleuchtung dienende Gegenstand mittlerweile der mahnenden Erleuchtung dient, werden wir erst später verstehen. Im Augenblick wissen wir nur eines sicher: Seit unserer 10 Monate zurückliegenden Erstbesichtigung hat sich unser Vermieter Mikael an der fast kopflosen Lampe in keinster Weise handwerklich verausgabt.

Im Inneren der Hütte entdecken wir weitere kleinere Makel. Wie in einem unvollständigen Puzzle fehlen anderthalb Fliesen in der steinernen Bodenumrahmung des kniehohen gusseisernen Ofens. Der steht an der Zwischenwand zur Küche, in die das unverkleidete Ofenrohr eintritt. Graue Glaswollbüschel umgeben es und bauschen sich wie nachlässig rasiertes Achselhaar in den Raum. In weißem Kontrast zur pfirsichfarbigen Tapete starren zwei nackte Verteilerdosen wie Augen von der Wand zurück. Auf sämtlichen Fensterbänken stehen Plastikblumen, die nur bei sehr oberflächlichen Blicken als Zimmerschmuck angesehen werden können. In dem ca. 15 Quadratmeter großen Raum, der Moritz zugedacht ist, dominiert eine riesige weiße Schrankwand das Bild. Als Wandschmuck hat sich Mikael hier für ein Poster mit einem aufgemotzten chromblitzenden Motorrad entschieden.

Dennoch fühlen wir uns auf Anhieb wohl in unserer neuen Bleibe. Wohlige Wärme schlägt uns entgegen, als wir die Tür aufstoßen. Im kleinen unscheinbaren Ofen glimmen die Reste einiger Holzscheite und deuten das erste Mal dessen – wie wir an den bitterkalten Wintertagen merken werden - erstaunliche Leistungsstärke an. Ein schöner runder Holztisch mitsamt Stühlen legt nahe, dass die Küche bald das soziale Zentrum der Wohnung sein wird. Ein großes Sofa nimmt einen Großteil der Längsseite des Wohnzimmers ein und lädt zum Faulenzen ein. Von der Südseite der Hütte lässt sich eine Tür öffnen. Sie führt auf eine kleine Holzterrasse, von der aus sich - jetzt wo die Bäume und Sträucher noch belaubt sind - nur kleine Ausschnitte des Sees erkennen lassen. Draußen umsäumt eine frisch gemähte Rasenfläche unseren rotweißen Wohnschatz.

Wir genießen kurz das bläuliche Abendlicht und setzen dann unsere Besichtigungstour im Inneren fort. Hinter dem klitzekleinen Bad mit Toilette und Waschbecken ist eine Zwischentür eingelassen. Dahinter zeigt sich Mikaels raumplanerisches Genie. Auf einer Fläche, deren Abmessungen nur knapp über der einer Telefonzelle liegen, hat er Dusche, Waschmaschine und Sauna untergebracht. Das Waschhelferlein steht unter einem 1 Meter 20 breiten und 60 cm tiefen Brett, das als Sitzfläche für zwei schlanke oder drei sehr schlanke Menschen beim Saunagang herhält.

Ein schmaleres zweites Brett, das in der saunainaktiven Zeit aufrecht an der Wand neben dem kleinen Fenster lehnt, wird zu diesem Zweck auf zwei tiefer gelegene Holzböcke gelegt und dient als Fußablage. Damit das untere Teil der Sitzkonstruktion passgenau aufliegt, hat Mikael eine schmale abgerundete Aussparung an die Stelle gesägt, an der sich die Öffnung der Waschmaschine befindet. Der kleine rote Saunaofen ist so am Boden platziert, dass sich die Tür gerade noch problemlos schließen lässt. Auf der Gegenseite berichtet eine schlichte Duscharmatur schüchtern vom ursprünglichen Hauptzweck der kleinen Kabine. Das ins Multifunktionale aufgepimpte Räumchen hätte auch Daniel Düsentrieb Freude gemacht.

Am nächsten Tag, nachdem wir am Vorabend nur noch die Ladung des Caddys gelöscht haben und dann erschöpft in die Betten gefallen sind, gibt uns Mikael die Gebrauchsanweisung zu seiner Stuga. Wir erfahren, welche Klappen wir am Ofen wann zu öffnen haben, um möglichst viel Wärme und möglichst wenig Rauch in der Hütte zu haben. Verabredungsgemäß zahlen wir zwar Strom nach Verbrauch, dürfen uns aber an seinem Birkenholz nach Lust und Laune bedienen. Aus einer Schublade zaubert er ein Verlängerungskabel, das den Funktionszustand der Waschmaschine in unserer Duschsaunawaschküche aus der Kategorie „Völlig nutzlos" in die „Extrem hilfreich"-Sphäre katapultieren kann. Um die Sterberate in unserer multifunktionalen Nasszelle möglichst gering zu halten, hat Mikael auf die Montage von Steckdosen in zwangsläufig unmittelbarer Nähe der Dusche sinnvollerweise verzichtet.

Uns wird klar, dass wir nicht nur das Duschen mit der Schmutzwäsche koordinieren müssen. Auch die Verlegung des Waschmaschinenkabels durch insgesamt drei Räume muss mit unseren Verdauungsgewohnheiten abgestimmt werden, da das dafür vorgesehene Örtchen dann weder still noch verschließbar ist. Müssen wir eine Verpflichtung zum morgendlichen Verzehr von Müsli ausrufen?

Wir erfahren weitere Geheimnisse: Wie sich nur mit kleinen Holzkeilen die Tür zum Saunawonderland effizient verschließen lässt, an welchem Kabel wir wackeln müssen, wenn der Fernseher seinen Dienst verweigert, welche Knöpfe wir am zwei Meter hohen Gefrierschrank drücken müssen, damit dieser beim Verstauen größerer kühlpflichtiger Vorräte nicht in einen ohrenbetäubenden Protestpiepsmodus verfällt.

All diese Instruktionen gibt uns Mikael in einem angenehmen Tonfall, dann setzen wir uns noch ein wenig zum Plaudern an den Tisch. Wir unterhalten uns auf Englisch, die sprachliche Allzweckwaffe in fast ganz Skandinavien. Wir einigen uns auf einen Zahlungsmodus für die Miete. Er bittet um Vorauskasse für den jeweiligen Monat. Möglicherweise fürchtet er, dass wir der Einsamkeit Lapplands auf Dauer nicht gewachsen sind und plötzlich unvermittelt abreisen, ohne bezahlt zu haben.

Schon um diesem Eindruck entgegenzuwirken, berichten wir ihm, dass wir noch einen Briefkasten kaufen und anbringen wollen. „Braucht ihr nicht zu kaufen!" bedeutet er uns. Irgendwo hätte er noch einen alten Postkasten herumliegen. Als ich die blaue Plastikbox wenige Tage später montiere und mit unserem Namen versehe, bleibe ich noch eine Weile verzückt davor stehen. Wir gehören jetzt auch hier hin! Jawohl.

Unzählige Wanderpfade locken im (fast) mückenfreien Spätsommer.

Eine samische Zeltkote fügt sich ins Landschaftsbild.

Rudern auf dem Alttajärvi - der See ist nur 200 m von unserem Haus entfernt.

Bei Abisko erklimmen wir den ersten Gipfel, der sich uns in den Weg stellt.

Was wäre Lappland ohne sie?

Auf unseren Streifzügen begegnen wir immer wieder Rentieren.

Lappland für Anfänger

Das Gefühl der Zugehörigkeit verstärkt sich, als wir Moritz zwei Tage später an seinem ersten Schultag zur Hjalmar Lundbohmsskolan begleiten. Vorfreude will bei unserem Teenie allerdings nicht aufkommen. Eltern, die ihr Kind ohne Schwedischkenntnisse in eine fremde Klasse in einer fremden Schule in einem fremden Land schicken, könnten es auch gleich an einer Autobahnraststätte an die Leitplanke ketten, hatte er uns im Vorfeld bedeutet. Noch nie war ihm so bewusst wie jetzt, wie blöd diese ganze Lapplandaktion ist. Mit mürrischem und anklagendem Gesicht sitzt der zum Besuch einer fremden Schule Verurteilte neben uns im Auto, als wir auf der 18 km langen Anfahrt sind.

In den Tagen zuvor haben wir versucht, ihm seine Nervosität zu nehmen. Moritz wird einen Integrationskurs namens IM-Språk belegen. Hauptzweck des Kurses ist das Schwedisch-Lernen. Das lässt darauf schließen, dass jeder in dieser Lerngruppe die Situation kennt, in der Moritz sich demnächst befinden wird. Alptraumhafte Szenarien, in denen er als germanischer Sonderling von seinen Mitschülern geschnitten wird und einsam auf dem Schulhof in der Ecke steht, sind unwahrscheinlich. Dennoch können wir unsere Mutmacher-Mantras (Du kannst doch schon gut Englisch! Du lernst bestimmt schnell Leute kennen! Du wirst Dich schnell zurechtfinden!) nicht oft genug wiederholen.

Noch vor unserer Abfahrt in Deutschland hatten wir uns erkundigt, zu welcher Uhrzeit Moritz an diesem Montag erscheinen soll. Als wir in der Schule ankommen, herrscht dort das typische Pulsieren von Schülertrauben in den Gängen, das für Außenstehende so durchschaubar ist wie das Gewimmel in einem Ameisenhügel. Wir erfragen unseren Weg und stehen kurz darauf vor dem Lehrerzimmer. Mittlerweile sind Anke und ich fast so aufgeregt wie Moritz.

Wären wir in einem Hollywoodfilm, würde die Regie einen Kamera-schwenk über mein Gesicht zeigen, in dem ich kurz meine Wangen-muskulatur anspannte, bevor ich einen bedeutungsschweren Blick mit Anke wechselte. In der nächsten Einstellung legte ich dem vor mir stehenden Moritz meine Hände von hinten auf die Schultern und gäbe ihm einen sanften Stoß. Moritz holte einmal tief Luft und klopfte dann an die Tür.

Wenige Sekunden danach erleben wir eine schwedische Schulrealität, die Astrid Lindgren alle Ehre gemacht hätte. Von freundlichen Lehrergesichtern umringt, wissen wir nicht, welche dargebotene Hand wir zuerst schütteln sollen. Nachdem wir heraus-gefunden haben, wer Ann-Helen - Moritz künftige Klassenlehrerin - ist, konzentrieren wir uns auf sie. Von ihr bekommen wir einen kur-zen Abriss dessen, was Moritz erwartet. Moritz wird lediglich in vier Fächern unterrichtet werden. In Musik, Kunst und Sport und eben in Schwedisch für Ahnungslose. Sein Unterricht beginnt an den meis-ten Morgen um kurz vor neun und endet bereits nach vier Schul-stunden in der Mittagszeit. Unser Sohn kriegt leuchtende Augen und sofort bessere Laune. So wenig Schule? Genial. Vielleicht war das mit Lappland doch keine so schlechte Idee.

Wir staunen über Ann-Helens weitere Ausführungen. Jeder Schüler der Hjalmar Lundbohmsskolan bekommt während des Schuljahrs kostenfrei ein Notebook von der Schule gestellt. Der Computer, den unser Sprössling einige Tage später in den Händen hält, scheint nagelneu zu sein. In der Mittagszeit hat Moritz Anrecht auf eine kostenlose Mahlzeit, es gibt auch immer ein vegetarisches Essen. Außerdem dürfen die Einrichtungen und das Equipment der Schule nach dem Unterricht kostenfrei genutzt werden. Zum Beispiel gibt es einen gut ausgestatteten Kraft- und Fitnessraum, informiert uns Ann-Helen.

Während wir die Neuigkeiten in uns aufsaugen, tritt ein Jugendlicher ein und sorgt dafür, dass unsere Kinnläden ganz weit herunterklappen. Ohne zu zögern, geht er mit breitem Lächeln auf die Lehrerin zu und umarmt sie. Moritz wechselt einen ungläubigen Blick mit uns: Was ist denn hier los? Der ungezwungene Austausch, der sich zwischen den von uns Beobachteten abspielt, lässt keinen Zweifel. Manches ist hier entschieden anders als in Deutschland, wo Körperkontakt zwischen Lehrer und Schüler fast ausschließlich ein Thema für polizeiliche Ermittlungen ist. Die warmherzige Ann-Helen hat so gar keine Ähnlichkeit mit der Prusseliese[2], die bis vor wenigen Momenten die einzige schwedische Lehrerin war, die wir jemals gekannt haben.

In Anschluss an unser Gespräch wird uns noch der Klassenraum gezeigt, dann überlassen wir Moritz seinem Schicksal. Moritz lernt seine künftigen Kursteilnehmer kennen, bei denen es sich fast ausnahmslos um Flüchtlinge handelt. Afrikaner, Afghanen, Thailänder – die Mischung ist bunt.

Einige seiner Mitschüler sind noch nie im Leben zur Schule gegangen und mühen sich schon seit über einem Jahr, den Geheimnissen der schwedischen Sprache auf die Spur zu kommen. Da ist jemand mit mitteleuropäischer schulischer Vorbildung klar im Vorteil. Die Bedenken unseres Juniors, nicht mitzuhalten zu können, zerstreuen sich entsprechend schnell.

Moritz erhält seinen Stundenplan und einen groben Überblick über die Schullandschaft. Schon bald lernt er, dass die Tischtennisplatte, die in einem der Gänge platziert ist, als sozialer Hot Spot für die Truppe von Exoten fungiert, zu der er fortan gehört. Hier hängt man gerne ab: Ein Ballwechsel mit dem federleichten Plastik-

---

2 Die Lehrerin Prusseliese stolpert in der Geschichte von Pippi Langstrumpf umher und ist hauptsächlich damit beschäftigt, strenge Blick über den Brillenrand hinweg zu werfen und die Kinder dazu aufzufordern, ihre Nasen zu putzen, damit diese „schön rot" werden.

kügelchen baut Brücken über zahlreich vorhandene Sprachbarrieren.

Diejenigen, die gerade nicht Tischtennis spielen, lehnen an der Wand oder hocken lässig auf der Fensterbank. Abgeklärte Gesten und coole Gesichter sind in seiner Altersgruppe, in der jeder am Feinschliff seines Balzverhaltens arbeitet, ohnehin die wichtigste Kommunikationsebene und werden international verstanden.

Im Mimisch-Gestischen hat unser Ex-Mini-plötzlich-Maxi viele Vorteile auf seiner Seite. Moritz strahlt eine für sein Alter ungewöhnliche Freundlichkeit und Offenheit aus. Die typisch defensive Gesichtsstarre, unter der viele (insbesondere männliche) Adoleszente leiden, gehört absolut nicht zu den Problemen unseres Teenagers. Sein gewinnendes Lächeln sagt mehr als tausend korrekt ausgesprochene schwedische Worte. Diese Tatsache sorgt sowohl bei Anke wie auch bei mir für eine zuversichtliche Grundstimmung. Wir verbringen die Zeit im Zentrum Kirunas, um auf das Ende des kurzen Schülereinführungstags zu warten.

In der Touristinformation lassen wir uns inspirieren. Ende August liegen hier noch Prospekte aus, die den Sommerurlauber bedienen. Es ist ein ungewöhnlich warmer Sommer, alle Aktivitäten der hellen Jahreszeit sind noch uneingeschränkt möglich: Wandern, Kanufahren, Reittouren, Elchsafaris, Rentierbegegnungen. Die Skandinavier haben sich einen eigenen Begriff gegeben, mit dem sie ihre Leidenschaft fürs Draußensein beschreiben. Friluftsliv - das Leben an der freien Luft. Friluftsliv ist erheblich facettenreicher, als das, was wir unter „Outdoor" verstehen.

Was ist der Unterschied? Wenn man die Kataloge der deutschen Outdoorausrüster betrachtet, dann widmet sich ein bedeutender Teil der Darstellungen dem Thema Kampf gegen die widrige Natur. Extrembergsteiger, die - mit Eiszapfen an den Bärten - glücklich aus der Broschüre lächeln, weil ihr Schlafsack sie auch bei minus 20°C überleben lässt. Matschübersäte Mountainbiker, die in ihrer Funktionskleidung weder schwitzen noch frieren, wenn sie sich einen steilen Berg hinauf quälen. Wanderer, die nach 30 Kilometern Tagesleistung ihre unverletzten Füße vor die Kamera halten, weil ihr Hightech-Wanderschuh die Entstehung von Blasen verhindert hat. Diese Sorte Outdoorfans sucht abseits der Pfade der Zivilisation die Herausforderung, lechzt nach Grenzerfahrungen.

Auch solch sportlich ambitioniertes Tun ordnet man in Schweden als Friluftsliv ein, aber den Kern des Freiluftlebens stellen gemütlich-gesellige Aktivitäten dar, die meist im Kreis der Familie oder Freunde stattfinden. Eine Fjälltour mit den Kindern am Sonntag, Blaubeersammeln in Sommer, feucht-fröhliches Sitzen am Lagerfeuer, Eislochangeln, ein Picknick im Märzschnee – all das sind typische Beispiele. Frei von Ehrgeiz, frei von der Suche nach Strecken-, Weiten- und Geschwindigkeitsrekorden steht der Begriff vor allem für Eines: für die Liebe zur Natur.

Eine der lokalen Optionen für Naturerlebnisse springt uns sofort an. Der Mittnatssolstig ist ein Wanderweg, der sich von einem Berg in Kiruna hinab und wieder hinauf schlängelt. Der nach Norden ausgerichtete *Steig* heißt so, weil er im Juni und Juli wunderbare Ausblicke auf die Mitternachtssonne bietet. Wir sind schnell angefixt, auch wenn die Sonne im jetzigen August nächtlich längst nicht mehr über den Rand des Horizonts blinzelt.

Dann müssen wir das kurze Pläneschmieden beenden und unseren Sohn aus der Schule abholen. Eine hilfsbereite Schülerin weist uns den Weg zu seiner Klasse. Moritz' Miene spiegelt eine Mischung aus Zuversicht und bleibender Skepsis wider. Immerhin ist die größte Nervosität verflogen. Uns bleibt noch der gemeinsame Gang ins Schulsekretariat, wo der heutige Tag seinem bürokratischen Höhepunkt entgegenstrebt. Zunächst reagiert man dort etwas unwillig, da wir in die heilige Mittagspause hineinplatzen. Schließlich übergibt man uns ein Schreiben, aus dem hervorgeht: „Härmed intygas att Moritz Möller är elev vid Hjalmar Lundbohmsskolan."

Das ist Musik in unseren Ohren – und zwar weitgehend unverständliche, wie wir uns bei nochmaligem Lesen eingestehen müssen. Dennoch sind wir begeistert über ihren Klang, denn die Bescheinigung macht Moritz jetzt offiziell zu einem Schüler des Gymnasiums. Wir können es kaum fassen, wie einfach das war. Keine Schulbehörde musste eingeschaltet werden, keine Meldebescheinigung vorgelegt werden. Zwei Anrufe bei Ann-Helen im Frühjahr des Jahres und unser bloßes Erscheinen am Schuljahresanfang genügen.

Im Laufe der kommenden Zeit verstehen wir, warum der Zugang zur Schule so barrierefrei ist. Heutzutage leben in Kiruna rund 17.000 Menschen. Das sind ziemlich genau 17.000 mehr als vor 120 Jahren, als sich an diesem Ort fast ausschließlich Rentiere, Elche, Schneehasen und Schneehühner[3] herumtrieben. Als in dieser Gegend zum Anfang des 20. Jahrhunderts der Eisenerzabbau begann, entstand zunächst eine kleine Siedlung, die sich im Laufe der nächsten Jahre rasch vergrößerte und seit 1948 offiziell Stadtrechte und den heutigen Namen trägt. Da die Eisenmine stets etwas schneller wuchs als die Bevölkerungszahlen (heute gehört die Mine immer noch zu den größten der Welt), herrschte schon seit Beginn des Booms ein Mangel an Arbeitskräften, was unter anderem darauf zurückzuführen ist, dass Kiruna am Arsch der Welt liegt.

Die Betreiber der Mine versuchen auch heute noch alles, um Arbeiter in den nördlichsten Zipfel Schwedens zu lotsen. Ein Lockmittel für Familien stellt der extrem unkomplizierte Zugang zur Hjalmar Lundbohmsskolan dar. Schüler können mitten im Schuljahr auftauchen, einige Wochen oder Monate am Unterricht teilnehmen

---

3 Der samische Name für Schneehuhn lautet „Giron", darauf geht der Name von Kiruna zurück.

und dann sang- und klanglos wieder verschwinden. Auch Zeitarbeitskäfte können sich somit auf eine schulische Betreuung ihrer Kinder verlassen. Nicht von ungefähr kommt der Name von Moritz' neuer Schule: Hjalmar Lundbohm gilt nicht nur als Gründervater Kirunas sondern war auch ein Mann der ersten Stunde in der Aktiengesellschaft, die den Eisenerzabbau betreibt.

Somit hat die Tatsache, dass Kiruna am Nabel der Mine hängt, Moritz' Zugang zur Bildung enorm erleichtert. Mit der Schulbescheinigung in der Hand versuchen wir umgehend, den nächsten Integrationsschritt zu vollziehen und begeben uns zum Rathaus. Die Gemeinde stellt Schülern verbilligte Busfahrkarten aus, die ein ganzes Jahr lang gelten. 300 Meter von unserer Hütte in Alttajärvi entfernt befindet sich eine Haltestelle, die unter der Woche fünfmal am Tag von Bussen in oder aus Richtung Kiruna frequentiert wird. Wäre natürlich bombig, wenn Moritz morgens mit öffentlichen Verkehrsmitteln zur Schule führe. Können wir das schaffen?

Ja, wir schaffen das!!! Wir drucksen ein bisschen auf dem Gemeindeamt herum, wedeln mit dem taufrischen Schulattest vor wechselnden Gesichtern, werden in amtsüblichem Maße ein wenig hin und hergeschickt, zahlen die unglaublich geringe Summe von umgerechnet 12 Euro und halten kurz darauf ein zweites kostbares Schreiben in den Händen. Mit dem müssten wir zu den Verkehrsbetrieben, bedeutet man uns.

Wir sind dabei, einen lupenreinen Bescheingungs-Hattrick zu erzielen, das spüren wir, als wir kurz darauf das Büro von „Länstrafiken Norrbotten" (LTNB) betreten, das knapp hundert Meter vom Rathaus entfernt am Busbahnhof zu finden ist. Die Verkehrsgesellschaft LTNB schickt ihre Fahrzeuge quer durch die Provinz Norrbotten, die etwa so groß ist wie Bayern und Baden-Württemberg zusammen. Die Gemeinde Kiruna macht rund ein Sechstel dieser Fläche aus. Die Jahreskarte, die Moritz am Ende unserer Bemühungen erhält, gestattet ihm - nach Zahlung des lächerlich niedrigen Einmal-betrages von 120 Kronen - kostenfreie Fahrten in einer Gemeinde, deren Ost-West-Ausdehnung etwa 250 km und deren Nord-Süd-Achse ca. 150 km beträgt. Fast schämen wir uns, wie gut Lappland zu uns Dahergelaufenen ist.

Kaum, dass wir in Alttajärvi angekommen sind, sorge ich für einen Fahrplanaushang. Mit einem feierlichen Gefühl im Bauch krit-zele ich die wenigen Abfahrts- und Ankunftszeiten der Busse auf ei-nen kleinen Zettel und befestige ihn an der Flurtür. Bereits am fol-genden Morgen wirken sich unsere diplomatischen Erfolge auf die Etablierung einer Routine aus. Der erste Bus fährt um 7 Uhr 20 ab, der nächste erst zwei Stunden später. Da sowohl Anke als auch Mo-ritz im Hinblick auf das Thema „zügiges Aufstehen" unter einer chro-nischen Minderbegabung leiden, bin ich gegen halb sieben als Erster auf den Beinen, koche Kaffee, zimmere die chronisch ungeliebten Mitnehmbrote und decke den Tisch fürs Frühstück. Dann wecke ich Moritz: „Barni, du maste stiger up!" „Barn" heißt Kind auf schwe-disch, da ergibt sich unser hiesiger Rufname für Moritz wie von selbst – finden jedenfalls Anke und ich. „Barni" selbst hat da so seine Zweifel.

Was den Franzosen ihr Croissant ist, sind Kanelbullar für die-ses Land. Mit Hilfe des Zimtgeschmacks des schwedischen National-gebäcks, mit dem in der Luft hängenden Kaffeeduft, mit dem lautem Knuspern, das der Verzehr des Erdbeer-Crunchie-Müslis verursacht und dem unglaublichen Luxus einer wochentags frisch bereiteten Avocadocreme entwerfen wir an Moritz' erstem richtigen Schultag eine Schablone für ein Familienfrühstück, die wir das ganze Jahr über anwenden werden. Momentan wird das behagliche Gefühl, nicht selbst gleich zur Arbeit zu müssen, noch von der familiären Aufregung über Moritz' unmittelbar bevorstehende erste Busfahrt übertüncht.

„Was, wenn der Busfahrer kein Englisch spricht?" sorgt sich Barni. „Dann zeigst Du ihm einfach Dein Busticket und steigst am Busbahnhof in Kiruna aus!" Trotz aller Bedenken lehnt es unser Sohn strikt ab, dass wir ihn zur Haltestelle begleiten. Von allen erdenklichen Peinlichkeiten nimmt diese offenbar den unangefochtenen Spitzenplatz ein. Schlimm genug, dass wir ihn zwingen, die knallgelbe Warnweste anzuziehen. Beim regen Verkehr auf der E10 hat das Sicherheits- und taktische Aspekte. Potentielle Fahrgäste erhöhen ihre Chance, mitgenommen zu werden, mit dem textilen Leuchtmittel um ein Vielfaches. Oft genug wird uns Moritz in den folgenden Wochen von unsanften Bremsmanövern der Busse berichten, die die Überraschung der leicht vorwurfsvoll dreinblickenden Fahrer ausdrücken: „Um die Zeit stand hier in der Einöde noch nie einer!"

Als Moritz an diesem Morgen pünktlich Richtung Straße stapft, stehen wir hinter der Fensterscheibe und schauen ihm nach, als wäre er ein ABC-Schütze. Schnell verschwindet seine Gestalt hinter den Büschen, die den Straßenrand säumen. Gebannt bleiben wir hinter dem Fenster sitzen. Eine Viertelstunde lang erscheint weder ein Bus noch der rückkehrende Moritz in unserem Blickfeld. Das ist reichlich Zeit, um sich daran zu erinnern, dass ein Nachbar kürzlich einen Braunbären in der Nähe der Briefkästen gegenüber der Haltebucht gesehen haben soll. Je länger die Warterei anhält, desto deutlicher steigen Visionen vor Ankes innerem Auge auf, in denen sich Moritz gerade den messerscharfen Krallen und dem weit geöffneten Maul eines attackierenden Bären gegenüber sieht.

Nur mühsam können wir uns von einem elterlichen Kontrollgang abhalten. Endlich hören wir erleichtert, wie der Bus sich nähert und sehen ihn wenige Sekunden später unten auf der Straße vorbeifahren. Es scheint, als würden wir alle drei Moritz' ersten schwedischen Schultag überleben. Im Laufe des Jahres werden wir uns an die Tatsache gewöhnen, dass die Abfahrt des Busses fast immer fünf bis zehn Minuten später ist als geplant.

Unser Junior begeistert sich schnell für den schwedischen Schulalltag. Ihn beeindruckt die Großzügigkeit der Angebote, die die Schüler erhalten. Es sei alles viel lockerer als in Deutschland. Kein griesgrämiger Hausmeister patrouilliert nach Unterrichtsende mit verkniffenem Gesicht im Fitnessraum, wo sich die Minderjährigen gegenseitig beim Workout anstacheln. Die teuren Keyboards und andere Musikinstrumente stehen ebenfalls jedem unbeaufsichtigt zur Verfügung. Die Kids in Moritz' Kurs haben überwiegend Lust am Lernen, Lehrer werden geduzt und immer mal wieder auch umarmt. Das schulisch geförderte Laissez-faire strahlt ein immenses Vertrauen sowohl in die eigene wie auch in die fremde Jugend aus.

Nach und nach bilden sich erste Konturen in Moritz' sozialen Begegnungen aus. Immer öfter erhält er Einladungen zu einer Tasse Kaffee in der Schulcafeteria. Die Multi-Kulti-Truppe aus seinem Integrationskurs zerrt ihn in das bunte Bild, das sie abgeben. In die Melange aus Afrikanern, Afghanen und vereinzelten Schweden, die in den ersten Wochen angesagt sind, sticht irgendwann ein erster Stoßtrupp aus Thailand, der den Weg für eine monatelange Dominanz der Asiaten in Moritz' Freizeitgestaltung bereitet. Das geht so weit, dass Moritz anfängt, sich an der thailändischen Sprache zu versuchen. Wir lauschen seiner sich verheddernden Zunge und hoffen umgehend auf mehr Kontakte mit Einheimischen. Wäre irgendwie doof, wenn er nach unserem Gastjahr in Lappland besser thailändisch als schwedisch sprechen kann.

Während Moritz die Schulbank drückt, arbeiten wir uns an der Alltagsstruktur ab. Eine der ersten Maschen, die es zu knüpfen gilt, ist der Zugang zum Internet. Netzanbindung ist nicht nur eine Waffe, um sozialer Entwurzelung vorzubeugen und Kontakte in die Heimat zu pflegen. Sie ist auch unabdingbare Voraussetzung für Ankes Arbeit als Rechtsanwältin in der skandinavischen Einöde. Die Tunnelverbindung zu ihrer Kanzlei in Deutschland, die der heimatliche EDV-Mensch in das Intranet ihres Büros gewoben hat, hatten wir vor unserer Abreise aus 25 km Entfernung erfolgreich getestet. Von Anfang an hatte mich dabei der Begriff des Tunnels fasziniert. Assoziationen von Maulwürfen mit kleinen Spaten in der Hand und Grubenlampen auf der Stirn, die emsig Datenkolonnen beiseite schaufeln, drängten sich auf.

Die Frage: Wird sich der digitale Geheimgang auch über eine Entfernung von 2300 km als einsturzsicher erweisen? Um das herauszufinden, müssen wir erst einmal hineinkommen. Das Problem: Unsere Stuga hat keinen Festnetzanschluss. Die Lösung: Der Kauf eines funkfähigen Routers. Der ist auch ohne Draht total auf Draht und fängt uns das Netz aus der Luft. Wir füttern das Ding mit einer SIM-Karte, kaufen ein Datenvolumen von 10 Gigabyte und machen einen ersten Testlauf. Wir tackern die PIN des Routers in den Computer, surfen ein bisschen im Internet und kommen dann zum spannendsten Teil der Aktion. Gebannt verfolgen wir die Einwahlversuche des Rechners, dann zeichnet sich eine zufriedene Miene auf dem Gesicht meiner Frau ab. Gerade eben ist ein wesentliches Puzzleteil zum Gelingen unseres Lapplandjahres dazugekommen. Der Tunnel funktioniert!

Anke ist damit nicht nur in der Lage, auf eingescannte Akten zuzugreifen. Ihr digitales Diktiergerät ist ein extrem strapazierfähiger Zuhörer und zeichnet alles auf, was ihr von den Lippen rieselt. Später muss sie ihr Wortwerk nur noch in Richtung Kanzlei schicken, wo es von ihren Sekretärinnen entdeckt und zu Papier gebracht wird. Einige Stunden danach sind die geschriebenen Diktate für sie einsehbar, so dass sie diese auf Fehler durchsehen kann.

Wir erweitern ihre anwaltlichen Möglichkeiten ideal mit dem Kauf eines Prepaid-Handys. Der Anbieter Halebob berechnet nur wenige Cents für Telefonate aus dem Mobilnetz nach Deutschland. Jetzt kann sie nicht nur Klagen und Erwiderungen auf Schriftstücke verfassen und Akten durchsehen, sondern auch zu einem überschaubaren Preis Gespräche mit Mandaten und ihren Kollegen im Wendland führen. Wir unterdrücken die Rufnummer, so dass der Gesprächsteilnehmer nicht mitkriegen kann, dass er gerade aus Schweden angerufen wird. Nach einigen Wochen hat sich meine Frau in ihr neues „Büro" verliebt: Die Füße auf dem Sofa, auf dem Schoß das Notebook, das prasselnde Feuer im Ofen, hinter der Fensterfront die Aussicht auf den See. So muss Arbeit!!

Unsere morgendlichen Rituale schleifen sich ein. Nachdem Moritz in Richtung Bus verschwunden ist, widmen wir uns zunächst dem Zweitkaffee und der Online-Version unserer heimatlichen Presse. Vor unserer Abfahrt aus Deutschland hatten wir uns ein elektronisches Abo der Elbe-Jeetzel-Zeitung gesichert. So entgehen uns weder die Namen der neuesten Schützenkönige noch die wichtigsten Veranstaltungen des Landfrauenvereins. Nicht auszudenken, wenn wir in nur einem Jahr unsere mühsam erarbeiteten Einsichten ins Dorfleben aufs Spiel setzten.

Nach sorgsamem Studium der Schlagzeilen des Tages warten sehr unterschiedliche Pflichten auf uns. Anke vertieft sich in den Tunnel, der ihr Zugang zur ihren Akten verschafft. Ich wende mich dem Haushalt zu. Im wesentlichen harmonieren wir dabei. Nur gelegentlich - etwa, wenn ich zu laut mit dem Geschirr klappere - tönt genervtes Zischen vom Sofa, auf dem sich meine Frau ausgebreitet hat. Solch profane Nebengeräusche seien keine passende Untermalung für die juristischen Sphären, in denen sich ihr Geist gerade entlanghangele. Außerdem würde das Diktiergerät meine Lärmtorpedos alle aufzeichnen.

In solchen Momenten spüre ich ihren mangelnden Respekt für die Pflichten eines Hausmannes nur allzu deutlich. Beleidigt verlege ich den Ort meiner Aktivitäten daraufhin manches Mal nach draußen. Unsere üppigen Holzvorräte lagern in einem Unterstand, der etwa 50 Meter vom Haus entfernt ist. Wenn ich von dort ein bis zwei Schubkarren ofenfertiger Birkenstücke auf unsere kleine Terrasse fahre und aufstapele, drohen keinerlei Konflikte mit der Diktantin.[4] Auch das Spalten von Anmachholz ist unproblematisch, da es außerhalb unseres Wohnraums stattfindet, der von meiner Frau zum Stundenbüro umdeklariert wurde.

Da wir zur Miete wohnen und Mikael alle größeren Arbeiten wie z.B. das Rasenmähen selbst übernimmt, sind nach spätestens 90 Minuten alle Unterpunkte auf meiner morgendlichen To-Do-Liste abgehakt. Herrlich. Während ich nun darauf warte, dass Anke ihren vormittäglichen Arbeitsblock beendet, gehe ich meinen Launen nach. Manchmal knöpfe ich mir eins der Schwedischlehrbücher vor, die ich mir geliehen habe, um die Sprache zu lernen. Dann wieder krame ich eine Fachzeitschrift hervor. Ein anderes Mal lese ich einfach. Ich habe einen Vorrat eingestaubter Lektüre mit nach Lappland genommen. Romane, die seit Jahren im heimatlichen Regal standen und von mir ein ums andere Mal ignoriert wurden. Einige davon – wie ich im Laufe der kommenden Monate feststellen muss – völlig zu Recht.

---

4 An dieser Stelle erscheint es mir absolut essentiell, auf den Unterschied zwischen einer Diktantin (eine Frau, die etwas diktiert) und einer Diktatorin (ist ja wohl klar, oder?) hinzuweisen. Insbesondere weil ich mir gerade die Haushaltsschürze selbst umbinde. Dies sei sowohl in meinem wie auch im Interesse meiner Frau unterstrichen.

Elche, Bären und ein unerwarteter Angriff

Der spaßige Teil unseres Vormittags beginnt meist nach drei bis vier Stunden „Home Office". Kaum dass Anke ihr Notebook zugeklappt hat, springen wir in unsere Wanderschuhe, um den Wald hinter unserem Haus zu erforschen. Der erstreckt sich als etwa 3 km breiter Streifen bis zu einem mächtigen Fluss, dem Torneälv. Der Strom durchschneidet auf einer Länge von über 400 Kilometern Lappland, er entspringt in der Nähe der Gletscher an der schwedisch-norwegischen Grenze und mündet in die Ostsee.

Die Strecke zum Torneälv ist eine der Hauptadern im Geflecht der Pfade unseres Waldes. Ein anderer recht breiter Weg führt auf den Gipfel des Alttavaara. Der Alttavaara erhebt sich als kleiner Berg unweit von unserer Stuga. Von seinem höchsten Punkt aus bietet sich eine Sicht in alle Himmelsrichtungen. Im Norden erblickt man den Torneälv, im Westen liegt Kiruna, gen Süden schimmert die Oberfläche „unseres" Sees, des Alttajärvi.

Auf unseren regelmäßigen Erkundungsgängen nehmen wir uns die unscheinbaren Pfade vor, die von diesen Hauptschneisen abzweigen. Nach und nach machen wir uns auf diese Weise ein Bild von der unmittelbaren Umgebung. Die gedankliche Kartierung, die wir dabei vornehmen, wird durch unsere eigenen Namensschöpfungen aufgepeppt: Der „Panoramaleden" etwa führt parallel zum Torneälv nach oben und eröffnet schöne Ausblicke. Ein Rundweg, an dem wir die Kotmarke eines Bären entdecken, heißt fortan „Bärenpfad". Ein düsterer, sehr steiler Waldabschnitt, auf dem ein gelegentliches Knacken aus dem Unterholz die Fantasie beflügelt, nistet sich als „Gruselsteig" in unserer eigenen Nomenklatur ein.

Da es uns an Vorstellungskraft in der Kategorie Horror und Action keineswegs mangelt, führen wir auf den Wanderungen immer ein Bärenspray mit uns. Die hochkonzentrierte Pfefferwolke, die der Spraydose im Bedarfsfall entweichen soll, schlägt – wenn uns der kanadische Hersteller keinen Bären aufbindet – auch den grimmigsten Teddy in die Flucht. Einerseits gelten Lapplands Raubtiere als sehr scheu. Andererseits erzählt uns Mikael davon, dass sein Vater im angrenzenden Wald einmal zwischen eine Bärenmutter und ihr Junges geraten sei. Zwar habe der die Begegnung schadlos überstanden, aber haften bleibt die Anekdote trotzdem und liefert ein Argument für unsere Bewaffnung.

Unsere Ausflüge vermitteln die besondere Atmosphäre der lappländischen Vegetation. Die Weitläufigkeit und Kargheit der hiesigen Natur tragen eine Unaufgeregtheit in sich, die auf den Wanderer übergeht. Alles was hier ist, scheint mit sich zufrieden, sei die Existenz auch noch so bescheiden: Knorrig-schiefe Birken recken ihre mickrigen Äste in den Himmel, knöchelhohe Zwergsträucher genießen das bisschen Sonne, die ihnen die kurze Wachstumsperiode bietet, Sumpfpflanzen feiern die wenigen Sommerwochen mit aromatischen Düften. In tiefen Atemzügen saugen wir deren frischen Geruch in uns auf - wenn wir ihn doch nur in Flacons füllen könnten!

Die ersten Wochen in Alttajärvi sind ideal für Streifzüge durch die Natur - Ende August ist die Mückensaison im wesentlichen vorbei, der Übergang in den kurzen Herbst hat bereits begonnen. Regelmäßig erblicken wir üppig sprießende Pilze auf dem Waldboden, die ersten Pflanzen nehmen einen Rot- oder Gelbton an. Das Klima ist noch mild. Die Einheimischen berichten uns vom ungewöhnlich warmen diesjährigen Sommer, der die hiesigen Seen auf Rekordtemperaturen aufgeheizt hat. So viel echtes Badevergnügen hat es in diesen Breitengraden kaum einmal gegeben.

Immer sind wir auf unseren Wanderungen auch auf Tiersafari. Es wimmelt nur so von Elchlosung in einigen Ecken unseres Haus-und-Hof-Waldes; es kann doch nicht sein, dass wir nie einem begegnen! Aber je angestrengter wir in den Wald starren, desto besser scheinen sich die Kolosse zu verstecken. Ausgerechnet als wir einmal so sehr in ein Gespräch vertieft sind, dass ich gedankenversunken nach unten blicke, läuft uns eine Elchkuh wenige Meter vor unserer Nase über den Weg. Da ich über den versiegenden Sprachstrom aus Ankes Mund erstaunt bin, blicke ich zunächst in Richtung meiner Frau, um die Ursache für ihr plötzliches Verstummen zu ergründen. Ein blöder Fehler. Viel zu spät folge ich ihren starr gerade aus gerichteten Augen und höre dabei das Wispern aus ihrem halboffenen Mund: „Da war ein Elch!" Den Rest des Heimweges überziehe ich meine Frau mit schmollenden Vorwürfen, verlange mehr künftige Geistesgegenwart von ihr und bläue ihr einen Signalcode ein, der Tiersichtungen unverzüglich und unmissverständlich anzeigt, etwa einen schnurstracks geradeaus gerichteten Zeigefinger.

Viel später, nachdem ich mich beinahe wieder beruhigt habe, tröste ich mich mit dem Gedanken, dass *ich* - im Gegensatz zu Anke - schon ein Vielfraß gesehen habe. Auf einem Abendspaziergang, den ich drei Tage nach unserer Ankunft alleine unternommen hatte, hatte ich plötzlich ein kompaktes haariges Etwas bemerkt, das an einer umwucherten Wegstelle hockte und mich aus etwa hundert Metern Entfernung unverwandt anstarrte. Mein Herzschlag hatte sich beschleunigt, weil ich zunächst dachte, ich hätte es mit einem kleinen Bären zu tun. Aber nein. Der buschig-lange Schweif passte - das hatte ich nach sekundenlangem Blickduell gemerkt - nicht zu Meister Petz. Andererseits war das Tier zu gedrungen für einen Wolf, sein Fell viel zu dunkel. Während ich mit nervösen Fingern versuchte, meinen Fotoapparat in Position zu bringen, verschwand mein Gegenüber. Erst mit einigem Abstand zu der Begegnung und nach einer Recherche hatte ich verstanden, mit welchem Tier ich es zu tun gehabt habe. Das liegt auch an dem irgendwie unpassenden Namen. Unter einem Vielfraß habe ich mir immer ein irgendwie plumpes Wesen vorgestellt, dessen Körpermitte seitlich an ihm hervorquillt – eine Art animalischer Obelix. Auf das wieselflinke Tier, das ich gesehen habe, passte diese Assoziation in keinster Weise. Das englische „Wolverine" oder auch das deutsche Synonym „Bärenmarder" beschreiben die Kreatur viel treffender.

Nach den mittäglichen Expeditionen in die umliegende Natur steht für Anke ein zweiter, kürzerer Arbeitsblock an. Inmitten von Ankes zweiter Aktenattacke kommt typischerweise Moritz aus der Schule zurück. Für ihn sind die Busfahrten nach Kiruna und zurück schon nach wenigen Tagen zur Routine geworden. Kaum, dass er zur Tür hereinschneit, sind wir wieder eine richtige Familie. Der tägliche Streit um das begrenzte Datenvolumen im Internet entbrennt in pubertätstypischer Lautstärke. Das ist der Pferdefuß an unserer digitalen Haustechnik. Das Gros einer zehn Gigabyte-Portion killt unser gut vernetzter jugendlicher Serientäter an einem einzigen Wochenende. Wenn wir ihn ließen.

Das Problem ist, dass zehn GB umgerechnet sechzig Euro kosten. Wir hatten gehofft, dass diese Datenmenge zwei bis drei Wochen reicht. Dabei haben wir die Multitasking-Fähigkeiten unseres Juniors unterschätzt, der parallel zu den Chats seinen Lieblingsradiosender streamt, die eigenen Smartphone-Videos übers Netz in die Heimat schickt und daneben noch ein paar coole Videos auf YouTube schaut. Dem Prinzip der freiwilligen Selbstbeschränkung steht das altersgemäße YOLO („You only live once") entgegen, dem auch Moritz gerade frönt.

Tenor des bei Teenagern hippen Anti-Nachhaltigkeits-Prinzips: Schöpfe ab, was Du kannst; wer weiß, ob es morgen noch was gibt. Dämme im Datenstrom sind dabei unerwünscht. Das macht ein Regelwerk erforderlich, das durchaus Merkmale einer unerbittlichen Strenge in sich trägt. Eine ideale Nährlösung für unsere Auseinandersetzungen, die manchmal in Anwürfen unseres Juniors gipfeln, ich hätte auch als Grenzposten in der DDR arbeiten können. Ein anderes Mal bezichtigt er uns, wir würden aktiv an seiner sozialen Isolation arbeiten. Erst verschleppen wir ihn in die lappländische Einöde, dann kappen wir alle digitalen Verbindungen in die Heimat.

Von Moritz' Standpunkt aus tragen diese Breitseiten - abgesehen von meiner angeblichen Eignung als Wachhabender an der ehemaligen innerdeutschen Grenze - einen wahren Kern in sich. Nur theoretisch gäbe es einen Ausweg aus unserem Internetdilemma. Als Abonnenten bei der schwedischen Telefongesellschaft könnten wir deutlich größere Datenvolumina zu besseren Preisen erwerben. Allerdings fehlt uns dazu die staatliche Absolution. Für praktisch jeden bürokratischen Akt ist in Schweden eine Personennummer Voraussetzung. Die aus zehn Ziffern zusammengesetzte Identitätsmarke spielt selbst beim Erwerb einer Kundenkarte im Supermarkt eine Rolle. Ihr sechsstelliger Beginn weist zunächst das Geburtsdatum aus, zusätzlich enthält sie eine dreistellige "Geburtszahl" sowie eine Prüfziffer. Die letzte Stelle der Geburtszahl verrät auch das Geschlecht (männlich = ungerade, weiblich = gerade).

Während man als Ausländer beim Einkauf das Fehlen einer Personennummer durch Vorlage eines Personalausweises oder eines Führerscheins kompensieren kann, stößt man in anderen Bereichen auf unüberwindliche Hindernisse. Jedes Vertragsformular besteht unerbittlich auf der Angabe einer individuellen Kennziffer. Kein Bankkonto, kein Versicherungsabschluss, kaum ein Kaufvertrag kommt ohne sie aus. Auch ein Daten-Abonnement beim schwedischen Telefonetzbetreiber „Telia" ist ohne eine Personennummer somit nicht möglich. Das erfahren wir bereits beim Erwerb unseres Routers. Erik, ein netter Angestellter aus dem Teliashop in Kiruna, empfiehlt uns, das Abonnement auf den Namen eines schwedischen Freundes laufen zu lassen und diesem einfach das monatlich fällige Geld zu geben. Wir mögen ihm nicht sagen, dass wir nicht nur keine Personennummer sondern auch noch keine schwedischen Freunde haben.

Trotz Etablierung von Tageszeiten, an denen wir unser häusliches WLAN unter Moritz' lautstarkem Protest und unter Inkaufnahme eines stundenlang beleidigten Teenagers abschalten, werden wir zu Stammkunden der Telia. Der Satz „Kan du lada ocksa?" geht uns bald flüssig über die Lippen - alle paar Wochen fragen wir mit diesen eingeübten schwedischen Brocken nach einer erneuten Aufladung unseres Routers und genießen es, wenn unsere Frage auf Anhieb verstanden wird.

Rudern statt Surfen. Angesichts der von uns verordneten Computerverknappung suchen wir gemeinsam mit unserem Sohn nach Freizeitbeschäftigungen, die dessen Tag nach der Heimkehr von der Schule abrunden. Da trifft es sich, dass uns Mikael die Benutzung seines Bootes erlaubt hat, dass am 200 Meter entfernten Ufer des Sees darauf wartet, ins Wasser gezogen zu werden. Es hat etwas ungemein Entspannendes, bei Sonnenschein und leichtem Wellengang in der Nussschale zu dümpeln und dabei den Zug der Wolken am blauen Himmel zu beobachten. Diese Form von Bootsausflügen - das lernen wir von Moritz - ist allerdings für Menschen im Vorstadium der Leichenstarre gedacht. Er sucht den sportlichen Wettkampf, möchte Strecke machen und genießt den kraftvollen Schub, den seine Muskeln bei einem einzigen Schlag mit den Rudern bewirken.

Wenn Moritz und ich uns abwechseln, ist der etwa zwei Kilometer lange Alttajärvi schnell rudernd überquert. Unsere Hütte und der Bootsliegeplatz befinden sich am Ostende des Sees. Wir starten unseren Bootstörn in westlicher Richtung - der nachmittäglichen Sonne hinterher. Dort befindet sich am Westende des Sees als Anlaufpunkt das Camp Alta, dessen Existenz uns maßgeblich zum Lapplandjahr in dieser Region inspiriert hat. Im Sommer locken Leif und Miriam Reisende mit der Mitternachtssonne und der Aussicht auf meditative Angelsessions und Wanderungen in ihr idyllisch gelegenes Urlaubscamp. In der Winterzeit - mittlerweile eindeutig die

Hauptsaison - bieten Leif und Miriam den Touristen Schneemobil- und Hundeschlittentouren an.

Es ist September - eigentlich *die* Gelegenheit zum Durchschnaufen für das emsige Paar. Statt dessen nutzt Leif die Urlauberflaute für ein ehrgeiziges Bauprojekt. Er zimmert in diesen Wochen (Do-it-Yourself ist in Lappland sehr angesagt) ein größeres Rezeptionsgebäude. Nach unserer Ankunft mit dem Ruderboot halten wir ihn einige Minuten von der Arbeit ab. In Schweden gehört Kaffee quasi zu den Grundnahrungsmitteln - auch jetzt, am späten Nachmittag, wird uns eine Tasse angeboten.

Die Atmosphäre im Camp Alta nimmt uns immer wieder aufs Neue gefangen. Es besticht nicht nur durch seine geniale Lage. Es finden sich ebenso reichlich Möglichkeiten zur Entspannung wie zur Aktivität an. Im Sommer laden Ruderboote, Kanus und Kajaks zu Ausflügen auf dem See ein. Im Winter locken Ski-, Skooter- und Hundesschlittenvergnügungen. Spätestens wenn an den kalten Tagen das Feuer in der kreisrunden Kota knistert, die im Zentrum des Geländes steht, springt hier der Funke des Wildnisgefühls auf den Touristen über.

Als weitere Attraktion liegt am Ufer des Sees ein riesiges Floß, das eine Sauna, einer Grillstelle und Sitzgelegenheiten trägt. In einigen Wochen - wenn der See zuzufrieren beginnt - wird Leif die U-förmige Konstruktion einige Meter auf den See hinaus ziehen, wo sie vom erstarrenden Wasser festgehalten wird. Der Clou ist, dass sich im Boden der „schwimmenden" Sauna eine Falltür befindet. Die winterliche Gebrauchsanweisung für Saunawillige lautet dann: Raus aus der Schwitzhütte, Falltür auf, rein ins darunter befindliche eisige Wasser, mühsam Kontrolle über die eigenen Stimmbänder wiedererlangen, die im Wind des eigenen Kreischens flattern. Aus Sicherheitsgründen befindet sich unterhalb des Wasserzugangs eine Art Gitterkäfig, der vermeiden soll, dass die Kälteschockwilligen unter dem Eis des Sees verschwinden. Da wir in den nächsten Monaten reichlich Anekdoten über vermindert zurechnungsfähige Touristen hören, ist das sicherlich eine sehr gute Idee. Gegen vom Eis freigegebene Wasserleichen, die auf dem See herumdümpeln, kommt auch die schönste Mitternachtssonne nur schwer an.

Nachdem uns Leif stolz die neuesten Fortschritte an der im Bau befindlichen neuen Rezeption erläutert hat, folgen wir ihm in sein Haus. Seine Frau Miriam empfängt uns mit breitem Lächeln und hantiert - kaum das wir drinnen sind - mit Kaffeemaschine und Teekanne. Gesprächsstoff ist schnell gefunden. In der jetzigen Zwischensaison sind die beiden damit beschäftigt, ihre Crew für die anstrengende Wintersaison zusammenzustellen. Unter anderem erwarten sie Saisonkräfte aus Spanien - Miriams spanische Wurzeln und die südeuropäische Wirtschaftskrise bahnen dem anstehenden Klimaschock der Wanderarbeiter den Weg: Innerhalb von 5-6 Flugstunden von 30 Grad plus Außentemperatur auf frostige minus 20 Grad. Nicht immer ist dieses Migrationsexperiment in der Vergangenheit aufgegangen. Die wachsende Zahl der Wintertouristen und die chronische Knappheit an Arbeitskräften in Schwedisch-Lappland zwingt jedoch zu Lösungen, die sich manchmal im Nachhinein als Problem erweisen. Die bis zu 90 Gäste, die in den Hütten des Camp Alta gleichzeitig unterkommen können, schreien nach Manpower.

Im Laufe des Austausches schüttet Leif reichlich Tipps für Freizeitaktivitäten über uns aus. Gerne nehmen wir sein Angebot an, Kanu und Kajak auszuleihen. Moritz, der das wackelige Kajak gleich ausprobieren möchte, rät er, das Kentern zu üben. Motto: Lieber eine Eskimorolle unter Aufsicht nicht hinbekommen, als ein ungewollt langes Studium der Unterwasserwelt, wenn man alleine ist.

Lernen von den wilden Kerlen Lapplands. Von seiner Physiognomie her erinnert Leif mich immer wieder an die Bäume der Gegend. Klein, aber voller Energie und enorm widerstandsfähig. Und durchaus draufgängerisch. In jungen Jahren - das erfahren wir einige Monate später - ist er mit seinem Bruder in Kanus den Stromschnellen des Kalixälven flussabwärts gefolgt. Die Tatsache, dass der Fluss für Kanufahrten nicht wirklich geeignet ist, hat die beiden dabei nicht die Bohne gestört. Die Boote hat es bei dieser Aktion fast zerlegt. Da den Brüdern selbst nichts passiert ist, leuchten Leifs Augen bei der Nacherzählung immer noch.

Solche Anekdoten jugendlichen Leichtsinns sorgen immer für einen skeptischen Gesichtsausdruck bei Miriam. Die hat den Respekt vor der lappländischen Wildnis trotz bereits jahrelanger „Einnordung" behalten. Eindringlich warnt sie uns vor der niedrigen Temperatur des Alttajärvi-Sees. Ein spanischer Freund sei aufgrund der Kälte in Not geraten, da er beim Schwimmen Krämpfe bekommen habe, die ihn fast bewegungsunfähig gemacht hätten. Nur mit Mühe habe sie ihn noch auf das Ruderboot ziehen können. Auf keinen Fall sollten wir jemals ohne Schwimmweste die Kanus benutzen.

Inspiriert durch das Gespräch, das auch die praktischen Dinge des Lebens gestreift hat, begeben wir uns in den nächsten Tagen auf eine weitere bürokratische Scoutingtour. In unserer deutschen Heimat wären wir von Behördengängen genervt. Hier in Lappland sind sie ein kleines Abenteuer. Wohl auch, weil jeder Vorstoß in den schwedischen Alltag unmissverständlich klarstellt, dass der Unterschied zwischen einem Touristen und uns auf der Hand liegt.

Das Finanzamt in Kiruna vergibt sog. Koordinationsnummern. Die „Samordningsnummer" ist so etwas wie die kleine Schwester der Personenkennziffer. Zwar sind die mit ihr verbundenen Möglichkeiten nicht annähernd so weitreichend wie beim berühmten Pendant, aber sie erlaubt immerhin den Abschluss einer Versicherung und kann bei manchen Kaufverträgen angegeben werden. Unser Plan, in den nächsten zwei Monaten ein Schneemobil zu kaufen, motiviert uns zur Antragstellung.

Am frühen Morgen stoßen wir die Tür zum Finanzamt auf. Sofort scannen unsere Augen den Eingangsbereich, bis wir das mittlerweile vertraute „Nummerlapp" entdecken. Dieses Wort steht für einen beispielhaften schwedischen Gerechtigkeitssinn, dem man beim Bäcker, bei der Post, an der Käsetheke und erst recht bei den Behörden begegnet. Jeder, der bedient werden will, zieht ein kleines Zettelchen („Lapp") mit einer aufgedruckten Nummer aus eigens dafür aufgestellten Apparaten. Erst wenn die eigenen Ziffern auf einer Leuchttafel erscheinen oder aufgerufen werden, ist man an der Reihe. So einfach wie genial.

Diese Methode gibt es natürlich auch vereinzelt in Deutschland. Durch die Breite ihrer Anwendung in Schweden wirkt sie aber wie aus der Zeit gefallen in einer Ära, in der es die Kultur des Wartens kaum noch gibt. Einmal wollte ich am Bahnhofsschalter in Stockholm eine Auskunft über eine Verbindung erfragen, die 45 Minuten in der Zukunft lag. Ich zog eine Zahl und wartete. Vergeblich. Mein Zug fuhr ins Gleis, bevor ich an der Reihe war. In der dreiviertel Stunde verirrte sich mein ungeduldiger Blick unablässig zur Anzeigetafel. Ich faltete mein Zettelchen immer wieder auf und zusammen und versuchte, meine Gesichtszüge zu glätten.

Demgegenüber ist die Gelassenheit erstaunlich, mit der die Schweden dieses Schicksal ertragen. Allerdings ergreifen sie mitunter ausgeklügelte Gegenmaßnahmen. In einem Shoppingcenter haben wir beobachtet, wie jemand zunächst in jedem der vielen kleinen Lädchen Nummern zog und dann - nach Studium der dazugehörigen Tableaus - seine Einkaufsroute so plante, dass insgesamt ein Minimum an Wartezeiten resultierte. Ein paar Mal habe ich versucht, es ihm gleichzutun. Und musste dabei erfahren, dass dies zur ganz hohen Schule der schwedischen Konsumkunst gehört. Meist war meine Nummer auf Grund meiner Nichtanwesenheit gerade überblättert worden und ich musste mich schmallippig wieder ans Ende der virtuellen Schlange stellen.

Während wir im Finanzamt darauf warten, an die Reihe zu kommen, treffen wir auf Leif und Miriam. Für Juan-Mi, einen ihrer bereits eingetroffenen Saisonarbeiter, wollen auch sie eine Samordningsnummer beantragen. Der Mann kommt aus Spanien, ist mit seiner Frau und seinen beiden kleinen Söhnen angereist. Anke ist er fast auf Anhieb unsympathisch. „Seine Kinder haben Angst vor ihm", behauptet sie. Einige Wochen später werde ich mein Weibchen für ihre gute Beobachtungsgabe bewundern.

Vorerst wird unsere Aufmerksamkeit jedoch von der Beamtin in Anspruch genommen, die mit uns die Formulare durchgeht. Geduldig beantwortet sie unsere Fragen, kassiert eine Bearbeitungsgebühr und entlässt uns schließlich mit der Hoffnung auf eine erfolgreiche Antragsstellung. Tatsächlich flattert einige Wochen später ein Schreiben ins Haus, das uns die begehrte Ziffernfolge mitteilt.

Solch kleine Schritte der Assimilation sorgen für enorme Zufriedenheit bei uns. Als ich - nur gegen Vorlage meines deutschen Personalausweises - von der Gemeindebücherei „Norrbotten" einen Nutzerausweis erhalte, küre ich die Kunststoffkarte mit dem schwarz-orangefarbenen Design umgehend zur Schönheitskönigin im Arsenal meines reichhaltigen Kartenvorrats. Mithilfe des Ermächtigungsplastiks können wir jetzt in der Bibliothek u.a. DVDs ausleihen. Das Schauen nicht aus dem Englischen synchronisierter, schwedisch untertitelter Hollywoodstreifen verspricht im Hinblick auf meine sprachlichen Ambitionen eine enorm unterhaltsame Art des Lernens. Aus ähnlich fadenscheinigen Motiven hat Moritz es sich mittlerweile angewöhnt, nach seiner Heimkehr von der Schule mehrere Folgen der "Simpsons" und „How I met your mother" nacheinander aufzusaugen.

Im Gegensatz zu Moritz, der seine tägliche Dosis Schwedischunterricht in der Schule erhält, ist meine Methode aus der Not geboren. An Kirunas Volkshochschule will ich einen Sprachkurs belegen und suche hartnäckig den richtigen Ansprechpartner für mein Anliegen. Als ich ihn endlich gefunden habe, klingt die Theorie zunächst hervorragend. Das fremdenfreundliche Schweden bietet für alle EU-Ausländer kostenlose Sprachkurse an der „Folkshogskolan" an. Das Problem in der Praxis besteht darin, dass alle Kurse, die jetzt im Herbst anfangen, schon belegt sind. Zweitens handelt es sich um werktägliche Acht-Stunden-Kurse, bei denen auch ein regelmäßiger Besuch erwartet wird. Das beißt sich dann doch mit meinen Plänen, schließlich muss ich immer mal wieder nach Deutschland zum Arbeiten. Der freundliche Schwede setzt mich zwar auf die Warteliste, aber nach einigen Wochen schminke ich mir die Hoffnung auf eine staatlich geförderte Lerngruppe ab. Missmutig starrt mein innerer Schweinehund den Stapel Lehrbücher an, den Miriam mir leihweise überlassen hat. Es fällt mir schwer, mich in Eigeninitiative durch den Stoff zu wühlen.

Wer mag seine Nase schon in Bücher stecken, so lange das Wetter noch so mild ist und der September mit über 15 Stunden Tageshelligkeit nach draußen lockt. Also vergrößern wir den Radius unserer „Expeditionen" in die arktische Tundra. (Wir haben beschlossen, angesichts des abenteuerlichen Klangs der umgebenden Landschaft lieber von Expeditionen statt von Wanderungen zu sprechen. Klingt einfach cooler).

Der Caddy bringt uns zum knapp hundert Kilometer entfernten Abisko, einem kleinen unscheinbaren Nest unweit der Grenze zu Norwegen. Das Spektakel findet sich in seiner Umgebung. Schon einige Kilometer vor Erreichen des Ortes bietet sich eine grandiose Aussicht auf Lapporten. Lapporten (übersetzt: Lappenpforte) ist ein sog. Trogtal, das mit seinem abgerundeten U-förmigen Einschnitt in die Gebirgskette den Fachbegriff visuell bestens erklärt. Wie eine Hängematte verbindet das Tal zwei weit emporragende Gipfel. Bei niedrig stehender Sonne oder wenn sich die Wolken mystisch im Tal verfangen, sieht es so aus, als ob dort der Einstieg in eine andere Dimension beginnt. Man wäre nicht erstaunt, wenn aus dem geheimnisvollen Spiel aus Licht und Wolken die tief dröhnende Stimme einer nordischen Gottheit erklänge.

Auch Abisko selbst wuchert mit Panorama. Gen Norden blickt man auf den gewaltigen Torneträsk, den größten Gebirgssee Schwedens und fünftgrößten See des Landes überhaupt, der bei Bootsfahrern wegen der sich bei Wind auftürmenden Wellenberge gefürchtet ist. In drei Blickrichtungen ist das riesige Bassin von sanft geschwungenen Gebirgszügen umrahmt, die im Hintergrund liegenden Gipfel sind bereits Teil von Norwegen. Sein östlich gelegener Abfluss stellt den Beginn des Torneälvs dar, der sich in seinem Lauf auch an Kiruna vorbei schlängelt.

Wir haben für diesen Tag unsere erste Bergwanderung beschlossen. Nach unserer Ankunft in Abisko rumpeln wir mit dem Sessellift 500 Höhenmeter den Berg hinauf. Moritz und ich genießen dabei die imposante Aussicht in tiefen Zügen, Anke starrt vornehmlich auf einen festen Punkt am Horizont und konzentriert sich auf eine gleichmäßige Atmung. „Wir werden das Ding schon schaukeln!" bedeuten wir unserer Mitsitzerin in zweideutiger Neckerei. „Hört auf!" antwortet sie mit zusammengepressten Lippen und etwas geweiteten Pupillen. Erst nach unserer glücklichen Ankunft an der Bergstation besinnt sich auch ihr Puls darauf, dass Entschleunigung der eigentliche übergeordnete Sinn unseres Lapplandaufenthalts ist.

Von der Bergstation geht es dann weiter. Der erste Teil unserer Fjällwanderung führt uns weitere 250 Höhenmeter bis zur Spitze des Nuolja hinauf - der Berg liegt im südlichen Rücken von Abisko. Bereits nach einigen hundert Metern entdecken wir eine Gruppe von Rentieren, die auf dem Bergrücken auf der Suche nach Nahrung herum stromern. Würden die Tiere Steine fressen, wären sie schnell satt. Überall liegen kleine und großen Felsen herum, nur kärglich ist der Bewuchs. Es ist erstaunlich, in welchen Gefilden diese Hirschart es schafft, Fressbares zu finden.

Nachdem wir uns an den Rentieren satt gesehen haben, erklimmen wir die fehlenden Meter bis zur Bergspitze. Vom obersten Felsplateau aus genießen wir die Sicht auf das, was sich nun als Panorama unter dem strahlend blauen Himmel eröffnet. In jeder Blickrichtung ergießt sich die Weite der Landschaft unterhalb von uns, nur rudimentär sind Spuren menschlicher Bebauung zu erkennen. Wir posieren für Schnappschüsse, die sich für einen exponierten Platz im Familienalbum aufdrängen.

Auch Moritz genießt unsere Tour. Als wir an einem Gesteinsfeld vorbei zu einem flachen Gebirgssee hinabsteigen, fällt ihm allerdings etwas ein, was diese Wanderung noch schöner machen könnte: Die Abwesenheit seiner Eltern. Richtig schön wäre es, genau hier mit einem guten Kumpel wild zeltend die Nacht zu verbringen. Ohne pädagogischen Begleitballast ist die Welt für einen Sechzehnjährigen einfach spannender.

Unsere Route verläuft einige hundert Meter unterhalb des Bergkamms und fällt dann sanft in nordwestlicher Richtung nach unten ab. Das Wetter ist wie gemalt, südlich von uns strahlt die Sonne über einem benachbarten Gipfel. In der Nähe von Abisko beginnt der berühmteste Fernwanderweg Schwedens, der Kungsleden. Der (zu deutsch) Königspfad führt über eine Stecke von 440 km über einsame Berg- und Sumpfregionen Lapplands und gilt als eine der Herausforderungen, denen ein echter Schwede zwingend einmal getrotzt haben muss. Unser Ehrgeiz beschränkt sich heute darauf, das etwa zehn Kilometer entfernte Björkliden zu erreichen. Auf einem schmalen, manchmal kaum erkennbaren Weg erreichen wir mit immer wieder aufflammender Begeisterung über die Schönheit der Strecke unser Ziel. Von Björkliden aus bringt uns ein Bus zurück zu unserem Auto.

Wieder in Alttajärvi angekommen, habe ich die nächsten Tage reichlich Zeit, die schönen Bilder der Wanderung an meinem inneren Auge vorbeiziehen lassen. Mein eigentliches Sehvermögen wird nämlich durch die Attacke eines wilden Tieres, die sich kurz darauf aus heiterem Himmel ereignet, eklatant geschwächt. Ausgerechnet in unmittelbarer Nähe unserer Stuga werde ich angegriffen.

Es passiert beim Holzholen. Arglos schiebe ich die Schubkarre zum fünfzig Meter entfernt stehenden Schuppen, ahne nicht, dass mir dort etwas auflauert. Dann geht alles blitzschnell.

Während ich nach dem dritten oder vierten Holzscheit greife, spüre ich plötzlich einen schneidenden Schmerz über dem rechten Auge. Ich versuche, den Angreifer zu identifizieren, der das Überraschungsmoment ausnutzt und mit seiner widerhakenbewehrten Waffe mein Gesicht weiter verunstaltet. Reflexartig schlage ich nach dem Tier, was dazu führt, dass meine Brille im hohen Bogen vom Gesicht segelt. Das macht es mir sofort noch schwerer, einen klaren Blick auf meinen Gegner zu erhaschen und eine erfolgreiche Verteidigungsstrategie zu entwickeln. Halb blind und hektisch führe ich Abwehrbewegungen in Richtung des Aggressors aus, der meinen Schlägen geschickt ausweicht. Sehbehindert wie ich bin - ohne Brille und mit einem vor Schmerz tränendem rechten Auge - tue ich das, wozu jeder kühl kalkulierende General auch auf dem Höhepunkt einer Schlacht in der Lage sein sollte. Ich trete den Rückzug an, den ich mit einer gefuchtelten Scheinattacke in Richtung meines Peinigers garniere. Während ich zurück stolpere, identifiziert mein nicht tränendes Auge endlich das Tier, das mich nach wie vor angriffslustig umkreist. Offenbar habe ich die rote Linie überschritten, die virtuell um sein Nest in der Nähe des Holzstoßes gezogen ist. Die Wespe lässt von mir ab, nachdem ich einige Meter entfernt bin.

Der Insektenstich an sich ist nicht das Problem. Ich bin kein sehr schmerzempfindlicher Mensch. In der Nähe des Unterstands finde ich meine Brille auch rasch wieder. Die Crux ist, dass das eine Glas, das aus der Fassung gesprungen ist, im hohen Gras der Wiese verschollen bleibt. Das ist weit mehr als ein Schönheitsfehler, da ich ohne Brille das Sehvermögen eines Maulwurfs habe. Erschwerend kommt außerdem hinzu, dass ich vergessen habe, eine Ersatzbrille mit nach Lappland zu nehmen. Ich bin gezwungen, bis zur Reparatur auf meine Sonnenbrille zurückzugreifen. Die nächsten Tage tappe ich im Halbdunkeln. Immer wieder schiebe ich mir notgedrungen die Brille auf die Stirn, wenn meine sogenannte Sehhilfe mehr behindert denn hilft. Als wäre das alles nicht schon schlimm genug, mobbt mich meine wenig einfühlsame Familie. Ständig werde ich mit „Heino" angeredet, immer wieder ertappe ich sie mit einem Grinsen auf ihren Gesichtern, wenn ich ihnen gegenübertrete. Wer den Schaden hat...

Obwohl es nervenaufreibend lange dauert - die Ersatzgläser werden nicht vor Ort gefertigt und lassen auf sich warten - bis ich wieder einen klaren Blick auf unsere neue Umgebung habe, entwickelt sich meine Beziehung zu unserer Wahlheimat weiter. Das Lodern des Feuers in unserem Ofen, dessen wohlige Wärme wir nach den kühler werdenden Nächten am frühen Morgen genießen, die Gänge unseres Lieblingssupermarkts, die wir zunehmend souverän abschreiten, die vertraute Landschaft auf der kurzen Autofahrt nach Kiruna. Diese und ähnliche Dinge werden zu Bestandteilen eines neuen Gefühls, das wir beginnen, in uns zu tragen. Es ist das Gefühl einer neuen Zugehörigkeit. Das mit Lappland und uns – das scheint tatsächlich zu passen.

„Indian summer" bei Nikkaluokta, ein samisches Dorf am Fuß des Kebnekaise.

„Lapporten", die Pforte zu Lappland, heißt dieses Trogtal, das eine Fahrtstunde entfernt westlich von Kiruna liegt.

Hin und wieder rocken wir auf Ausflügen Finnisch-Lappland. Stilecht. In Finnland findet alljährlich die Luftgitarren-WM statt.

21. September: Der erste Schnee!

September: Der Winter kündigt sich an

Ende September steht - nach einer knapp vierwöchigen Eingewöhnungszeit - mein erster Arbeitsblock in Deutschland an. Zum ersten Mal überlasse ich meine Familie ihrem lappländischen Schicksal und fliege für einige Tage in die Heimat. Kaum dass ich in Deutschland angekommen bin, erreicht mich eine Nachricht von Anke: Der erste Schnee ist gefallen! Mein Blick wandert zum Kalender. Wir schreiben den 21. September.

Das inspiriert - es wird Zeit, sich auf den Wintereinbruch vorzubereiten. Ich kann es kaum erwarten, meine einwöchige Nordlandabstinenz zu beenden. Nachdem ich zurück in Alttajärvi bin, ist der Schnee längst wieder geschmolzen. Dennoch machen wir sofort Ernst. Als erstes müssen wir unseren Caddy winterfest machen. Während in Deutschland Autoreifen mit Spikes schon seit langem verboten sind, ist ein sicheres Fahren ohne sie im lappländischen Winter undenkbar. Offiziell sind die aus der Reifendecke hervorstehenden Metallstifte vom 1.Oktober bis zum 15.April auf schwedischen Straßen zugelassen. Aber wo kriegen wir die Reifen her? Mikael rät uns, die Kleinanzeigen in der kostenlosen Wochenzeitung zu studieren, die uns - seitdem wir den Briefkasten angebracht haben - zu unserer großen Zufriedenheit regelmäßig ins Haus flattert. Und tatsächlich, ein gewisser Viktor bietet „winterdäck" zum Verkauf an.

Auf einem Betriebsgelände lerne ich Viktor kennen. Der Jüngling arbeitet dort und hat offenbar nebenbei Zeit, mit Reifen zu dealen. Ich mustere die angebotenen Exemplare. Die Profiltiefe ist definitiv in Ordnung, die Spikes sehen - soweit ich das Lapplandnovize sagen kann - noch unverbraucht aus. Die alles entscheidende Frage: Passen die Räder? Ich frage den potentiellen Verkäufer mit dem Wagenheber in der Rechten, ob ich eines der vier Exemplare probehalber montieren dürfte. Viktors Blicke sagen mir, dass er diese Aktion für total überflüssig hält, aber er lässt mich gewähren. Entschuldigend möchte ich ihm meine Gründlichkeit damit erklären, dass ich studiert habe, fürchte aber, dass ein großer Teil dieser Selbstironie in der Übersetzung verloren ginge.

Dann sind wir handelseinig. Für umgerechnet 120 Euro werde ich stolzer Besitzer von Spike-bewehrten Winterreifen. Ich wuchte die Dinger ins Auto, fahre mit ihnen nach Hause und lagere sie erst einmal in der Nähe des Holzschuppens. Gemeinsam mit Anke freue ich mich, dass wir auch diesen Zwischenschritt der Integration mit Bravour absolviert haben. Als später Mikael seinen fachmännischen Blick auf das Erworbene fallen lässt, lobt er dessen Qualität und meint, wir hätten für wenig Geld sehr gute Reifen erstanden. Unser Grinsen wird umgehend noch etwas breiter.

Die Wintertauglichkeit unserer Ausrüstung betrifft uns auch als Fußgänger. Das importierte Arsenal an Mützen, Handschuhen und Jacken deutet zwar an, dass wir beim Verteidigungsetat nicht gegeizt haben, als es um Kälteabwehr ging. Eine empfindliche Lücke ist in unserer Frostbarriere jedoch noch auszumachen. Wir brauchen dringend besser isoliertes Schuhwerk.

Damit ist meine Frau in ihrem Element. Ihre Shopping-Spürnase zittert förmlich, hat sie doch auf Anhieb die Witterung mehrerer Outdoorläden in der Innenstadt Kirunas aufgenommen. Mit vor Vorfreude rot glühenden Wangen treibt sie mich als ihren unwillig folgenden Verurteilten auf den Marterpfad einer baldigen Einkaufstour. Auf dieser genügen wir beide zu hundert Prozent den Geschlechterklischees. Extrem verkompliziert wird mein Konsummuffelstatus durch die Tatsache, dass ich - wann immer möglich - den Kauf chinesischer Produkte zu meiden suche. Es widerstrebt mir einfach, totalitären und nahezu gewissensfreien Hardcore-Kapitalismus ökonomisch zu stützen. In diesem Punkt bin ich zweifelsohne Sondermann.

Der Ausflug in die Welt der Schuhregale verläuft jedoch erfreulicher als gedacht. Relativ schnell entdecke ich Boots, die in Kanada gefertigt werden und - laut Herstellereigenwerbung - warme Füße bis minus 80°C garantieren sollen. Die Stiefel reichen bis zur Mitte der Unterschenkel, sind mit einem herausnehmbaren zentimeterdicken Filzeinsatz gefüttert, der eine dünne, metallisch glänzende Beschichtung aufweist. Eine Gummisohle mit panzerkettenartigem Profil und eine dicke Außenschicht geben das Erscheinungsbild „Waldbrandaustreter" vor. Obwohl ich nur Schuhgröße 42 habe, hinterlasse ich Abdrücke, die Dirk Nowitzki zur Ehre gereichten. Ich führe Probeschritte auf dem Parkett des Ladens aus und habe das Gefühl, donnernd kleine Mulden zu hinterlassen.

Meine Kaufentscheidung steht bald fest, auch wenn das klobige Schuhwerk für längere Spaziergänge eher ungeeignet ist. Warme Füße soll es vornehmlich auf Fahrten mit dem Skooter und ähnlich bewegungsarmen Outdoormomenten garantieren. Bei der andächtigen Beobachtung von Nordlichtern zum Beispiel wird einem sehr schnell sehr, sehr kalt - so viel haben wir schon gelernt. Erwartungsgemäß hat Anke kein Problem, selbst eine Wahl zu treffen. Bei ihrer Entscheidung spielt der optische Chic eine deutlich größere Rolle, dennoch sind auch ihre Schuhe ausreichend kältebeständig.

Unsere Konsumoffensive in Vorbereitung auf den lappländischen Winter erreicht seinen Spaßhöhepunkt. Dieses Mal wird sogar Moritz' Interesse geweckt. *Endlich* beginnen wir mit der Suche nach einem kostengünstigen Schneemobil. Wir klicken uns durch die Seiten von blocket.se. Wie schon bei der Suche nach einer Hütte hoffen wir auf Inspiration vom Internetportal.

Während wir auf den Seiten stöbern, mehrt sich vornehmlich unser Wissen darüber, dass wir überhaupt keine Ahnung haben. Unsere einzige Erfahrung mit Schneeskootern ist rein cineastisch und geht auf Skooterverfolgungsjagden in James Bond Filmen zurück. Worauf sollen wir - abgesehen vom Preis - achten? Was ist besser - ein Viertakter oder ein Zweitakter? Manueller Start? Elektrischer Start? Braucht man beispielsweise einen beheizten Gashebel? Und welche der uns völlig unbekannten Hersteller bürgt für Qualität ? Polaris? Skidoo? Artic Cat? Yamaha?

Wir versuchen, uns etwas schlauer zu machen. Erst seit knapp 60 Jahren werden Skooter serienmäßig gefertigt. Ein Pionier der Schneemobilära war ein gewisser Joseph Bombardier. Die lebenslange Motivation für Bombardiers Erfindungsgeist lässt sich aus einer leidvollen persönlichen Erfahrung des Tüftlers verstehen. Sein plötzlich schwer erkrankter zweijähriger Sohn starb in der kanadischen Einsamkeit, weil Bombardier es nicht schaffte, ihn im verschneiten Terrain der kanadischen Provinz Quebec rechtzeitig ins Krankenhaus zu bringen. Damals waren Hundeschlitten die einzig verfügbaren Transportmittel in solchen Gegenden. Angetrieben von diesem Schicksalsschlag feilte er jahrzehntelang an seiner Idee von einem motorisierten Transportmittel, das es mit Eis und Schnee aufnehmen konnte. Die ersten Varianten, die kurz vor Ausbruch des zweiten Weltkrieges gebaut wurden, hatten dabei die Größe kleiner LKW.

Nach etwa zwanzig Jahren Entwicklungsarbeit schaffte es Bombardier, einen Zweisitzer zu entwickeln, der den Siegeszug der Schneemobile einleitete. Als seine Schöpfung endlich fertig war, wollte er diesen eigentlich Skidog nennen - in Anspielung an die vor Ort reichlich vorhandenen Hundeschlitten. Aufgrund eines kuriosen Schreibfehlers bei der Einführung des Prototypen wurde daraus versehentlich Skidoo. Dem Vernehmen nach war Bombardier von der versehentlichen Umtaufe sofort begeistert, so dass der Name „Skidoo" seit dem für Skooter made in Canada stehen. Aber auch die US-amerikanischen Konkurrenz schlief nicht. 1960 bewiesen führende Köpfe der Firma „Polaris" auf einem über 2000 km langen Trip

von Minnesota nach Alaska die Leistungsfähigkeit der neuen Fortbewegungsmittel im Selbstversuch.

Solche Geschichten sind unglaublich interessant, aber Kommentare auf Internet-Ratgeber-Seiten, die in einer uns verständli-
chen Sprache formuliert sind und unsere Kaufentscheidung erleichtern, suchen wir vergeblich. Im deutschsprachigen Raum ist der
Schneemobilhype naturgemäß sehr überschaubar. Auf eines der Angebote führen uns unsere eifrig klickenden Finger jedoch immer
wieder zurück. Als großer Vorteil erscheint uns die Tatsache, dass
der Verkäufer in der Nähe von Kiruna wohnt. Letztlich misstrauen
wir jedoch unserem eigenen Urteil. Zu oft haben wir uns beim Kauf
eines Weines von der Schönheit des Flaschenetiketts blenden lassen. Wir fragen jemanden, der hinter das Etikett blicken kann: Leif.
Da Leif beinahe sechs Monate im Jahr täglich auf einem Skooter sitzt
und in seiner Halle etwa dreißig Fahrzeuge stehen, erwarten wir ein
fundiertes Urteil von ihm.

Und tatsächlich wird plötzlich alles ganz einfach. Unseren
persönlichen Favoriten wischt Leif mit wenigen Kommentaren beiseite. Dann gräbt er nach unseren Vorstellungen. Soll es sport-
lich-schnell oder besonders robust sein? Wollen wir einen Ein- oder
Zweisitzer? Wie viel wollen wir ausgeben? Nach einer kurzen Frage-
runde sondiert er die Liste der Angebote und bleibt dann bei einem
Skooter hängen. DAS ist ein gutes Schneemobil für Eure Bedürfnisse!
Etwas skeptisch wenden wir ein, dass der Verkäufer fast 200 km weit
weg an der finnischen Grenze wohnt, doch Leif lässt sich nicht beir-
ren. „Dann nehmt ihr eben meinen Anhänger und holt Euch den
Skooter ab!". Im weitläufigen Lappland sind Entfernungen offenbar
nie ein entscheidendes Argument.

Der Skidoo soll 30000 Kronen kosten, umgerechnet etwa
3300 Euro. „Die lassen bestimmt noch mit sich handeln!" behauptet
Leif. Unsere Gesichtszüge bleiben zweifelnd. Kurzerhand bietet Leif

an, ein erstes Telefonat mit dem Anbieter für uns auf schwedisch zu führen. Wir hängen an seinen Lippen, während er die Eckdaten des Angebots durchhechelt. Einzelne Bruchstücke des Dialogs verstehen wir sogar. „Ist der Motor noch gut?" fragt Leif gerade. Während des Gesprächs wird seine Miene immer zuversichtlicher, dann halten wir den Atem an, als unser Unterhändler kurz vor Ende des Austauschs behauptet, wir wären nicht bereit, mehr als 25000 Kronen zu bezahlen.

Kurz darauf beendet Leif das Telefonat und sieht sich unseren bohrenden Blicken ausgesetzt: „Und?" „Alles klar!" meint er lässig und genießt seine Feilscherqualitäten in vollen Zügen. „Ihr könnt den Skooter für 25000 Kronen haben! Ich würde ihn an Eurer Stelle nehmen!" Wir staunen über die Fahrt, die das Ganze aufgenommen hat. Einige Minuten lang löchern wir unser Gegenüber noch mit Fragen, dann reserviert sich ein euphorisches Grinsen auf unseren Gesichtern einen festen Platz für die nächsten Stunden. Wir werden bald unser eigenes Spaßmobil für den Winter haben.

Bewaffnet mit unserer Samordningsnummer, einem Bündel schwedischer Kronen sowie Adresse und Telefonnummer des Verkäufers machen wir uns Anfang Oktober auf den Weg gen Osten. Leifs Angebot, seinen Anhänger zu leihen, schlagen wir allerdings aus. Der Hänger hat keine gültige TÜV-Plakette mehr und aufs Leifs Strategie, einfach etwas Matsch (oder Rentierscheiße, wie er grinsend empfohlen hatte) auf dem entsprechenden Teil des Nummernschildes zu verreiben, wollen wir uns nicht verlassen. Statt dessen mieten wir uns zu einem fairen Preis einen Trailer von einer Tankstelle im Zentrum Kirunas.

Bevor wir losfahren, rät uns Mikael, vor Ort das Antriebsband des Skooters genau anzusehen. Wenn das zu verschlissen sei, würde er den Skooter nicht kaufen. Ein neues Band sei ziemlich teuer. Auf der Fahrt zermartern wir uns außerdem den Kopf darüber, wie wir das Schneemobil auf den Hänger bekommen werden. Vorsorglich haben wir zwei Bretter eingepackt. Während Moritz unsere letzten Exkursionen geschwänzt hat („Was kann man hier eigentlich noch tun außer wandern?"), ist er heute weit vorn mit dabei. Endlich passiert mal wieder etwas Spannendes!

Der letzte Teil der Anreise verläuft auf einer von Schlaglöchern übersäten Straße, auf der der Hänger einige lustige Hüpfer vollführt, die wir ihm mit Beladung auf dem Rückweg definitiv nicht gönnen wollen. Dann sind wir da. Bereit, Fachwissen vorzutäuschen, steigen wir aus dem Auto und mustern das Empfangskomitee. Eine nicht mehr ganz junge Frau, ein Mann und ein Jüngling stehen uns gegenüber. Erleichtert registriere ich, dass die drei überhaupt nicht nach skrupellosen Gebrauchtfahrzeughändlern aussehen. Meine unterschwellige Angst, als ahnungsloser Ausländer ein Schneemobil zu erstehen, dass nach wenigen Kilometern seine letzte Ruhestätte im Wald bei Alttajärvi findet, nimmt sofort ab.

Die Schwedin ist die eigentliche Verkäuferin, spricht aber fast so schlecht englisch wie wir schwedisch. Der Mann übernimmt das Reden, wir nicken im Takt seiner Sätze. Die Besitzerin nutze den Skooter kaum noch, daher sei die Batterie auch hinüber. Der Motor sei jedoch einwandfrei und da man den Skidoo auch manuell starten könne, sei dies kein Problem. Er sei acht Jahre alt und habe 400-500 Mil auf dem Buckel. Die letzte Information überrascht uns auch in ihrer Darreichungsform nicht. In Schweden werden Entfernungen immer mal wieder in "Meilen" angegeben, eine schwedische „Mil" zählt zehn Kilometer.

Wir lassen unsere Augen über das Objekt unserer Begierde wandern. Seine Front läuft wie ein Entenschnabel schmal zu, wie grimmig verengte Augen funkeln die Scheinwerfer über dem Bug, der durch einen davor montierten Metallbügel zusätzlich geschützt ist. Die Sitzpolster sehen bequem aus, der Rücksitz hat sogar eine relativ hohe Rückenlehne. Auch das Band scheint gut zu sein.

Der Mann, der unseren Austausch moderiert, erklärt uns die Schalter. Der Gashebel werde mit dem Daumen bedient, vor dem Start müsse der rote Knopf nach oben gezogen werden, dann müsse man kurz den Choke ziehen. Der Rest sei wie beim Rasenmäher – auch was die Lautstärke angeht. Tatsächlich. Knatternd startet der Skooter, nachdem unser Vorturner kräftig am Seil gezogen hat, das rechts vorne im Motorgehäuse verschwindet. Die folgenden Erklärungen werden vom Getöse des Motors begleitet. Ein Ende des sogenannten „Notstopps", der wie eine aufgeringelte Telefonschnur aussieht, wickele man sich um das linke Handgelenk, das andere Ende werde auf einen Kontakt am Skooter gesteckt.

Im Deutschen schimpft sich diese Vorrichtung Totmannschalter. Sein Zweck leuchtet uns auf Anhieb ein. Fällt man vom Skooter, wird durch Unterbrechen des Kontakts (die unscheinbare aussehende Schnur landet in mehr oder weniger hohem Bogen mit dem Handgelenk des Fahrers zusammen in den Schneemassen) die Zündung sofort unterbrochen und der Motor schaltet ab. Ich male mir aus, wie die Notwendigkeit eines Notstopps vor Jahrzehnten erkannt worden ist: Eine Traube von Menschen rennt schreiend mit weit aufgerissenen Augen und Mündern vor einem herrenlos dahinsausenden Schneemobil davon. Ein Fahrzeugführer a.D. kämpft sich mit irrem Blick und Eiszapfen im Bart durch den Tiefschnee und folgt den Spuren seines Fortbewegungsmittels das erst nach vielen Kilometern von einer Schneewehe, einem Baum oder der Leere im Benzintank aufgehalten worden ist.

Das Prinzip Gesundheitsförderung ist angeblich auch der Grund für beheizbare Lenkergriffe sowie für den beheizbaren Gashebel, für die uns der Vorführmann jetzt die entsprechenden Schalter zeigt. Mit ihrer Hilfe würden Kälteschäden an den Händen verhindert. Darüber allerdings gehen die Meinungen auseinander - wie wir im Laufe der Zeit lernen. Für die hartgesotteten Schneemobilisten fallen diese Extras in den Bereich Luxus für Weicheier.

Schließlich erfahren wir noch, wie das Fernlicht an- und der Rückwärtsgang reingeht. Dann wird es Zeit für eine Actioneinlage. Bevor wir darüber nachdenken können, wo wir die Fahrtauglichkeit des Skidoos testen können, setzt sich der Jüngling drauf und kurvt in Ermangelung von Schnee eine Runde über die Wiese des Grundstücks. Zu dieser Zeit haben wir keinen Schimmer davon, dass sich einige erfolgreich weigern, ihre Schneemobile nur im Winter zu nutzen. Insbesondere sportliche Modelle müssen die Flausen ihrer Besitzer auch im Sommer aushalten. Sie liefern sich auf blankem Asphalt Wettrennen mit Sportwagen, bei denen ein ungesundes Kratzen der Kufen über den harten Belag weithin zu hören ist. Sie nehmen an sommerlichen Freestyle-Wettbewerben teil, bei denen sie meterhohe Sprünge, Salti und andere halsbrecherische Manöver auf Rasenflächen vollführen. Sie jagen im Sommer sogar über offenes Wasser. Auf einem Fluss in Norwegen wurde vor einigen Jahren ein Weitenrekord von unglaublichen 212 km aufgestellt. Der Fahrer raste fast die gesamte Distanz in halsbrecherischem Tempo über die Wasseroberfläche, vom Ufer aus jubelten ihm Schaulustige zu.

Ohne dieses Vorwissen, das wir uns erst nach und nach durch das Konsumieren von YouTube-Videos aneignen, klappen uns Ahnungslosen schon bei jetzigen Demonstration die Münder auf. „Ihr fahrt einfach über das Gras mit dem Skooter?!" Unser Mittelsmann guckt uns genauso perplex an wie wir ihn. „Natürlich, wieso denn nicht?!" Auf langen Strecken und über Stock und Stein würden Band und Kufen zwar potentiell Schaden nehmen, aber eine kurze Tour auf dem Rasen sei allenfalls für den Untergrund ein Problem, der vom Raupenantrieb etwas beschädigt werden könne.

Als wir unseren Kaufentschluss publik machen, fühlt sich das fast überflüssig an. Niemand reist zweieinhalb Stunden mit einem Hänger an, um dann mit leeren Händen wieder den Rückweg anzutreten. Wir blättern die Scheine hin, die Verkäuferin setzt einen kleinen Vertrag auf und füllt anschließend ein Meldeformular für das Verkehrsamt aus, dem sie meine Daten als neuer Skooterbesitzer übermitteln wird. Während der Transaktion überwiegt unser Gefühl, das Richtige zu tun. Hoffentlich ist der restliche Kleinmut so überflüssig wie die Gedanken, die wir uns über das Verladen des Skooters gemacht haben. Das klappt reibungslos. Kaum, dass wir ein Brett an den Trailer gelehnt haben, lässt der junge Mann den Skooter darüber hinauf knattern. Dazu braucht es offenbar nur eine gefühlvolle Hand am Gashebel.

Wir sichern den neuen Besitz mit Spanngurten, verabschieden uns und treten mit stolzgeschwellter Brust den Heimweg an. Immer wieder wandern unsere Blicke in den Rückspiegel, wo der Skidoo auf dem Hänger thront. Bei einer kurzen Pinkelpause kann Moritz es nicht mehr aushalten, er muss unbedingt noch einmal auf dem Skooter Probe zu sitzen. Wir können es alle kaum noch erwarten: Wann geht jetzt endlich der Schnee los?!

Im Gegensatz zu uns empfindet Leif, der unser neues Spielzeug wenige Tage nach dem Kauf in Augenschein nimmt und für gut befindet, das Heranrücken des Winters als viel zu schnell. Noch immer ist er dabei, sein ehrgeiziges Bauprojekt voranzutreiben. Tatsächlich hat das Rezeptionsgebäude erstaunliche Fortschritte gemacht. Dach und Wände sind bereits fertig, der Innenausbau hat begonnen. Wenn er über seine Konstruktion spricht, fällt in jedem dritten Satz das Wort "insulation". Wenn er über eine gute "insulation" - eine gute Kälteisolierung - spricht, kann er minutenlang ins Schwärmen geraten, so als würde er sich gerade über die Maße eines Traummodels verbreiten. Aus baumeisterlicher Perspektive trennt sich bei diesem Thema in Lappland die Spreu vom Weizen.

Leifs Enthusiasmus als Heimwerker geht eindeutig zu Lasten der Saisonvorbereitung. Normalerweise widmet er sich zu dieser Jahreszeit längst der Wartung seiner Skooter, die für die Touristenströme ab Mitte November in Schuss gebracht werden müssen. Obendrein ist die ganze Energie, die Leif und Miriam in die Einarbeitung des Saisonarbeiters Juan-Mi gesteckt haben, vergeudet. Weder der Spanier selbst noch seine Familie haben ausreichend Rückgrat, um in Lappland zu bestehen.

Als seine Söhne am ersten Tag im Kindergarten in Tränen ausbrechen, ist das für seinen Clan das Signal zur fast schon kopflosen Flucht zurück nach Spanien. Wir staunen über so wenig Biss und so viel Naivität. Wie kann man ernsthaft erwarten, dass die Eingewöhnung in eine völlig fremde Kultur und Natur ohne Momente des Frustes abgeht? Wie kann man nach acht Wochen bereits das Handtuch werfen? Das oft entbehrungsreiche Leben im kargen Norden mit seinen widrigen Umweltbedingungen hat über die Jahrhunderte definitiv reichlich Gene durchs evolutionäre Sieb fallen lassen. Ich bin mir sicher, dass Juan-Mis Vorfahren in Lappland nicht den Hauch einer Überlebenschance gehabt hätten. Unter Palmen liegen und darauf warten, dass essbare Früchte von oben herabfallen, ist in diesen Breitengraden eine zwar theoretisch denkbare, aber faktisch absolut erfolglose Überlebensstrategie.

Der Abgang des Iberers reißt ein Loch in das Team, das Leif und Miriam für die Wintermonate zusammenstellen müssen. In der Hauptsaison müssen Buchungen entgegengenommen werden, Fahrdienste fallen an, Putzkolonnen müssen besetzt werden und es werden Tourenführer gebraucht. Die mangelnde Solidarität mit Leif und Miriam (die ihm sehr viel Unterstützung in den ersten Wochen haben zukommen lassen) verrät viel über Juan-Mis Charakter. Anke hat ihm zu recht misstraut, wie wir bald erfahren. So fix wie der Spanier mit eingekniffenem Schwanz von der Bildfläche verschwindet, scheint er auch mit den Händen gegenüber seinen Söhnen zu sein.

Offenbar findet er es völlig in Ordnung, seine Kinder zu schlagen. Mit dieser steinzeitlichen Haltung passt er definitiv nicht nach Schweden, wo eine meist vorbildliche Toleranz und Geduld gegenüber Kindern vorherrscht. Eigentlich finden wir, das Angebot der Flugstrecken vom Airport in Kiruna sollte eigens für Juan-Mi um ein Hinflugticket zum Mond erweitert werden. Wir würden auch einen Teil des Flugpreises übernehmen.

Leif nimmt die Dezimierung seiner Crew mit erstaunlichem Gleichmut hin. Es werde sich schon eine Lösung finden. Da ich Zeit habe, bietet ich ihm meine Hilfe beim Einlagern der Boote an, die aus dem allmählich zufrierenden Alttajärvi geholt werden müssen. Das Camp Altta wird winterfest gemacht! Als sich die erste Eisschicht auf dem See bildet, will Leif seine schwimmende Sauna einige Meter weiter in Richtung Seemitte bringen. Für uns ist diese Aktion ein touristisches Spektakel.

Leif setzt sich in ein Kanu und bricht mit dem Boot das noch dünne Eis auf, indem er in größer werdenden Radien um die noch in Ufernähe liegende Sauna paddelt. Immer wieder sieht es so aus, als könnte das Kanu kentern, wenn sich der kraftvoll Paddelnde mit seinem ganzen Körpergewicht gegen das gefrorene Nass wirft. Die Luft ist angefüllt vom Krachen des zerbrechenden Eises und von Leifs Kommandos. Diese ruft er einem seiner erwachsenen Söhne aus erster Ehe zu, der ihn bei dieser Aufgabe unterstützt. Nachdem eine ausreichend große Fläche aufgebrochen ist, setzen sich Vater und Sohn auf den nicht überdachten Teil des Stegs, auf dem die Sauna erbaut ist und rudern keuchend das schwere Floss an die gewünschte Stelle. Nachts fällt das Thermometer auf zweistellige Minusgrade - schon am nächsten Morgen befindet sich die ehemals schwimmende Sauna fest im Griff des dicker werdenden Eises.

Erstaunlicherweise scheint der Alttajärvi-See von innen nach außen zuzufrieren. Während in der Seemitte schon Tage zuvor eine dünne gefrorene Schicht aus Eis auszumachen ist, bleibt das Wasser am Ufer noch offen. Ich grüble: War das in meiner Kindheit in Deutschland nicht immer genau andersherum? Eine andere Frage beschäftigt uns noch weitaus mehr. Woher wissen wir, wann das Eis zuverlässig trägt? In Lappland werden Eisflächen nicht durch die Feuerwehr freigegeben. Bei über 35.000, zum Teil riesigen Seen allein in Norrbotten müsste man im Winter wohl ein Großteil der hiesigen Bevölkerung nur für diese Aufgabe abstellen. Und dann hätte man wieder niemanden mehr, der Brötchen backt oder verkauft.

Beim Betreten zugefrorener Gewässer gilt - wie so oft in Schweden - das Prinzip Eigenverantwortung. Ein Eisbohrer dürfte Bestandteil der meisten ländlichen Haushalte im Norden des Landes sein. Mit dem simplen Hilfsmittel werden - in Ufernähe beginnend - Probelöcher in die Eisschicht gebohrt, die danach zur Vermessung ihrer Dicke dienen. Ab 20 cm gilt das gefrorene Nass definitiv als tragfähig. Mikael rät uns zur Vorsicht. Der Alttajärvi-See hätte einige wärmere Stellen im Ostteil, die in der Übergangszeit für böse Überraschungen gut seien. Wir sind umgehend beeindruckt. Der See ist soooo breit und die Gegend soooo einsam. Sofort setzen sich in unserem Kopfkino Horrorfilme auf den Spielplan, bei denen wir im eiskalten Wasser strampelnd vergeblich versuchen, uns wieder aufs Eis zu ziehen.

Angetrieben von unseren blühenden Schreckensfantasien und in Ermangelung eines eigenen Eisbohrers fallen wir über Mikaels folgenden Tipp her wie ausgehungerte Geier über Aas. Zu Beginn der Wintersaison stecken alle Hundeschlittenführer und alle Touristenguides ihre Routen auf dem Eis ab, nach dem sie diese zuvor auf ihre Sicherheit getestet haben. Dabei versenken sie in den Löchern ihrer Probebohrungen einen Ast, der dort festfriert, ihnen fortan zur Orientierung dient und hilft, unsicheres Eis zu meiden. Ruskmarkering nennen die Schweden dies: Reisigmarkierung. Als

Tundra-Greenhorns sollten wir uns am besten auf das Urteil der Einheimischen verlassen und ihren Fährten folgen.

Die Temperaturen im Oktober liegen überwiegend knackig im Minusbereich. Gleichzeitig fällt kaum Schnee. Letzteres ist zwar hinderlich für die Winterromantik, aber gut für ein verlässliches Wachstum der Eisdicke. Als Wärmeisolator steht Schnee der Eissicherheit entgegen. Jeden Morgen wandern unsere Blicke über den See, versuchen das Undurchdringliche zu durchdringen. Wir fiebern der Zeit entgegen, da das Eis uns tragen wird.

Aber das geht nicht nur uns so. Seit Wochen schon sehen wir seltsame Gespanne im Wald ihre Runden drehen. Wegen des fehlenden Schnees spannen die Schlittenführer ihre Huskies vor Quads, um sie für die Saison zu trainieren. Ein eigenartiger Anblick, der die Hunde selbst am wenigsten zu stören scheint. Die sind sichtlich froh, dass der Sommer und damit der saisonale Bewegungsmangel vorbei ist. Auch für die Musher heiligt der Zweck das Mittel: Hauptsache, die Tiere werden fit. Uns überzeugt diese Übergangslösung ästhetisch nicht. Zum Glück gibt es reichlich Anderes, auf das wir unsere Blicke wenden können. Beispielsweise die Himmelsspektakel, mit denen uns der lappländische Herbst mehr und mehr verwöhnt.

Mittlerweile sind die Tage deutlich kürzer geworden. Während im europäischen Süden die Sonne im Zeitraffer im Meer versinkt, zieht sich in Alttajärvi sowohl die Morgen- wie auch die Abenddämmerung hin. Das beschert uns Lichtorgien, die so wirken, als hätten die nordischen Gottheiten neues Gelb, Rot und Orange für ihre Tuschkästen geschenkt bekommen. In Farbfeuerwerken verschwenden sie ihren Vorrat stundenlang am Himmel. Wir stehen mit glänzenden Augen vor unserem Haus, blicken Richtung Südwesten und kriegen unsere Finger nicht vom Auslöser der Kamera. Schon nach wenigen Wochen ist Anke unsterblich in das lappländische Firmament verliebt. Immer wieder fragt sie mich, warum der Himmel hier so schön aussieht. Ich versuche mich in wissenschaftlichen Analysen. Während mein halbwissendes Hirn sich an Begriffen wie Sonneneinfallswinkel und Atmosphärendichte abarbeitet, merke ich, wie sie mir kaum zuhört. Die atemberaubenden Farben vor unserer Nase interessieren sie deutlich mehr als meine gestammelten Erklärungen.

Im Gegensatz zur verschwenderischen Pracht der Lichter geizt der Oktober - wie schon gesagt - zunächst mit Schnee. Das kurze weiße Intermezzo im letzten Septemberdrittel bleibt erst einmal ohne ernstzunehmende Fortsetzung. Als es endlich doch ein klitzekleines Bisschen schneit, sieht die Landschaft wie mit Puderzucker bestäubt aus. Der etwas feuchte Niederschlag ist über Nacht an den Zweigen hängengeblieben, entgegen der Windrichtung gefroren und formt jetzt sägeblattartige Muster an den Sträuchern und Bäumen.

Die Veränderung, die sich in unserer Umgebung abspielt, entfaltet ihren Zauber gerade durch die Stille und Bedächtigkeit, mit der sie der kalten Jahreszeit die Herrschaft überträgt. Wir stapfen über gefrorenen Waldboden und atmen die klare kalte Luft im Bewusstsein, dass wir in Kürze Schneeschuhe oder Langlaufski brauchen werden, um den Wald zu durchqueren. Schon jetzt ist es nicht mehr notwendig, auf sumpfigen Untergrund zu achten, der uns wenige Tage zuvor noch nasse Füße beschert hatte. Jegliche Feuchtigkeit hat sich für die nächsten Monate der Winterstarre verschrieben.

Wir wollen den Vorhang zur Umkleidekabine ein wenig mehr lüften, während die Natur um uns herum in ihr Winterkleid schlüpft. Wir unternehmen einen Ausflug zum Vittangiälven. Zum kleinen Fluss gelangen wir, in dem wir auf einer verlassenen Straße an Jukkasjärvi vorbei fünfundzwanzig Kilometer gen Nordosten fahren. Von einem Waldparkplatz aus folgen wir zu Fuß einem Weg, der sich zwischen hochgewachsenen Kiefern in ein Tal hinab schlängelt.

Nach einer etwa halbstündigen Wanderung überqueren wir eine freie Fläche, dann erreichen wir den Fluss, der sich mitten in einer lebhaften Diskussion mit sich selbst über den eigenen Aggregatzustand zu befinden scheint. Die Felsen im Uferbereich des Gewässers tragen einen schmalen Eiskragen, in kleinen Buchten dümpeln zahllose Eisschollen, die kaum größer als eine Hand sind. An den breiteren Stellen des Vittangi hat sich am Rand eine dünne, aber bereits zusammenhängende Eisdecke gebildet. In der Mitte des Flusses hingegen feiert das Wasser noch seine einstweilige Freiheit, indem es ausgelassen Stromschnellen formt.

Während wir das Miteinander aus Erstarren und Bewegung auf uns wirken lassen, sprintet plötzlich ein neuer Protagonist ins Gesichtsfeld. Ein Marder beweist uns seine Verwandtschaft mit den Wieseln und huscht auf der Eisfläche vor unseren Augen flink hin und her. Seinem Fliegengewicht genügt die Eisdicke offenbar längst, behände turnt uns der Fellträger seine Leichtfüßigkeit vor. Er läuft immer wieder bis zum Rand des Eises und scheint von dort sein eigenes Spiegelbild im Wasser zu betrachten. Vielleicht ist der absolvierte Parcours Teil einer jetzt täglichen Routine, die der Vermessung seiner neu gewonnenen Bewegungsfreiheit auf dem Eis dient. Wasserscheu ist der Beobachtete definitiv nicht, plötzlich taucht er vor unseren Augen ins kalte Nass ab. Abrupt findet die tierische Showeinlage damit ihr Ende.

So geht es auch unserer Faszination am lappländischen Klimawechsel. Alle drei müssen wir Ende Oktober für etwas über zwei Wochen nach Deutschland reisen, gerade als der Winter richtig in Schwung zu kommen scheint. Anke hat Gerichtstermine, für mich steht ein Arbeitsblock an und Moritz will seinen PKW-Führerschein in Angriff nehmen. Schweren Herzens reißen wir uns los.

Als wir Anfang November aus dem grauen, nebligen, nasskalten und ungeheuer tristen niedersächsischen Wetter wieder in unser nordisches Domizil flüchten, hat der Winter dort endgültig Einzug gehalten und sich ein strahlend weißes Gewand übergestreift, das die deutsche Novemberdepression sofort ins Reich des Vergessens abschiebt.

Plötzlich erklärt sich der mangelnde Ordnungssinn der Lappländer. Auf vielen Grundstücke sieht man während des Sommers alte Autos stehen, überall lagert rostiges Gerümpel, halb verfallene Schuppen beugen sich unter der Last der Jahre. Mit dem ersten Schneefall deckt sich ein makelloser Mantel der Schönheit über jedes noch so unaufgeräumte Anwesen, formt interessante Schneeskulpturen und spricht den Besitzer für das nächste halbe Jahr frei vom Verdacht, ein Messi zu sein.

Ein imaginäres schwedisches Ehepaar entwickelt vor meinem geistigen Ohr eine Konversation, die sich in Etappen über den Sommer zieht:

Mai

Sie (guckt sinnierend auf dem Fenster): „Wir müssten mal den Schuppen reparieren.
Er: „Erst einmal muss der Boden abtrocknen, im Moment ist die Wiese noch viel zu feucht."

Juni

Er: „Nach den Vorbereitungen für die Mittsommernacht werde ich mich um den Schuppen kümmern.
Sie strahlt ihn an und freut sich.

Im Juli

Sie : „Was ist denn nun mit den Schuppen?!"
Er: „Bei der Mückenplage stelle ich mich bestimmt nicht stundenlang draußen hin und lasse mich zerstechen!"

August

Er: „Endlich werden die Mücken weniger." Lange Pause. „Wir waren
noch gar nicht wandern dieses Jahr."
Sie kriegt leuchtende Augen.
Er (in traurigem Tonfall): „Tja, werden wir wohl auch nicht schaffen.
Ich muss mich diese Tage endlich um den Schuppen kümmern."
Sie: „Ist Dir Deine Handwerksarbeit etwa wichtiger, als Zeit mit mir
im Fjäll zu verbringen?"
Er (in gespielter Zerknirschtheit): „Na gut, wo wollen wir hin?"
Sie klatscht erfreut in die Hände und holt die Wanderkarten aus
dem Schrank.

September

Das Paar steht abends gemeinsam sinnierend am Fenster. Er umfasst
seine Frau bei der Hüfte und sagt: „In zwei, drei Wochen gibt es
Schnee. Ob ich das mit dem Schuppen bis dahin noch schaffe?!
Sie lehnt ihren Kopf an seine Schulter, antwortet: „Das lohnt doch
gar nicht mehr, im Winter nutzen wir ihn ohnehin nicht. Nächstes
Jahr ist auch noch ein Jahr!"

Ich stelle fest, dass mir meine ausgedachten Schweden ungeheuer sympathisch sind, sie sprechen mir aus der Seele.
Der Anteil an Spießern, deren Hauptsorge die militärisch korrekte

Parade ihrer Blumenrabatte im Vorgarten ist, scheint in Lappland tatsächlich vergleichsweise gering. Die Natur beweist in diesen Gefilden die Überlegenheit ihrer Gestaltungskraft ein ums andere Jahr aufs Neue. Wir genießen diese Wochen, in denen sie beim Ausbreiten der Schneedecke klarstellt, wer hier über die nachhaltigsten Argumente bei der Gestaltung der Umwelt verfügt.

Eingebildete Nahtoderfahrungen im Tiefschnee

Eines Morgens hat üppiger Schneefall einen Märchenwald geformt. Alle Baumwipfel tragen jetzt dicke Hauben aus Schnee, unberührte Schichten bedecken den Boden zentimeterdick und kreieren eine Winteridylle, die direkt vor unserer Haustür anfängt. Wie weiß gefärbte erstarrte Wellen eines Gewässers mutet der Untergrund auf den von Grashügeln durchsetzten Sümpfen an. Unseren Wanderweg zum Torneälv erkennen wir an einigen Stellen kaum wieder. Vom Rand des Weges aus formen sich überhängende Zweige von Büschen und Bäumen unter der Last des Schnees zu weißen Arkaden. Mit eingezogenen Köpfen stapfen wir durch den Schnee unter ihnen durch. Ein Traum aus Weiß. Wir beschließen, den üppigen Schneefall mit einem erneuten Ausflug zum Vittangiälven zu zelebrieren.

Dass ein Winterspaziergang im frisch gefallenen Schnee eine ganz andere Qualität hat als Spaziergänge im Herbst, merken wir schnell. Wir beginnen unsere Wanderung um etwa 11 Uhr. Zweieinhalb Kilometer hin und zurück, das kann doch kein Gegner sein. Oder doch? Nach den ersten 200 Metern, die sich noch leicht gehen, weil der Schnee durch Skooter komprimiert worden ist, verläuft unser Pfad in einer Richtung, in der offensichtlich in den letzten Wochen kein Zweibeiner unterwegs gewesen ist. Außer von Fuchs- und Hasenspuren ist der Puderschnee, durch den wir jetzt unter deutlich mehr Kraftaufwand stapfen, völlig unberührt.

Die Wipfel der Fichten biegen sich unter der Schneelast nach unten und tragen an der Spitze abgerundete Schneehauben, die an die Knollennasen von Comicfiguren erinnern. Außer dem Knirschen unserer Schritte im Schnee ist kein Laut zu hören, kurzzeitig röhrt in der Ferne der Motor eines Schneeskooters, dann umgibt uns wieder die Stille des in Schnee und Eis erstarrten Waldes. Unser Weg führt stetig bergab, fasziniert vom uns umgebenden weißen Zauber schreiten wir zunächst unverdrossen weiter. Wie ich es mittlerweile von ihr gewohnt bin, hält Anke alle paar Meter an, weil sie ein Motiv entdeckt hat, das danach schreit, fotografiert zu werden.

Auf diese Weise bremst uns unser periodisches Staunen an der Schönheit der Winterlandschaft genauso aus wie der Schnee. Aus Gründen der Kraftersparnis hat sich Anke inzwischen angewöhnt, meine Fußstapfen für das eigene Vorankommen auszunutzen. Immer wieder hören wir Glockengebimmel, ein untrügliches Zeichen dafür, dass Rentiere in der Nähe sind. Ich überzeuge Anke, dass wir unbedingt noch einen U-förmigen Abstecher um eine kleine Schlucht herum machen sollten, in deren Nähe wir im Herbst Unmengen von Elchlosung gesehen haben. Ich bin mir sicher: Dort steht garantiert ein fotogener Elchbulle, der seinen mächtigen Kopf witternd in den Himmel streckt, während sein Atem als Dampf in den Winterhimmel aufsteigt.

Nachdem wir den Markierungen einen halben Kilometern lang gefolgt sind, gelangen wir zu einer Stelle, an der sich der Weg plötzlich zu verlieren scheint. Die orangefarbenen Ringe an den Bäumen waren auch vorher schon einmal abgeblättert und nur schwer als blasses Überbleibsel erkennbar gewesen. Jetzt aber stapfen wir desorientiert zwischen den Bäumen hin und her und versuchen etwas zu erkennen, was nach Weg aussieht. Egal wohin wir blicken, zwischen dem Gestrüpp und den dünnen Bäumchen, drängt sich keine Richtung auf, in der wir Hinweise finden. Da die Spitzen kleiner Bäume sich oft bis auf den Boden herunterbiegen, ist der meist nur 20 cm breite Pfad auch nicht mehr als Schneise zu erkennen. Schließlich beschreibe ich einen systematischen Halbkreis in etwa 80 Meter Entfernung vom letzten sichtbaren Wegmal und entdecke irgendwann erleichtert einen weiteren Farbtupfer in unserer Richtung.

Kurz nach dieser Hänsel-und-Gretel-Erfahrung verändert sich Ankes Stimmung. „Ich kann nicht mehr!" tönt es maulend hinter mir. Ich drehe mich um und mustere das Gesicht meiner Frau, die die Worte mehr geschnaubt als gesprochen hat. „Ist das anstrengend!" legt sie nach. „Der Schnee ist so tief!" Auch schon etwas müde reagiere ich gereizt: „Was sollen wir tun, ein Iglu bauen?" Da ihre Gesichtsröte dadurch erwartungsgemäß nicht abnimmt, besinne ich mich eines besseren Tonfalls und tröste sie, dass wir innerhalb der nächsten 10 Minuten den Scheitelpunkt unserer Schleife erreichen werden und dort erst mal Pause machen können.

„Weißt Du eigentlich, wie spät es schon ist?" lässt meine Frau während der Rast weiter Dampf ab. Ich rate falsch, werde umgehend korrigiert: „Schon viertel vor Eins, in einer Stunde ist es dunkel!" Unsere minutenlange vergebliche Suche nach dem Weg hat offensichtlich ihre Fantasie angeregt. Bei -12°C durch einen menschenleeren Wald in zunehmender Dunkelheit zu irren, wenn jede Farbe (also auch die blassorangefarben Ringe, die unseren Weg kennzeichnen) einen Grauton annehmen, bietet sich als tauglicher Einstieg für eine ungehemmte Gruselorgie an.

Diese Vorstellung setzt Reservekräfte bei Anke frei, nach kurzer Stärkung schreitet sie voraus und reagiert unwillig, wenn ich sie auf eindeutige Abdrücke von Elchhufen hinweise. Ihr gefühltes Motto lautet für über eine halbe Stunde nur noch: Nackter Kampf ums Überleben, geh schnellstmöglich zurück auf Los!

Als wir wieder auf dem Hauptweg angelangt sind, und nach etwa zehn weiteren Minuten in unsere eigenen Spuren vom Hinweg treten können, kehrt prompt Zuversicht in die Mimik meiner Frau zurück. Die Bilder zweier Eiszapfen-verhangener, steifgefrorener lebloser Körper verblassen. Selbst in der zunehmenden Dunkelheit ist ein Verirren jetzt nicht mehr möglich. Unbeschadet bringen wir unser ersten längeren Tauchgang in die Winterlandschaft zu einem glücklichen Ende.

Dennoch ist es an der Zeit, das Repertoire unserer Fortbewegungsarten zu erweitern. Inzwischen – es ist Mitte November – scheinen auch die Eisflächen zu tragen. Das lenkt unser Augenmerk auf unseren Skooter, der noch kein einziges Mal unter der blauen Plane hervorlugen durfte, mit der wir ihn nach dem Kauf abgedeckt haben, um ihn vor Sonne und Niederschlag zu schützen. So steht er einige Meter neben unserer Stuga und ist Gegenstand wiederkehrender Diskussionen mit Moritz, der ihn schon längst in Betrieb genommen hätte, wenn seine elterlichen Spaßbremsen nicht wären.

Schweden ist zwar im Hinblick auf den Einsatz von Schneemobilen im Vergleich zu Norwegen und Finnland außerordentlich liberal. In den beiden anderen Ländern darf man sich als herkömmlicher Nutzer nur auf offiziellen Tracks bewegen und davon gibt es – speziell in Norwegen – in einigen Gegenden nur sehr wenige. Aber auch in Schweden wird für das selbständige Fahren, das hier prinzipiell überall gestattet ist, wo die Bäume eine definierte Mindesthöhe überschreiten, der vorherigen Erwerb eines Schneemobilführerscheins vorausgesetzt. Und den haben wir alle drei noch nicht.

Das wollen wir kurzfristig ändern. Wir wissen längst, dass das Mindestalter für eine Skooterfahrerlaubnis bei 14 Jahren liegt und also auch Moritz berechtigt ist, sich um den wichtigsten „Lappen für Lappland" zu bemühen. Wir wissen jedoch nicht, wer in der Gegend von Kiruna Führerscheinkurse anbietet. Auch die Befragung unserer üblichen Ratgeber bringt uns nicht weiter. Die heimische Bevölkerung scheint diesbezüglich relativ gelassen, anscheinend hat nicht jeder, der mit dem Schneemobil durch die Landschaft saust, eine offizielle Erlaubnis dafür.

Das regt unseren Youngster noch einmal zu argumentativen Breitseiten an. Er behauptet, von seinen Mitschülern zu wissen, dass das kindliche Skootertraining in Lappland bereits kurz nach Ende des Krabbelalters beginnt. Nur deutsche Spießer wie wir würden sich so anstellen und nicht einmal eine kurze Spritztour auf den Waldwegen erlauben. Seine Mitschüler berichteten längst mit leuchtenden Augen über rasende Fahrten auf gefrorenen Gewässer, die sie selbstverständlich auch schon im Alter von 12 Jahren unternommen hätten.

Obwohl er vermutlich recht hat – wie wahrscheinlich ist es in einer der einsamsten Gegenden Europas schon, mitten im Wald in eine Polizeikontrolle zu geraten – bleiben wir unerbittlich. Erstens kommen wir aus Deutschland und haben einen Ruf als untadelige Untertanen zu verteidigen. Zweitens ist unser Junior im klassischen Draufgängeralter und bei einem ernsthaften Unfall würden wir sowohl in Erklärungs- wie auch in Versicherungsnot geraten. Schließlich wenden wir uns wieder einmal an die Touristinformation Kirunas, um eine nicht wirklich touristische Wissenslücke im Hinblick auf Führerscheinkurse zu schließen. Das hilft.

Wir erhalten Telefonnummern einiger Ausbilder. Ich hänge mich ans Telefon. Damit wir im Unterricht mehr als nur ein aufmerksames Gesicht und beflissene Gesten beisteuern können, ist das alles Entscheidende für uns, einen Lehrer zu finden, der die Inhalte auf Englisch vermittelt. Ein gewisser Henrik entpuppt sich letztlich als geeignet und entschlossen, uns auf die Fahrfährte zu helfen. Der zweitägige Wochenendkurs soll im letzten Novemberdrittel stattfinden und sowohl Theorie als auch Praxis beinhalten.

Gespannt und ein wenig aufgeregt erscheinen wir pünktlich am verabredeten Ort, wo wir auf Henrik den Zweiten treffen. Wir erfahren: Der etwas jüngere Henrik II. ist bei Henrik I. als Instruktor angestellt und soll uns zunächst die theoretischen Inhalte vermitteln.

Für beide Henriks ist das Ganze eine Nebenbeschäftigung, im Alltag sind sie Kollegen als Grundschullehrer. Solche Zweitjobs sind in Schweden nicht unüblich. Der Haupt-Henrik hat sogar drei Eisen im Feuer. Er ist auch noch Inhaber eines Outdoorshops, in dem man hauptsächlich Jagd- und Angelbedarf erstehen kann. Wir staunen über so viel Umtriebigkeit.

Schnell gewöhnen wir uns an die Tatsache, zu dritt eine komplette Klasse abzugeben. Außer Moritz, meiner Frau und mir tauchen keine weiteren Schüler auf. Unsere Befürchtungen, dem Stoff auf Englisch nicht folgen zu können, minimieren sich so. Wir werden garantiert die klügsten Kursteilnehmer sein. Nachdem uns Henrik der Zweite den ungefähren Kursablauf skizziert hat, geht es auch schon los.

Didaktisch geschickt will unser Lehrer zunächst unsere Aufmerksamkeit schärfen. Er führt einen Film vor, der den Lawinentod mehrerer Schneemobilfahrer zeigt, die es an der notwendigen Umsicht haben fehlen lassen. Wahrscheinlich wäre das Interesse der Einheimischen an der Dokumentation maximal so groß wie das eines Kettenrauchers an den Lungenkrebsbilder auf der Zigarettenschachtel. Wir Greenhorns jedoch saugen die Hinweise auf die folgenden Lerninhalte begierig auf. Sicherheitsaspekte und der Umweltschutz spielen eine wesentliche Rolle - das überrascht nicht. Weniger offensichtlich ist die Tatsache, dass die Belange der Rentierbesitzer eine gewichtiges Motiv für die Regeln der Waldverkehrsordnung waren. Die Logik liegt jedoch auf der Hand. Da die Tiere im Winter ums Überleben kämpfen und Schneemobile nahezu überall erlaubt sind, ist Rücksichtnahme oberstes Gebot.

Der Unterricht entpuppt sich als praxisnah und kurzweilig. Einmal erstellen wir gemeinsam eine Liste von Ausrüstungsgegenständen, die für eine Mehrtagestour unabdingbar sind. Dann wieder treiben uns Fragen um, welche Position der Fahrer bei der Fahrt bergauf einnehmen muss (aufrecht, des besseren Überblicks wegen), welche Vor- und Nachteile ein Viertakter gegenüber einem Zweitakter hat (leiser und spritsparender, dafür aber weniger leicht selbst zu reparieren) und was die häufigsten Ursachen von Unfällen sind (wie immer: Saufen und Rasen). Wir lernen, woran es liegen kann, dass der Skooter nicht startet und welche einfachen Hilfsmittel dann weiterhelfen können. Auch Moritz folgt den Ausführungen unseres Ausbilders mit gespitzten Ohren. Endlich einmal Unterricht, der Sinn macht.

Zum Abschluss der Trockenübungen absolvieren wir einen Test, der uns auf die Abschlussprüfung am Folgetag vorbereiten soll. Multiple Choice ist auch in Schweden angesagt. Wir diskutieren hinterher, welche Antworten wir zur Kreuzigung geschickt haben. Unser Wissensstand scheint keine Bremswirkung auf den Fortgang des Unterrichts auszuüben. Die Belohnung winkt in Form der ersten Fahrübungen unter professioneller Aufsicht. Eilfertig schnappen wir die Helme, setzen uns ins Auto des Lehrbeauftragten und fahren zu einer freien Fläche, wo als Erstes die Skooter vom Hänger gefahren werden.

Nach einigen grundlegenden Erläuterungen zu Gashebel und Bremse geht es los, wir drehen unsere ersten Runden. Es ist zunächst ziemlich ungewohnt. Ausgerechnet vom Daumen, dem Bud Spencer unseren Fingern, wird als klobigem Ausläufer der Mittelhand Fingerspitzengefühl erwartet. Bud, der Gasmeister, ist aber gar nicht so ungeschickt, wie wir dachten. Der Vorteil vom Daumengas liegt *auf der Hand*: Da Snowmobilfahren oft in unebenen Gelände stattfindet, sind schnelle und abrupte Lenkbewegungen ebenso häufig wie die Notwendigkeit sofortiger Stopps. Beim motorradtypischen Drehgas steigt die Gefahr, das eigene Kleinhirn zu überfordern, wenn der Handinnenfläche in kritischen Situationen das Multitasking der Lenkbewegung und der Gasdosierung überlassen wird. Auch kann versehentliches Drehen am Gas durch Abstützbewegun-

104

gen auf dem Lenker nach Bodenwellen ein unschönes Rendezvous mit einem Baumstamm provozieren.

Einige vorsichtige Runden später fordert uns Henrik zu etwas schnelleren Fahrten mit anschließenden Bremsmanövern auf. Wenn man in der Kurve bremst, driftet der Skooter seitlich weg, Moritz ist begeistert. Endlich tobt ein bisschen Action über den Lehrplan. Erwartungsgemäß unterscheidet sich Ankes Fahrstil erheblich von den zunehmend mutigeren Manövern unseres jugendlichen Gefahrensuchers. Unter den wachsamen Augen des Ausbilders bleibt aber alles in einem gesundheitlich unbedenklichen Rahmen.

Das Zutrauen zu unserem magischen Daumen wächst, die Blaupause, die von seinen Bewegungen in unserer Kleinhirn-Schaltzentrale hinterlegt wird, nimmt immer deutlichere Konturen an. Entschleunigung scheint mit einem Schneemobil kein massives Problem zu sein. Kaum dass man vom Gas geht, sorgt der hohe Reibungswiderstand des Bandes, dessen Querstreben durch den Schnee wühlen, für ein relativ rasches Abstoppen.

Unser Vorturner kommt mit dem letzten Tagesordnungspunkt auf. „Wie sichere ich einen Skooter mit Hilfe von Spanngurten auf einem Hänger, ohne mich selbst an das Gefährt zu fesseln?" Zugegeben: Der Nebensatz der Aufgabe schreibt sich nur in meinem Kopf an die virtuelle Tafel, als ich die Gurte und Ratschen misstrauisch beäuge. Schon seit vielen Jahren leide ich an Spanngurtanalphabetismus, einer Erkrankung, deren Erstbeschreiber ich ab sofort zu sein beanspruche. Erst die Häufung meiner Missgeschicke, für die keinesfalls einfache Trotteligkeit als Erklärung ausreicht, brachte mich auf die richtige Diagnose.

Irgendwie schaffe ich es bei der Benutzung von Spanngurten immer wieder, Knoten und Windungen dort zu produzieren, wo sie nicht hingehören. Entweder fädele ich den Gurt von der falschen

Seite in die Ratsche oder die Gurtfläche bildet plötzlich zwei Lagen in dem Metallscharnier, während das entscheidende Ende des Bandes immer noch schlaff im Wind baumelt. Das Ganze endet oft mit improvisierten Hilfsschleifen, die die Festigkeit meiner Schuhsenkel kaum übertreffen. Die Fesselungskünste unseres Lehrers machen mich sofort neidisch. Unter seiner Anleitung sind beide Skooter nach einigen Minuten bombenfest vertäut. Dabei gibt Henrik Hinweise, welche Teile des Fahrzeugs unbedenklich in die Standplatzsicherung einfließen können und welche nicht.

Bevor wir kurz darauf ins Unterrichtsfrei entlassen werden, erhalten wir noch Lernmaterial, das uns bei der Vorbereitung auf den Abschlusstest helfen soll. Eifrig durchblättern Anke und ich am Abend die Seiten, sind uns bei einigen Fragen uneinig und konsultieren Leif, den wir für den ultimativen Experten halten. Aber auch er ist sich manchmal unsicher. Moritz versteht die Aufregung nicht, baut auf seine bewährten schulischen Strategien: Chillen und auf das Momentum in der Prüfung bauen. Es ist schon eine sehr besondere Situation, mit dem eigenen Kind die Schulbank zu drücken...

Der zweite Kurstag gliedert sich in drei Teile. Zunächst pauken wir Theorie, fassen die wichtigsten Lerninhalte zusammen und wiederholen diese. Dann werden wir das erste Mal wirklich von der Leine gelassen – wir begleiten Henrik II auf einer ersten Tour. In der Nähe von Kurravaara, einer kleinen Siedlung am Torneälv, stehen die Skooter schon bereit, drei insgesamt. Unser Lehrer fährt voraus, Anke und ich folgen auf je einer Maschine, als letztes fährt Moritz.

Etwas nervös folgen wir dem teilweise schmalen Weg, denken: Sind wir eigentlich automatisch durchgefallen, wenn wir jetzt das Schneemobil ungebremst in die Büsche setzen? Vorsichtig erproben wir dessen Lenkeigenschaften auf anspruchsvollerem Terrain, gewinnen langsam ein Gefühl für unseren Untersatz. Gerade als unsere Anspannung nachlässt, weil die PS unter unseren Hintern sich als äußerst folgsam erweisen, erreichen wir eine offene Fläche.

Henrik schaltet sein Schneemobil aus, wir tun es ihm nach. „Wir sind hier am Ufer eines kleinen Sees" erläutert er uns. Überrascht gucken wir uns um, wir waren davon ausgegangen, auf einer Wiese zu stehen. Tückisch, wenn man die Gegend nicht kennt! Er fährt fort: „Der Winter hat gerade erst angefangen, wir können nicht davon ausgehen, dass das Eis schon überall trägt. Wie können wir herausfinden, ob es sicher ist, hier weiterzufahren?" Wie Erstklässler, die sich über jedes Sternchen im Hausaufgabenheft freuen, posaunen Anke und ich die Antwort lauthals heraus, fast so, als wollten wir einander zu übertönen: „Wir brauchen einen Eisbohrer!" Argwöhnisch werden wir Streber von Moritz beäugt.

Unser Wissensvermittler holt einen Eisbohrer heraus und hält ihn uns entgegen: „Wer will?" Ich werde den Anfang machen, bekomme die Stelle gezeigt, an der ich die erste Bohrung ansetzen soll. Jetzt ist der Bizeps gefordert, denke ich, aber tatsächlich schneidet sich das Gerät relativ leicht durch die Eisdecke. Eine Hand ruht mit leichtem Druck auf dem höchsten Punkt des Werkzeugs, die andere fasst das Metall an der U-förmigen Ausbuchtung an, die um die vertikale Achse herum besteht, und fängt dort an zu kurbeln. Schnell arbeiten sich die spiralförmigen Schneideblätter nach unten, ich spüre einen kurzen Widerstandsverlust. Wir ertasten mit einem Stock den Unterrand des Eises, messen zufrieden eine ausreichende Dicke und stecken einen Zweig in das Loch und häufen ein wenig Schnee um ihn herum an, damit er dort festfriert - fertig ist unser erstes „Ruskmarkering"! So geht es immer einige Meter weiter auf dem Eis, Moritz und ich wechseln uns beim Bohren ab, irgendwann ist unsere Route über den kleinen See abgesteckt.

„Aber mal ehrlich..." bedeute ich unserem Ausbilder, „Du wusstest doch bestimmt, wie dick das Eis hier ist!?" Der schaut mich schmunzelnd an und erzählt uns dann eine Anekdote, für die Henrik I. vor einiger Zeit gesorgt hat. Der war - auch zu Ausbildungszwecken - mit einer Gruppe von Schneemobilnovizen unterwegs, denen er die Bedeutung von „Vertrauen ist gut, Kontrolle ist besser" im Hinblick auf die Tragfähigkeit des Eises zu Saisonbeginn näherbringen wollte. Während er den Eisbohrer ansetzen ließ, knackte es plötzlich. Lehrer und Schüler schauten auf. Henrik I. hatte seinen Skooter relativ weit vom Ufer entfernt abgestellt und musste nun mit seiner Gefolgschaft ansehen, wie seine Maschine im Zeitlupentempo durch das Eis brach und vor den staunenden Augen des Publikums im See versank.

Auf die unfreiwillige Choreographie dieser Unterrichtsstunde angesprochen, konstatiert der Betroffene uns gegenüber später, dass es "eigentlich perfekt" gewesen sei. Seine eigene Unvorsicht hätte einen Lernzuwachs bei seinen Schülern ergeben, den er auf andere Art nie so nachhaltig erreicht hätte. Auch in der Kunst des positiven Denkens scheint er Träger des schwarzen Gürtels zu sein. Zum Skooter, der viele Meter auf den Grund des überraschend tiefen Sees abgesunken war, sei er später selbst hinabgetaucht und hätte ihn dann mit Hilfe von Stahlseilen und einer Winde wieder geborgen. Im Rahmen dieser Erzählung erfahren wir, dass er auch Survivalkurse anbietet. So wie seine Augen beim Gedanken an das zurückliegende Abenteuer glänzen, überrascht uns das nicht. Für einige Lappländer ist der Fehdehandschuh, der ihnen von der wilden einheimischen Natur immer mal wieder vor die Füße geschleudert wird, willkommener Anlass, die eigene Männlichkeit zu beweisen.

Nachdem wir unsere Ausfahrt zu einem glücklicherweise längst nicht so aufregenden Ende gebracht haben und zur Schule zurückgekehrt sind, steht der dritte Teil des Unterrichttages an, wir schreiben den Test. Bevor wir die Prüfungsbögen erhalten, müssen wir an weit voneinander entfernten Tischen Platz nehmen, da kennt der hauptberufliche Lehrer kein Pardon. Dann senken wir die Häupter und studieren den Fragenkatalog. Erfreulicherweise lauern uns keine bösartigen Überraschungen auf. Alles ist machbar, nach ca. zwanzig Minuten gibt Moritz als Erster ab, bald darauf folgen wir Senioren seinem Beispiel und beenden den Test auch. Nach kurzer Wartezeit erfahren wir, dass wir alle bestanden haben. Kurioserweise haben wir alle drei nur einen einzigen Fehler gemacht und dann noch alle den selben.

Zufrieden grinsen wir einander an. Wir haben einen Skooter, wir haben einen Führerschein. Jetzt kann der Winter richtig losgehen!!!

Die tiefstehende Sonne über unserem See. Der November ist der Monat der grandiosen Lichtspiele.

Winter!!!

Mit Beginn der zweiten Novemberhälfte hat der Winter unser kleines Dorf am Rand des Alttajärvisees fest im Griff. Das zeigen nicht nur Schnee und Eis und die eisigen Temperaturen, die sich jetzt fast ausschließlich im zweistelligen Minusbereich bewegen. Wie auf ein Kommando hat sich die Zahl der Nachbarn ausgedünnt. In den Herbstmonaten saßen noch kleine Gruppen auf den Veranden der umliegenden Häuser und genossen die Abendsonne und den Ausblick auf den See bei einem Feierabendgetränk. Wenn wir jetzt im abendlichen Dunkel von der Terrasse aus den sternenklaren Himmel bewundern und den Blick über die Siedlung schweifen lassen, ist von den etwa achtzig Häusern, die sich - wie unsere Hütte - am Ostende des Sees befinden, nur eine Handvoll beleuchtet. Ca. 200 Meter entfernt wohnt als nächster Artgenosse in einer Parallelstraße ein alleinstehender Mann, den wir jedoch noch nie zu Gesicht bekommen haben. Er ist einer der wenigen, die hier nicht nur die Wochenenden, die Feierabende und den Sommer verbringen. Ansonsten teilen wir diesen Fleck der Erde in der immer dunkler werdenden Jahreszeit hauptsächlich mit Rentieren, Schneehasen und Füchsen.

Einen Grund für den winterlichen Exodus haben wir bereits von Arne erfahren. Arne ist geschätzte 75 Jahre alt und ein unmittelbarer Nachbar. Sein Grundstück sticht im Sommer immer als besonders gepflegt heraus. Dass er im Winter kaum in Alttajärvi erscheint, hat aber nichts damit zu tun, dass der Schnee die Mühen seiner liebevollen Gartengestaltung hat unsichtbar werden lassen. „Im Winter ist mir Alttajärvi zu kalt!" hatte er uns verraten. Tatsächlich. Auf Fahrten nach Kiruna bestätigt die Temperaturanzeige im Auto, dass es in unserem Wohnort meist noch fünf Grad kälter ist als in der wenige Kilometer entfernten Stadt. Die im Vergleich etwa 130 Meter tiefere Lage des Nestes erklärt im Zusammenspiel mit der niedrig stehenden Sonne diesen Umstand.

Die zunehmenden Schneemassen und die Menschenleere der Umgebung sind hervorragend dazu geeignet, Wildnisgefühle auszulösen. Bald lernen wir, dass die abendliche Romantik der Szenerie noch verstärkt werden kann. Mehrmals erleben wir in diesem Winter einen Stromausfall. Das erste Mal sind wir noch beunruhigt, befürchten Probleme an der hauseigenen Elektrik, rufen Mikael an und fragen ihn, was zu tun ist. Der will zuerst von uns wissen, was mit den Lichtern in den anderen noch bewohnten Häusern der Gegend ist. Auf diese Idee hätten wir eigentlich auch selbst kommen können. Wir gehen vor die Tür und stellen fest: Alles zappenduster! Erleichtert rät uns Mikael, einfach abzuwarten. Die Jahreszeit sei immer mal wieder gut für Schäden an den Stromleitungen.

Wir zünden Kerzen an und freuen uns am prasselnden Feuer des Ofens, das uns eine behaglich warme Stuga garantiert und von einer Zeit vor Erfindung der Elektrizität träumen lässt. Ich überlege. Mein letzter Stromausfall liegt mindestens vierzig Jahre zurück. Vielleicht sollte ich nach unserer Rückkehr nach Deutschland eine Partei gründen, die sich für Netzinstabilität und regelmäßige Löcher in der Elektrizitätsversorgung einsetzt. Mit jeder Candlelight-Stunde finde ich mehr Gefallen an diesem Gedanken.

Die Abgeschiedenheit der Wohnsituation lässt uns im Winter noch mehr spüren, dass wir unsere sozialen Wurzeln abgehackt haben, die sich 2300 km weiter südlich über viele Jahre entwickelt haben. Wir beleben daher ein Spiel wieder, das wir schon bei der Anreise nach Lappland begonnen hatten. Besonderes Kennzeichen diese Spiels ist es, den Ausdruck „Freund" so inflationär wie bei Facebook zu verwenden. Als wir 150 km vor Kiruna eine letzte Pause mit dem überfrachteten Caddy machten, hatten wir einen Velomobilfahrer [5] aus Finnland getroffen, mit dem wir uns zehn Minuten am Straßenrand unterhielten. Da wir ebenfalls Liegeradfahrer sind, hatte sich sofort eine Gesprächsebene ergeben. Der Finne hatte uns u.a. mit seinem wunderbaren Namen verzückt: Urpo mit stark gerolltem R. Nachdem Urrrpo uns seine Emailadresse gegeben hatte, verkündeten wir augenzwinkernd, dass er bereits – kaum dass wir lappländische Gefilde erreicht hätten - unser erster Freund sei. In diesen einsamen Winterwochen knüpfen wir daran an und tun so, als könnten wir jeden noch so kurzen Dialog als Freundschaftsanfrage begreifen. Wenn wir an der Supermarktkasse mehr als „Hej" und „Hejda" mit dem Angestellten wechseln, wittern wir den Worten nach, ob in ihnen der Samen für eine den Tod überdauernde Verbundenheit aufzugehen beginnt. Wir haben schon wieder jemanden kennengelernt, witzeln wir dann.

Die größte Zusammenballung an Menschen bekommen wir Tag für Tag zur nahezu gleichen Uhrzeit präsentiert. Für das Team vom Camp Alta hat die Wintersaison begonnen, so dass geführte Schneemobilausfahrten mit Touristen stattfinden. Die Route, die Leif mit seinen Skootern befährt, führt zum Eishotel und daher wenige Meter an unserem Haus vorbei. Zu Beginn sind es noch kleine Gruppen von drei bis fünf Leuten, die mit ihren knatternden Maschinen bei uns vorbeifahren. Doch schon nach etwa zwei Wochen wächst die Zahl der Teilnehmer sprunghaft an, so dass manches Mal fast dreißig Skooter von Leif angeführt werden.

Mitunter, wenn Leif die Touristen mit einer immer gleichen Armbewegung über die Straße dirigiert, die die Anfänger überqueren müssen, folgt eine unfreiwillige Actioneinlage. Die Fahrer müssen vom Niveau des gefrorenen Sees einen etwa drei Meter hohen, steilen Anstieg bewältigen. Die meisten haben ihrem Daumen schon

---

5 Ein Velomobil ist ein vollverkleidetes Liegerad, das durch die Verkleidung einen extrem niedrigen Luftwiderstand hat. Die Dinger sehen aus wie ein Zäpfchen - und gehen ab wie eins.

beigebracht, wie man den Gashebel vorsichtig betätigt und tuckern langsam die Steigung hoch. Ein offenbar technisch minderbegabter Tourist drückt den Gasschalter so furios durch, dass er in einem filmreifen Stunt fast über die ganze Straße springt und auf der anderen Seite mitsamt Beifahrer in den Graben schießt. Glücklicherweise hat der Schnee den Sturz beider Protagonisten abgefedert. Schockiert, aber körperlich unversehrt wühlen sie sich aus ihm hervor.

Während wir den Dilettanten bei der Aktion zuschauen, wächst die Ungeduld. Das können wir besser! Die schwedische Bürokratie zögert den Startschuss für eigene Fahrten hinaus. Erst als nicht nur Kopien der Personalausweise sondern auch die der Reisepässe beim Verkehrsamt eingegangen sind, schreibt uns unser ehemaliger Fahrlehrer Henrik das erlösende „Ihr dürft jetzt fahren!" Der Führerschein selbst trifft Wochen später ein, aber die mündliche Zusicherung unseres persönlichen Skootergurus ist uns erst einmal genug.

Moritz entfernt die schützende blaue Plane vom Skidoo, als packe er ein Geschenk aus. Wochenlang hat er die Folter des Fahrverbots aushalten müssen. Jetzt halten ihn keine elterlichen Ermahnungen mehr. Wenn er schon an die ganzen Wissenslücken denkt, die gefüllt werden müssen: Wie groß ist die Höchstgeschwindigkeit des Skooters? Wie fühlt es sich an, kleine Sprünge zu vollführen? Wie ist es, abseits der Tracks durch den Tiefschnee im Wald zu fahren?

Auch Anke und mich lockt es, unseren ökologischen Sündenfall auszuprobieren (der Benzindurst des neuen Familienspielzeugs ist beeindruckend). Wir genießen insbesondere die sprunghafte Vergrößerung unseres winterlichen Bewegungsradius durch den Skooter. Jetzt können wir in Gegenden vorstoßen, die für uns bislang nicht erreichbar waren. Jeder neuen Tour wohnt so das Gefühl einer kleinen Expedition inne, auch wenn wir in den ersten Wochen ausschließlich auf Routen fahren, die andere für uns vorgekaut haben. Das Off-Track-Fahren trauen wir uns noch nicht zu.

Dennoch fehlt den Ausfahrten keineswegs die Spannung. Wir folgen das erste Mal einem schmalen Skooterkurs, der am südlichen Ufer des Dorfsees beginnt. Vorsichtig tasten wir uns zunächst vorsichtig zwischen den Bäumen durch, dann erreichen wir eine lang gezogene Ebene. Eine beeindruckend große Sinfonie aus Weiß breitet sich vor uns aus. Leichter Wind fächert wirbelnde Schneefahnen über die Fläche, die karg und geheimnisvoll vor uns liegt. Eine bewaldete Hügelkette, die im Westen Anschluss an einen kleinen Berg findet, säumt die Ebene in südlicher Blickrichtung. Vereinzelt ragen Bäume aus der makellos glatten Schneeschicht hervor, in der wir aufgrund der Verwehungen nur mühsam die Skooterspur ausmachen können. Allein der Gedanke ist aufregend: Wenn wir von hier aus unseren südwestlichen Kurs beibehielten, stießen wir erst nach über hundert Kilometern wieder auf Zeichen menschlicher Zivilisation. Kein Städteplaner, kein Straßenbauamt hat sich bisher hier an der Natur vergehen dürfen.

Die freie Fläche lädt zum Träumen ein und wird in der Folgezeit zu einem meiner Lieblingsorte und zum Ausgangspunkt weiterer Erkundungsfahrten. Mit jedem Mal stoße ich ein bisschen mehr ins Unbekannte vor. Einmal dringe ich mit Moritz so weit in die Einsamkeit, dass wir einen Trupp von Schneehühnern aufschrecken, die sich hektisch flatternd davonmachen.

Kurz nach dieser Begegnung werde ich vom Skooter gewürfelt. Moritz lenkt den Motorschlitten etwas zu schnell durch tieferen Schnee, wir geraten in leichte Seitenlage, mein Bein verfängt sich im weißen Untergrund und zieht den Rest meines Körpers mit sich. Das erschreckt uns beide, obwohl mir nichts passiert. Als wir kurz danach ein gefrorenes Gewässer queren, wo der Schnee links und rechts der Strecke sehr feucht und wenig vertrauenswürdig aussieht, kriegen wir endgültig Angst vor der eigenen Courage. Von hier aus sind es fast zehn Kilometer bis zu unserer wärmenden Hütte. Wenn wir uns hier festfahren, wird das Ganze sehr, sehr unschön. Wir kehren um, für dieses Mal ist unser Abenteuerdurst gestillt.

Wasser auf dem Eis sorgt ohnehin immer für Nervenkitzel, auch wenn wir bald lernen, dass die ersten Assoziationen dazu falsch sind. Die Nässe ist nicht etwa Folge einer zu dünnen oder unsicheren Eisdicke. Das Eis arbeitet ständig gegen das Ufer und kriegt bei seiner andauernden Expansion immer mal wieder feine Risse, durch die Wasser nach oben gepresst werden kann. An Tagen mit Plusgraden kann sich Schmelzwasser bilden, das sich dann auf den gefrorenen Seen sammelt.

Die Hauptgefahr besteht darin, sich in der sulzigen Melange aus Wasser und Gefrorenem festzufahren. Bei zu viel Schneematsch streikt das Antriebsband eines jeden Skooters, es saugt sich am Untergrund fest wie ein Klopömpel auf einer feuchten Oberfläche. Ein Schneemobil aus einer solchen unfreiwillig gewählten Parkposition wieder herauszubekommen kann schwierig oder sogar unmöglich sein. Steigt man zu Bergungszwecken vom Skooter, drohen sofort nasse Füße, der feucht-pappige Belag gibt außerdem die Schuhe ungern wieder frei und macht jeden Schritt zur Schwerstarbeit.

Leif erzählt uns, dass es bei ungünstiger Witterung immer mal wieder vorkommt, dass er einen seiner Schlitten stehen lassen muss, bis der Untergrund wieder friert und eine Befreiung der Maschine so möglich wird. Leifs Vorteil: Er ist mit vielen Schneemobilen gleichzeitig unterwegs, auf irgendeinem anderen Fahrzeug findet sich immer ein freier Sitz für den Touristen, der sich seine Zähne an der Wildnis ausgebissen hat.

Ganz anders bei uns. Sobald wir spüren, wie sich das Band durch feuchten Schnee wühlt, erfasst uns Grusel. Der Skidoo wird umgehend langsamer, das Antriebsgeräusch ändert sich. Jetzt bloß nicht steckenbleiben! Wir drücken den Gashebel durch, um der tückischen Stelle zu entkommen. Wenn wir uns dann umschauen und dem Wasser dabei zuschauen, wie es in die Abdrücke unserer Spur läuft, müht sich der Verstand mitunter vergeblich gegen das Wissen, dass dies eigentlich nichts mit brüchigem Eis zu tun haben sollte. Insbesondere auf der Mitte eines riesigen Sees wie dem Sautusjärvi, der knapp zehn Minuten von Alttajärvi entfernt liegt und bis zu 6 km breit ist, übernimmt Alfred Hitchcock in solchen Momenten gerne mal die Gedankenregie. Dann ähneln – während hinter uns auf dem Eis Wasser sichtbar wird – die Motorgeräusche des Skooters plötzlich enorm der Musik, die Norman Bates in Hitchcocks "Psycho" begleitet, als er den Duschvorhang beiseite schiebt.

Um Schwierigkeiten mit aufgeweichtem und feuchtem Untergrund vorzubeugen, sorgen alle Fahrer, die immer wieder die gleiche Route benutzen, für eigene Streckenmarkierungen mit Hilfe von größeren Zweigen. Das hilft, die Fahrspuren nach Schneefall oder Schneeverwehungen wiederzufinden. Regelmäßiges Befahren eines Tracks komprimiert die oberflächlichen Lagen hinreichend und führt so zu einer Festigkeit, die auch kurzen Tauperioden widersteht.

Oft treiben wir uns in der Anfangszeit mit dem Skidoo auf dem Torneälv herum. Zum einen sind die zwei Kilometer Anfahrt durch unseren „Hauswald" abwechslungsreich. Nach Neuschnee biegen sich an einer Passage die Zweige weit herunter. Wenn wir die Köpfe bei der Fahrt durch den natürlichen Tunnel nicht weit genug einziehen, landet uns eine Ladung Schnee im Nacken. Die kleinen Walddachlawinen erwischen dann oft den Beifahrer. Je spitzer die Schreie von der Rückbank ausfallen, desto breiter wird das Grinsen beim Fahrer. Zum anderen kennen wir die holprige Strecke bald wie die eigene Westentasche und geben dort etwas mehr Gas als auf einer unbekannten Fährte.

Das Gefühl fürs Steuern geht immer mehr in Fleisch und Blut über. Den Lenker sollte man gut festhalten, aber nicht zu fest. Es ist unmöglich, die Kufen auf einem unebenen Weg zu einem schnurgeraden Kurs zu zwingen. Wenn man es dennoch versucht, schlägt einem das Terrain die Lenkstange unangenehm in die Handinnenflächen. Der Skooter sucht sich seinen Weg durch die Buckel teilweise selbst, dort verlangt es abwechselnd nach einer harten oder nach einer weichen Hand am Lenker - die Mischung macht's.

Der Fahrtwind sorgt insbesondere auf den Seen, auf denen grundsätzlich die höchsten Geschwindigkeiten erreicht werden, für einen Wind Chill Faktor, der nach Sorgfalt beim Einkleiden verlangt. Bei minus fünfzehn Grad führt ein Tempo von 60 km/h zu einer Wind Chill Temperatur von minus dreißig Grad. Bei minus dreißig Grad Ausgangstemperatur fühlt es sich bei gleicher Geschwindigkeit sogar an, als herrsche eine Kälte von minus fünfzig Grad. Schon nach kurzer Zeit drohen bei solchen Verhältnissen Erfrierungen. Insbesondere schlecht geschützte Gesichtspartien sind gefährdet.

Leif achtet während seiner Skootertouren – wie alle guten Guides – penibel genau auf die Kleidung seiner Gäste. Ihm gehört ein beeindruckendes Arsenal an Overalls, Schuhen und Helmen, aus dem sich seine Teilnehmer vor Antritt der Fahrt bedienen können. Viele Reisende sind sich weder bewusst, welche extremen klimatischen Bedingungen bei einem solchen Trip herrschen können, noch sind sie dafür ausgestattet. Manchmal müsse Leif sich wie ein Vater um seine vor Kälte schlotternden Touristen kümmern. Dann inspiziert er ihre Gesichter auf der Suche nach weißen Flecken, die eine drohende Erfrierung ankündigen. „Reib Dir mal das Gesicht!" rät er ihnen dann. „Lauf ein bisschen umher, spring auf der Stelle herum, dann wird Dir wärmer!" schlägt er anderen vor, die bibbernd während einer Pause herumstehen.

Nicht nur im Rahmen von Outdooraktivitäten ist der Kälte-einbruch für uns ein Thema. Bevor der Winter richtig eingesetzt hat-te, haben wir uns manchmal gefragt, ob wir in unserer Hütte in der dunklen kalten Jahreszeit nicht frieren würden. Dabei klangen auch die Worte von Nachbar Arne nach, der sich als Kälteflüchtling nach Kiruna verzogen hat. Zwar sind im Haus sechs elektrische Heizkörper verteilt, aber diese sind erstens nicht sehr groß und würden zwei-tens - bei Dauerbetrieb – für eine gesalzene Rechnung am Ende der Saison sorgen. Vereinbarungsgemäß zahlen wir den Stromverbrauch extra an Mikael.

Mit Zweifeln an ihrer Wärmespeicherfähigkeit tun wir der äußerlich simplen Stuga Unrecht. Sie ist erstklassig isoliert. Alle Fenster sind dreifach verglast und alle Ritzen und potentiellen Kälte-brücken offenbar professionell abgedichtet. Wenn wir den unschein-baren kleinen Ofen mit drei bis vier Stücken Birkenholz füttern, brei-tet sich innerhalb kurzer Zeit eine wohlige Wärme in der ganzen Hüt-te aus. Fallen die Temperaturen tiefer als minus zwanzig Grad, las-sen wir das Feuer auch nachts nicht ersterben. Auf diese Weise ge-winnt der nächtliche Toilettengang endlich einmal einen gemeinnüt-zigen Charakter. Wer nachts pinkeln kann, der kann auch nachts den Ofen füttern! Erst wenn das Thermometer dauerhaft Grade von mi-nus dreißig anzeigt, fangen wir an zu diskutieren, wer am Fenster schlafen muss. In solch bitterkalten Phasen kriecht dann doch etwas Kälte in die Wände.

Da wir - als einzigen Raum - den etwa fünf Quadratmeter großen, mit einer Zwischentür verschließbaren Flur nicht beheizen, sieht der nach schweren Frostperioden aus wie ein Vorzimmer zur Arktis. Auch das Auto ist vom Winter gezeichnet. Der Einbau unserer elektrischen Motorvorwärmung hat sich definitiv bezahlt gemacht. Ohne Murren springt der Caddy unabhängig vom Thermometer an. Fast immer. Einmal vergisst Anke in meiner Abwesenheit, ihn bei sat-ten Minustemperaturen ans Stromnetz zu hängen. Ihr Fauxpas ist ihr so peinlich, dass ich erst Wochen später erfahre, warum ich ein teures Taxi vom Flughafen nach Hause nehmen musste. Dabei hatte mich ihr gespieltes Erstaunen überzeugt: „Weiß auch nicht, warum der Motor nicht starten wollte..."

Der Schnee formt in den nahen Waldwegen weiße Arkaden.

Ein Fest für jeden Maler, der Pastellfarben liebt.

Familienbild mit Skooter.

Anke trainiert das Tiefschneefahren. Skooterausgraben inklusive...

Müdigkeit in der Polarnacht - willkommen in "Schlappland"!

Eine der Fragen, die wir uns schon vor Beginn unseres Lapplandjahres stellten, war: Wie würden wir auf das schwindende Tageslicht reagieren? Ab Anfang Dezember verschwindet die Sonne für etwa vier Wochen hinterm dem Horizont, die Polarnacht übernimmt die unangefochtene Alleinherrschaft. Schon ab dem ersten Novemberdrittel kommt die Sonne nur noch kurz ins Blickfeld. Als wäre sie gerade am Ende von fünfzig seriellen Klimmzügen angelangt und müsste sich mit letzter Kraft über die Kante des Horizonts schieben, wo sie dann mit vor Anstrengung hochrotem Antlitz für kurze Zeit entlang rollt. Wie ein flammende, aber bleiern schwere Bowlingkugel, deren Eigengewicht einen Ausflug in höhere Sphären absolut unmöglich macht.

Ab Ende November muss man sich mit Ausrufen wie „Oh! Was für ein herrlicher Sonnenaufgang!" beeilen. Wenn man zu langsam redet, läuft man Gefahr, die letzten zwei Silben durch „untergang" ersetzen zu müssen. Wie ein neckendes Gesicht, das hinter einem Vorhang hervorlugt , um einem Kleinkind ein Lächeln zu entlocken, machte die Sonne kurz „Kuckuck!" und verschwindet dann wieder.

Mir wird klar, dass man bei Umschreibungen winterlicher Tagesaktivität in Lappland ganz andere Maßstäbe ansetzen muss. Wenn jemand von sich behauptet, er hätte „von Sonnenaufgang bis Sonnenuntergang nur gearbeitet", heißt das Ende November, dass er gerade einmal anderthalb Stunden fleißig war und das klingt dann irgendwie doch ganz anders. Wenn man das Gleiche Mitte Dezember kundtut, kann man die Aussage im Bett liegend treffen, und zwar in der behaglichen Gewissheit, dass einen niemand dafür als Lügner bezeichnen kann.

Der Lichtmangel legt eine bleierne Müdigkeit auf uns, so dass wir es der Sonne am liebsten nachtäten. Morgens quälen wir uns aus den Betten, schlurfen ins Bad, decken schwer atmend den Frühstückstisch und stieren danach mit halb offenen Lidern müde und gereizt in unsere Kaffeebecher. Nachdem wir diese unter unendlicher Kraftanstrengung leer geschlürft haben, werfen wir sehnsüchtige Blicke auf unsere noch zerwühlte Bettwäsche, in die wir uns am liebsten sofort wieder kuscheln würden. Sollte dieser Landstrich im Winter nicht eher Schlappland heißen?

In den Herbstmonaten war es mir schwergefallen, zwischen den sich widerstrebenden Impulsen zu schlichten, die mir nach dem Erwachen auflauerten. Was sollte ich als Erstes tun? Schwedisch lernen? Einen Fachartikel lesen? Schreiben? Eine Wanderung machen bzw. Sport treiben – oder erst die Hausarbeit erledigen?

Die Hauptaufgabe ab Mitte November scheint, den hypnotischen Einflüsterungen des eigenen Faultiers zu widerstehen („Leg Dich doch einfach wieder hin! Die Kissen sehen verdammt gemütlich aus! Und wie warm sie aussehen - draußen ist es schwei-ne-kalt! Komm schon, nur ein paar Minuten..."). Wenn es so etwas wie Bärenhunger gibt, gibt es im lappländischen Winter auf jeden Fall auch eine Bärenmüdigkeit und nur die Aussicht auf die zahlreich verpassten Winterspektakel hält uns davon ab, es Meister Petz gleichzutun. Ich darf meinen Freunden auf keinen Fall einen Erlebnisbericht über die Monate von Mitte November bis Mitte Januar abliefern, der sich auf die Wörter „dunkel" und „kalt" beschränkt.

Mikael hat uns längst darauf vorbereitet, dass jegliche Energiequellen in dieser Zeit zu versiegen drohen. Am eigenen Leib zu spüren, wie sehr der Organismus auf die Abwesenheit der Sonne reagiert, ist dennoch frappierend. Ich erlebe Anke und Moritz selten so dünnhäutig, reizbar und streitsüchtig wie während der Polarnacht. Ich bin sehr froh, dass wenigstens ich mein ausgeglichenes

Gemüt behalte - sonst würden die Schlampe und der Rotzbengel den Dezember möglicherweise nicht überleben.

Um eine Waffe gegen das saisonale Tief zu ergattern, hat Anke schon in Deutschland ihr hoch entwickeltes Shoppingtalent ausgelebt. Eine 10.000 Lux - Tageslichtlampe zählt nun zu ihrem Besitz. In diesen Wochen kommt das Gerät regelmäßig zum Einsatz. Bei der Bewältigung ihres täglichen Quantums an Büroarbeit hilft eine morgendliche Dosis Kunstlicht meiner Frau. Sie kann sich danach weit genug aus dem schlappen Haufen heraus stemmen, den wir als Familie gerade abgeben. Auch Moritz' schulische Begeisterung scheint in diesen Wochen zu leiden. Immer mühsamer schält er sich morgens aus den Decken.

Wenn man den Blick über uns Schluffis schweifen lässt, gibt es genug Anlass für einen fachlichen Diskurs: Was ist eigentlich die hormonelle Grundlage der legendären skandinavischen Winterdepression? Nähert man sich dieser Frage, stolpert man zunächst einmal über die Zirbeldrüse. Die Zirbeldrüse hat ihren Dauerwohnsitz in den Tiefen unseres Schädels, in der Nähe des Hirnstamms. Obwohl sie nur die Größe einer durchschnittlichen Erbse bzw. eines überdurchschnittlichen Popels hat, ist ihr Einfluss auf uns alles andere als popelig. Das liegt im wesentlichen an den zwei Gegenspielern, die von ihr produziert werden. Zwei Hormone treten auf ihr Geheiß in den Ring und liefern sich Tag für Tag einen Abnutzungskampf. Serotonin ist ein Wachmacher, vermittelt Glücksgefühle und putscht auf. Viele Antidepressiva erhöhen die Serotoninkonzentration im Gehirn. Auf der anderen Seite, sozusagen in der schwarzen Ecke, ist Melatonin. Melatonin geht bei Fehlen von Sonnenlicht aus Serotonin hervor. Wenn man seine Wirkung indianisch beschreiben sollte, müsste sein Name „Der Dir das Schlaflied singt" lauten. Es ist *die* zentrale Substanz bei der Regulierung des Schlaf-Wach-Rhythmus, sie sorgt für Entspannung und erleichtert das Ein- und Durchschlafen. In der

Schlafmedizin nimmt das Hormon auch als Medikament eine immer zentralere Position ein.

Aktuell könnten wir uns wohl als Melatoninspender registrieren lassen. Wir werden die Einheimischen das Zeugs los? Interessanterweise fördert körperliche Kälteexposition sowohl die Serotoninausschüttung wie auch die Sekretion anderer Gute-Laune-Hormone. Im Lichte dessen müsste das winterliche Schneebad, das fast immer Teil des nordskandinavischen Saunagangs ist, ein taugliches Antidot gegen unsere chronische Schlafhormonvergiftung sein. Es ist immer wieder faszinierend, wie sehr sich die Wissenschaft mit Erkenntnissen abmüht, die die heimische Bevölkerung seit Jahrhunderten intuitiv pflegt.

Wir wollen das Weichei in uns abkochen. Ab sofort muss jeder Saunagang obligatorisch um einen Kälteschock erweitert werden. Ein- bis zweimal hatten wir die Sauna im Herbst schon in Betrieb, aber jetzt ist auch endlich genug Schnee da, um sich damit eine Abreibung zu verpassen. Mittlerweile finden wir es ganz normal, beim Schwitzen quasi auf einer Waschmaschine zu sitzen. Der multifunktionale Dusch-Wasch-Raum hat zwar ein eigenartiges Ambiente, aber was soll's?! Besser so eine Sauna als gar keine.

Bei der Umsetzung des Plans zur Kneipp-Kur sind wir unterschiedlich erfolgreich. Anke wird schon kalt, wenn sie den Schnee bloß anguckt. Alleine der Gedanke daran, sich hineinzulegen, lässt sie spitze Schreie von sich geben. Immerhin aber schaut sie sich das gefrorene Weiß nicht nur durch die Fensterscheibe an. Nackt nach draußen zu treten, sorgt auch für einen fühlbaren Temperatursturz. Außerdem genießt sie es, barfuß durch den Schnee zu laufen. Sie behauptet, man könne den Schnee mit einer Wolke verwechseln, weil er so fluffig sei.

Da ich mich an die Zeit vor meiner Reinkarnation kaum erinnern kann, kann ich nichts Fundiertes zu dem Thema beitragen. Der Fokus von uns Männern liegt ohnehin auf anderem. Wir schaffen es wirklich, uns auf dem weißen Boden zu wälzen. Soll ja auch nicht nur gegen das winterliche Stimmungstief gut sein. Es wird behauptet, dass Kälteschocks die Testosteronproduktion steigern. Das erklärt den Umstand, dass Anke nicht mitmacht, ebenso wie die Tatsache, dass wir uns umgehend männlicher fühlen.

Dieses maskuline Gefühl hält bei mir allerdings manchmal nur sehr kurz an. Nach meiner Umarmung mit dem Schnee habe ich es eilig, schnell wieder ins wärmende Haus zu gelangen. Als ich mit meinen feuchten Füssen die Kurve im Flur zu schnell nehme, rutsche ich auf dem glatten Parkett aus und falle mit einem laut klatschenden Geräusch der Länge nach hin. Während ich mich nackt, nass und mit blödem Gesichtsausdruck wieder aufrappele, spüre ich einen abrupten Anstieg der Heiterkeit in meiner unmittelbaren Umgebung. Als Arzt weiß ich natürlich um die therapeutischen Effekte des Lachens. Insofern kann ich mit dem Heilerfolg eigentlich zufrieden sein. Meine Slapstick-Einlage wird Moritz noch Wochen später begeistern.

Mikael verrät uns seine Rezepte gegen den Winterblues, die auf beide Geschlechter gleich gut anwendbar sind: Sport und Friluftsliv. Man müsse sich so oft wie möglich bewegen und müsse - möglichst zur hellsten Tageszeit - raus an die frische Luft. Wir nehmen uns seinen Ratschlag zu Herzen. In Kirunas Stadtpark gibt es eine Schlittschuhbahn, die wir ausprobieren. Auch in einer der Sporthallen machen wir die Eisfläche mit unserem vergleichsweise bescheidenen Schlittschuhtalent unsicher. Dann streben wir nach höherem und wollen den Skilanglauf für uns entdecken.

Weder Anke noch ich haben irgendeine Erfahrung auf diesem Gebiet vorzuweisen. Zunächst gilt es, die notwendigen materiellen Voraussetzungen zu schaffen. Ohne Skier ist Skilaufen naturgemäß sehr schwierig. Ich bestelle mir bei einem deutschen Onlineshop ein Paar Langlaufski und benenne als Lieferadresse unser lappländisches Domizil. Skeptisch glotzen wir auf die Sendungsverfolgung im Netz. Als wir nach nur 10 Tagen tatsächlich eine Paketbenachrichtigungskarte aus dem Briefkasten fischen und ich wenig später das Erhoffte in den Händen halte, scheinen die hiesigen Postwege über alle Zweifel erhaben. Warum wir nicht gleich für Anke mitbestellt haben, diskutieren wir In den folgenden zwei Monaten in zunehmend gereiztem Tonfall miteinander. In dieser Zeit lernen wir schmerzvoll, dass wir wirklich in der Einöde wohnen.

Gleich nach Ankunft meiner Ausrüstung gibt Anke eine Bestellung bei ihrem Lieblingsoutdoorhändler auf. Erst unendlich lange drei Wochen später tut sich etwas. Es klingelt an der Tür, ich mache auf und muss mir gleich die Vorwürfe des Briefträgers anhören, der vergeblich nach unserer Hausnummer gesucht hat. Mit mürrischem Gesichtsausdruck lässt er sich den Empfang der Sendung von mir quittieren.

Die Mimik der Paketempfängerin nimmt schnell ähnliche Züge an wie die des missmutigen Postboten. Zwar ist das Paket zu groß für den Briefkasten, aber auch eindeutig zu klein, um Skier und Stöcke zu enthalten. In der Tat: Nur die Skischuhe sind angekommen. Mit schmalen Lippen und krauser Stirn fragt mich Anke vorwurfsvoll, warum ich nicht gleich eine Protestwelle losgetreten habe. Auf dem Lieferschein seien die Ski mit ausgewiesen und wegen meiner Unfähigkeit, würde sie diese jetzt nie, nie, nie bekommen. Wahrscheinlich habe der Briefträger sich selbst gerade die Suche nach einem Weihnachtsgeschenk erspart und würde schon am gleichen Nachmittag seine neuen Langlaufbretter ausprobieren.

Mit wütendem Tastenanschlag, bei dem man sich durchaus Buchstabenopfer auf dem Keyboard ausmalen kann, tippt mein impulsives Weibchen kurz darauf eine scharfzüngige Email an den Händler. Nach über drei Wochen sei jetzt zwar *endlich* ein Paket angekommen, aber leider mit unvollständigem Inhalt, wo denn bitte der Rest des Kaufs bliebe. Bei soviel schlechter Laune mache ich mich inmitten ihres verbalen Attentats lieber aus dem Staub. Die Tatsache, dass ich bei meiner Hausflucht eine Runde auf meinen längst eingeweihten Skiern drehe, trägt kaum zur Stimmungsaufhellung meiner Partnerin bei.

Der Onlineversand antwortet im abgeklärten Tonfall eines Atomreaktorbetreibers nach einem Störfall. Phrasen wie „langsamere Sperrgutsendungen", „ungewöhnliche Auslandsversandwege" mahnen - gepaart mit der Bitte um etwas Geduld - zur Ruhe. Immerhin stellt die Antwort klar, dass die Verschickung in zwei Teilen unterwegs und der Postbote eine durch und durch ehrliche Haut ist.

Die geforderte Contenance hält Anke mühsam weitere zwei Wochen durch. Als nach vierzehn Tagen frustrierender Gänge zum Briefkasten das ersehnte Gut immer noch nicht eingetroffen ist, kündigt sie per Netzpost die Rücksendung der Schuhe an, fordert den bereits bezahlten Betrag zurück und plant, die Annahme der Ski - sollten sie jemals noch eintreffen - zu verweigern. Parallel bestellt sie sich eine Ausrüstung beim Sporthändler *meines* Vertrauens, bittet ihn aber, das Paket nach Deutschland zu senden. Die in der Wartezeit rieselnden Kalenderblätter haben dafür gesorgt, dass für uns alle drei ein weiterer Deutschlandaufenthalt unmittelbar bevorsteht. In unseren eigenen Händen scheint uns die Verfrachtung nach Lappland mittlerweile doch am sichersten.

Kaum sind wir in Deutschland angekommen, erreicht uns die Information, dass die ersatzweise georderten Ski auf dem Weg nach Lappland sind. Hääääh!? Ungläubig glotzt Anke auf die Mitteilung. Dann testet sie erneut die Strapazierfähigkeit der Computertasten und entlädt ihren Zorn in einer gesalzenen Frustbotschaft. Der Versender, bei dem ich erfolgreich meine Ski bestellt hatte, druckst bei seiner Antwort herum, gesteht dann aber notgedrungen ein, dass er die Lieferanschrift aus der vorherigen Bestellung an mich fehlerhaft übernommen hat.

Neue Fragen tun sich auf: Wie lange ist die Aufbewahrungsfrist in lappländischen Paketdepots? Werden wir rechtzeitig zur Abholung wieder da sein? Ist es okay, unsere gestressten, in der Hochsaison Hamsterrad laufenden Bekannten Leif und Miriam zu bitten, nach einer Benachrichtigung im Briefkasten für uns Ausschau zu halten? Anke hat mittlerweile den Glauben an das Gute im Onlinehandel komplett verloren.

Wir ringen uns schließlich dazu durch, Miriam zu bitten, zwischen den zahlreichen vorweihnachtlichen Postwurfsendungen nach einer Mitteilung zu forschen. Wenige Tage später scheint sich alles zu fügen. Ihre Recherchen haben das Erhoffte offenbar zu Tage gefördert und sie bietet an, das Paket aus dem Depot zu holen. Dankbar nehmen wir an.

Auf unserer Rückfahrt nach Alttajärvi fiebert Anke ihrem neuen Eigentum entgegen. Dort wartet jedoch eine fiese Überraschung auf uns. Statt der erhofften Sendung liegen die seit sechs Wochen überfälligen Ski vor uns, deren Annahme wir eigentlich hatten verweigern wollen. Die dazugehörigen Skischuhe hat Anke längst zurückgehen lassen. Wir unterdrücken Urschreie.

Jetzt haben wir nicht nur eine komplette Ausrüstung zu wenig sondern auch ein Paar Ski zu viel. Am nächsten Tag erfahren wir, dass Miriam die Sendung erst am Tag unserer Ankunft abgeholt hat - doppelt ärgerlich, weil wir uns jetzt fragen müssen, ob die Logistikfirma den kostenfreien Rückversand des zwischenzeitlich stornierten Kaufs noch durchführen wird. Einen Tage später werfen wir dem Bediensteten von „Nordpost" einige Brocken Schwedisch vor, um sein

Wohlwollen zu fördern. Ob es daran liegt, wissen wir nicht, aber zu unserer Erleichterung hört sich der Mann unsere weitschweifigen, im folgenden auf Englisch gemachten Erklärungen an, nimmt das Paket, stellt es in eine Ecke und erklärt lächelnd, es sei jetzt quasi schon auf dem Rückweg zum Absender.

Ein Problem ist gelöst, aber können wir das wirklich als Erfolg feiern? Wo bleibt die gewünschte Sendung? Als uns Miriam den Stapel Post übergibt, den sie zwei Tage zuvor vergessen hatte uns auszuhändigen, befällt uns eine Ahnung. Aus dem Reklamewust fördern wir einen unscheinbaren Umschlag hervor. In dem darin steckenden Schreiben wird angekündigt, dass man das eingetroffene Paket (Jaaaaa! DAS PAKET!) für fünfzehn Werktage aufbewahren werde. Wir rechnen schnell nach und atmen dann erleichtert auf. Seit der Versendung des Schreibens sind maximal zehn Tage vergangen.

Dennoch versuchen wir vorsichtshalber telefonisch mit der Versandzentrale in Kontakt zu treten, die uns allerdings nur in Form einer Stimme vom Band zur Verfügung steht. Die Ton-Konserve weiblicher Machart zwitschert uns ins Ohr, dass die Chance auf echte Menschen nach dem Wochenende wieder enorm steigen werde. Ich schreibe eine Email an das Netzpostfach der Firma und pflanze ihr alle erforderliche Daten ein, um sie dann noch mit allen möglichen in Schwedisch gestammelten guten Wünschen zu düngen.

Als endlich der nächste Werktag anbricht, tauchen wir bereits am frühen Morgen im Paketdepot auf. Dort erkranken wir sofort an Kopfschmerzen, Übelkeit, Blutdruckschwankungen und Herzrasen. Leider, teilt man uns mit, seien die Skier auf dem Rückweg nach Deutschland, weil man vergeblich versucht habe, uns in den letzten Tagen zu erreichen. Wie in einem Kurs zur Geburtsvorbereitung verfallen Anke und ich gemeinsam in eine nahezu synchrone Hechelatmung und unterdrücken alle möglichen Verwünschungen.

Wir müssten jetzt mit den Transportunternehmen in Kontakt treten, um die Sendung abzufangen, heißt es weiter.

Nachdem ich wieder zu Wortschöpfungen jenseits der Fäkalsprache zurückgefunden habe, überträgt Anke es diesmal mir, die Notebooktastatur als Anschlagsopfer zu missbrauchen, um eine donnernde Email zu texten. „Nein!" wettere ich, nicht *wir* müssten mit dem Versender und den Logistikfirmen in Kontakt treten, sondern *ihr*, die ihr nicht in der Lage seid, Euren eigenen Firmenregeln zu folgen - das Paket hätte noch fünf Tage länger auf uns warten müssen. Wortreich listete ich Widersprüche und Fehler auf und blase mich auf, so gut ich kann. Abschließend unterzeichne ich meine höflich verpackte Hasstirade mit meinem Doktortitel und hoffe, dadurch meinen Worten zusätzliches Gewicht zu verleihen.

Offenbar steige ich dadurch noch ein wenig in der firmeneigenen Hierarchie zum Beschwerdemanagement auf. Nach einer fingernägelgefährdenden, etwa zweitägigen Wartezeit erreicht uns die Information, dass man alle Hebel in Gang setzen wolle, um die Ski zu orten, den Rücktransport zu stoppen und das postale Happy-End zu fördern. Wieder einiges später erreicht uns eine Mail aus Malmö - man hatte die Ski gerade noch abfangen können, bevor sie das schwedische Hoheitsgebiet verließen. Sie seien jetzt (mal wieder) auf dem Weg nach Kiruna.

Auf das Eintreffen der ersehnten Sendung zu hoffen, fällt Anke mittlerweile genauso schwer wie der Glaube an die Unfehlbarkeit des Papstes. Als sie dann nach über zwei Monaten tatsächlich das Paket ausgehändigt bekommt und den versprochenen Inhalt aus ihm zu Tage fördert, ahnt sie, wie sich unsere deutschen Fußballnationalspieler nach dem Abpfiff des WM-Finales 2014 gefühlt haben müssen: Triumphale Freude, Erschöpfung und eine innere Leere nach einem aufreibenden Kampf breiten sich in ihr aus.

Nächtliche Kompositionen aus Mond und Schnee.

Je dunkler es wird, desto einladender locken die Lichter unserer geliebten Stuga.

Täglich zweimal passiert eine Touristenkarawane auf Schneemobilen unser Grundstück. Leif führt die Gruppen zum Eishotel.

Bretter, die den Wald bedeuten: Erste Versuche auf Langlaufskiern

In der Zeit, die Anke mit Warten auf ihr Equipment verbringt, sammle ich schon erste Erfahrungen mit einer Sportart, die für uns völlig neu ist. Mein persönlicher Klassiker ist zunächst die Alttajärvi-Runde. Der Schnee auf dem See ist in den Fahrspuren der Skooter komprimiert und erleichtert die Vorwärtsbewegung. Außerdem kommt der plane Untergrund meiner unausgereiften Bremstechnik entgegen. Optimistisch hatte ich gleich auf einer meiner ersten Touren unseren Hausberg erklommen. Bei der Abfahrt hatte ich so lange den "Schneepflug"[6] eingesetzt, bis Krämpfe in meiner Hüftmuskulatur und die zunehmende Rasanz meines Talwärtsgleitens den Einsatz einer alternativen Methode nahelegten. Auf die immer schnellere Schnelle war mir nur der Reibungswiderstand meines Hinterns eingefallen. Das hatte zwar funktioniert, war aber auch schmerzhaft und hundertprozentig frei von Eleganz gewesen.

Ein Techniktraining ist für einen Langlaufnovizen offenbar unabdingbar. Nach der x-ten Umrundung des Alttajärvis bekomme ich langsam den Wechsel aus Schwungholen und Gleiten besser hin. Bei guter Schneeoberfläche mache ich Drei-Meter-Schritte und erzähle Anke begeistert vom Gefühl, Sieben-Meilen-Stiefel zu tragen. Nach und nach entdecke ich neue Ausflugsziele. In Ermangelung von Loipen in unmittelbarer Nähe unseres Hauses halte ich mich meist an die schmalen Tracks, die Skooterfahrer oder Hundeschlitten in die Landschaft modelliert haben. Wenn man diese verfehlt, steckt man plötzlich bis zum Oberschenkel im Schnee. Es ist erstaunlich, was für ein Unterschied die nur wenige Zentimeter dicke Verdichtung seiner Oberfläche macht. Schwer atmend kämpfe ich mich in solchen Fällen aus den Fängen des Tiefschnees wieder zurück auf die Spur.

---

6 Diese Fußnote ist für die meisten vermutlich überflüssig. Beim sog. "Schneepflug" bildet man ein nach vorn geschlossenes V mit den Skiern. Je breiter das V, um so größer ist die damit erzielte Bremswirkung.

Endlich startet auch Anke in die Langlaufsaison und wir können gemeinsame Touren machen. Trotz meiner phasenweise etwas schulmeisterhaften Art - schließlich genieße ich einen Trainingsvorsprung von mehreren Wochen - ist auch meine Frau sofort begeistert. Das Gleiten in der scheinbar endlosen, sich ständig leicht verändernden Schneelandschaft ist Meditation, Abenteuer und Sport zugleich. Da wir nicht auf Loipen bestehen, genießen wir eine Privataudienz mit der Winterwunderwelt vor unserer Haustür. Sobald wir den Alttajärvi überquert haben, bewegen wir uns an seiner Südseite in einer Gegend, in die sich kaum je eine Menschenseele verirrt. Manchmal könnte man den Schnee für eine riesige Wattehülle halten: Außer den Geräuschen, die unsere Ski auf dem Schnee machen, herrscht absolute Stille. Immer mal wieder halten wir an und saugen die friedvolle Lautlosigkeit des Panoramas in uns auf. Mal leuchtet uns ein orangefarbenes Zwielicht den Weg, dann wieder ist alles in das milde Blau der Polarnacht getaucht.

An manchen Morgen übertrifft sich die Natur selbst. Wenn nächtlich klirrende Kälte auf leichte Plustemperaturen des Vortags folgen, gefrieren die oberen Zentimeter der zuvor angetauten Schneedecke zu einer gut tragenden Schicht und schaffen ideale Voraussetzungen für einen Cross Country Lauf, dem der Verlauf jeglicher Tracks herzlich egal sein kann. Solche Tage sind ein Hochgenuss. Wir genießen die Freiheiten der Strecken. Wir kurven durch die Landschaft, quetschen uns durch enge Spaliere, die Bäume für uns stehen und folgen jeder Laune, die uns in den Kopf kommt: „Wollen wir da mal hin?!" fragt dann ein rotwangiges Wesen mit einem Grinsen, das von einem Ohrläppchen zum anderen reicht. „Au ja!" antwortet fast immer die andere Gestalt, deren Gesicht von Mütze und Schal umrahmt wird. In diesen Momenten werden wir zu Glückskeksen auf Skiern und sind eine Inspiration für jeden Kinderbuchautoren, der nach Modellen für die Zeichnung einer Winteridylle auf dem Cover sucht.

Für Moritz fällt Skilanglauf zunächst in die Kategorie „Rentnersport", gleichzusetzen mit Aktivitäten wie Sitzen auf der Parkbank oder Enten füttern. Unmotorisierte Freizeitbeschäftigungen, deren Maximalgeschwindigkeit weit unter 80 km/h liegen, seien einfach nicht sein Ding, erklärt er. Erst als im Schulsport erste Unterrichtseinheiten mit den Brettern anstehen, die in Lappland die Winterwelt bedeuten, wird sein Interesse geweckt. Wäre ja auch peinlich, wenn ausgerechnet er der Einzige in der Klasse wäre, bei dem die Ski ständig über Kreuz stehen. Um genau das zu verhindern, bittet er uns, sich jetzt doch probehalber an der Ausrüstung bedienen zu dürfen.

Gleich mein erster gemeinsamer Skiausflug mit Moritz bleibt im Gedächtnis. Langatmige Belehrungen über die richtige Langlauftechnik sind spürbar unerwünscht. Wäre doch gelacht, wenn man als energiestrotzender Siebzehnjähriger nicht mit jemandem mithalten könnte, der längst eine Dauerkarte auf der Tribüne der alten Säcke gebucht hat. Das Duell „Jung gegen Alt" spitzt sich bereits in der Einführungsrunde auf dem Alttajärvi zu. Während ich mit meiner mittlerweile halbwegs ausgereiften Gleittechnik Meter mache, versucht Moritz, sich nicht abhängen zu lassen. Mit epileptisch vorzuckenden Armen schiebt er sich in hektischen Bewegungen hinterher.

Sein Vorankommen beruht zunächst auf einer Mischung aus Willen und Kraft. Das rächt sich schon nach etwa 30 Minuten, nachdem wir einen kleinen Hügel hinaufgestürmt sind. Plötzlich klagt mein Begleitjunior über Unwohlsein und ausgeprägten Durst. Er setzt sich in den Schnee und fragt mich, ob ich etwas zu trinken mitgenommen habe. Als ich das verneine, fängt er an, sich Schnee in den Mund zu schaufeln. Nachdenklich betrachte ich den jugendlichen Haufen zu meinen Füssen, der sich drauf und dran macht, die Grundlage unseres Sportes einfach aufzuessen. Einen Augenblick lang sortiere ich dessen Symptome und ihre Entstehungsgeschichte in meinem Kopf, dann steht meine Diagnose. „Du bist unterzuckert!"

Ich krame einen Schokoriegel aus meiner Jackentasche und weise Moritz an, diesen in kleinen Happen zu sich zu nehmen. Sein Leistungsverfall macht Aufbegehren unmöglich, folgsam schiebt er sich das Snickers in den Rachen.

Ich nutze die widerspruchsfreie Phase für einen kleinen Exkurs über Technik und Ernährungsgewohnheiten ("Deckt eine morgendliche Tasse Kaffee den eigenen Energiehaushalt in Erwartung körperlicher Höchstleistungen?"). Wahrscheinlich um den Vortrag nicht länger ertragen zu müssen, erklärt sich mein Mitsportler nach etwa zehn Minuten wieder für fit. Wir kommen überein, ein etwas gemächlicheres Tempo anzuschlagen. Was für ein großartiger Heiler ich bin und wie gut meine Therapie angeschlagen hat, kann ich schon kurz darauf feststellen. Mit dem schier unglaublichen Erfahrungsreichtum von bereits sechs Langlaufkilometern reifen neue Flausen im Hirn des Teenagers, der sich fortan eines etwas gleichmäßigeren Schrittes bedient. "Wir könnten doch auch mal auf Skiern die Antarktis durchqueren!" tönt es neben mir. *„Das* wäre cool!"

Immerhin kann jetzt auch Moritz beim Thema mitreden, wenngleich sein erklärtes Lieblingshobby das Skooterfahren bleibt. Die klimatische Schmerzgrenze für sportliche Outdooraktivitäten stufen wir zunächst bei etwa minus zwanzig Grad ein. Der Grat, auf dem der lappländische Wintersportler balancieren muss, wird bei solchen Temperaturen durch die richtige Dosis der eigenen Stoffwechselwärme und eine nicht zu hohe Atemfrequenz bemessen: Bewegt man sich zu wenig, fängt man an zu frieren. Bewegt man sich zu viel, gerät man außer Atem und saugt die beißend kalte Luft zu schnell ein. Wenn dann das Einatmen einen stechenden Schmerz in den Bronchien mit sich bringt, weiß man, dass man etwas falsch gemacht hat.

An den klirrend kalten Tagen weiden wir uns nach der Rückkehr von einer Tour am eigenen Anblick im Spiegel. Das Gefälle, das zwischen unserer Stoffwechselwärme und den Umgebungstemperaturen herrscht, sorgt dafür, das wir aussehen, als wären wir Teilnehmer einer mehrwöchigen Arktisexpedition. Kleine Eiszapfen hängen von den tiefgefrorenen Augenbrauen, die Brille ist mit Eisblumen übersät, Mütze und Oberteil sind mit einer dünnen Schicht aus Schnee bestäubt, die optisch an Puderzucker erinnert.

Wir haben längst gelernt, bei solchen Ausflügen die richtigen Gesichtskosmetika einzusetzen. Cremes mit hohem Wasseranteil sind nur was für Lappland-Analphabeten. Denn was macht Wasser bei Minusgraden? Es friert! Schon für manchen Touristen, der sich auf Nivea-Niveau schützen wollte, wurde aus einem vermeintlichen Hautpflegemittel bei minus fünfundzwanzig Grad und eisigem Wind in wenigen Minuten ein Wegbereiter für Erfrierungen. Am besten ist es, das Gesicht mit einer quasi tortengussdicken Schicht aus Vaseline zu zukleistern. Das funktioniert - im wahrsten Sinne des Wortes - glänzend, da Vaseline fast nur aus öligen Anteilen besteht.

Im Winter verliert sich unser Weg noch häufiger ins Camp Alta zu Leif und Miriam. Über den gefrorenen See ist es nur ein zwanzigminütiger Spaziergang bzw. eine kurze Tour auf Skiern zu ihnen. Die verschneite Szenerie im Camp allein ist eine Augenweide, außerdem ergeben sich oft Gelegenheiten für einen kleinen Plausch. Zuverlässig werden wir dabei mit erheiternden Anekdoten versorgt. Als Spanierin hatte Miriam einige Hürden auf dem Weg zur Integration in die hiesige Klimazone zu überspringen.

In Vorjahren war es auch ab und zu ihre Aufgabe gewesen, einen Tross an Touristen auf Skootern durch die Gegend zu führen. Einmal war sie der Scout für eine schwerpunktmäßig muslimische Gruppe, die auch ein am offenen Feuer bereitetes Essen gebucht hatte. Ohne viel Federlesen machte sich Miriam daran, Rentierburger zu grillen. Gerne wird in Lappland als Anzündhilfe Diesel verwendet. Als sie einen Kanister griff, um den arabischen Touristen die Effizienz der radikalen Methode zu demonstrieren, wusste sie nicht, dass sich in ihm - entgegen der Gewohnheit - leicht entzündliches Benzin befand. Sie leitete ihre Demonstration mit den Worten „So machen wir Feuer in Lappland!" ein und verschüttete etwas von dem Sprit über dem Birkenholz. Dabei merkte sie nicht, dass ein Teil von dem Zündstoff auf sie selbst tropfte.

Kaum, dass sie ein Streichholz an rieb, griff das Feuer zu ihrem Entsetzen auf sie über. Sie drohte, zur menschlichen Fackel zu werden. Geistesgegenwärtig entledigte sich Miriam vor den weit aufgerissenen Augen der Orientalen ihrer brennenden Kleidung, wälzte sich halbnackt im Schnee und sah sich wenige Sekunden danach unter einer Traube von Arabern begraben, als hätte sie gerade das alles entscheidende Tor in einem Fußballspiel geschossen. Die zweifelsohne beeindruckten Touristen (So macht man in Lappland Feuer?!) halfen ihr, die restlichen Flammen zu ersticken. Vielleicht aber waren die Muslime auch einfach begeistert von der legendären körperlichen Freizügigkeit in Europa, die sich ihnen so unverhofft bei Minusgraden im Tiefschnee darbot. Nachdem Miriams Gewimmer, dass sie keine Luft bekäme, irgendwann zur obersten Schicht des Menschenstapels durchdrang, konnte sie - von Flammen und menschlichen Feuerlöschern befreit - wieder aufstehen, zog schnell ihre halb versengten Textilien an und begann demonstrativ ungerührt unter den staunenden Blicken der Anderen das Essen zu bereiten.

Auch die eigene Freizeitgestaltung hat schon etliche Male für Nervenkitzel gesorgt, erzählt Miriam bei einer anderen Gelegenheit. Um den Besuch eines guten Freundes aus Spanien angemessen zu zelebrieren, hatten sie diesen zu einer Skootertour im Tiefschnee überredet. Es war ein außerordentlich schneereicher Winter und als Einheimischer wusste Leif natürlich, wo die besten Voraussetzungen für einen solchen Spaß zu finden waren. Nach einer zwanzigminütigen Fahrt erreicht sie die Hänge eines Berges, der mit großen Flächen unberührten Schnees aufwartete.

Schneemobile, die auf solchem Untergrund nicht versinken, zeichnen sich durch besonders lange und breite Kufen sowie durch ein sportliches Design aus, das rasche Wendemanöver erlaubt. Ihr ungeübter Freund war zunächst zögerlich, traute sich aber nach und nach mehr zu und hatte bald seine helle Freude daran, zwischen den Bäumen hin und her zu kreuzen. Irgendwann wurde er mutig und gab zu viel Gas. Er sah keine Chance mehr, eine eigentlich geplante Kurve zu erwischen und schoss mit entsetzter Miene frontal auf einen Baum zu. Reflexhaft sprang er im letzten Augenblick vom Skooter. Das führte allerdings keineswegs dazu, dass er sich besser fühlte. Im Gegenteil.

Als er sich verdattert seine neue Situation bewusst machte, wurde ihm klar, dass er buchstäblich bis zum Hals in Schwierigkeiten steckte. Der beherzte Absprung vom Motorschlitten hatte ihn bis zum Kinn in den Tiefschnee torpediert, abgesehen von seinem Kopf war der ganze stolze Iberer im weißen Untergrund verschwunden. Wenn man aus etwas größerer Entfernung seinen Blick schweifen ließ, hätte man glauben können, dass jemand seine Mütze im Schnee verloren hatte. Erst aus der Nähe konnte man unterhalb der Kopfbedeckung den sprachlos weit geöffneten Mund und die schreckgeweiteten Augen erkennen, die sich jetzt hilfesuchend nach Leif und Miriam umschauten.

Seine Gastgeber mussten erst einmal die eigene Heiterkeit niederkämpfen, bevor sie sich um das wimmernde Opfer kümmerten, das vom Schnee zur Bewegungsunfähigkeit verdammt war. Mit Schaufeln, vorsichtig herangefahrenen Skootern und sehr, sehr viel Mühe gelang es ihnen schließlich, ihren Besucher aus seinem kalten Gefängnis zu befreien. Sie mussten ihm nicht erklären, dass sein

Sprung nicht wirklich die beste Methode zur Selbstrettung gewesen war.

Folgenschwerer Besuch beim Weihnachtsmann

Derartige Erlebnisse demonstrieren die Macht des lappländischen Winters, die uns noch einmal auf einem Ausflug ins finnische Rovaniemi Mitte Dezember offenbar wird. Ziel ist das etwas kitschige und enorm touristische „Santa Claus Village", das Besucher von überall auf der Welt in den Norden Skandinaviens lockt. Rovaniemi beansprucht für sich, Wohnsitz und Poststelle des Weihnachtsmannes zu sein. Wenn irgendein Kind irgendwo auf dem Planeten seine Weihnachts-Wunschliste bei der Post aufgibt, hat sie gute Chancen in der Poststube von „Santa Claus" in dem Städtchen zu landen, das wir besuchen wollen.

Auf der über 300 km langen Fahrt von Alttajärvi bis zu unserem Zielort begegnen wir nur wenigen anderen Autos. Dicke Flocken fallen vom Himmel und schränken die Sicht ein. Die Ränder der Straßen sind durch mannshohe Schneewälle begrenzt. Als wir nach Finnland kommen, folgen wir etliche Kilometer einer schmalen Piste, die kaum noch als solche auszumachen ist. Der Räumdienst hat diese Nebenstrecke sichtlich nicht auf seiner Prioritätenliste. Sofern noch auszumachen, fahren wir in Reifenspuren, die andere Fahrer hinterlassen haben. Manchmal sind sie eine Viertelstunde lang der einzige Hinweis darauf, dass wir nicht allein auf der Welt sind.

Der dicke Schneebelag, durch den wir uns voran tasten, verbirgt gelegentlich Eisplatten unter sich. Das verrät das Geräusch, das die Spikes der Reifen an einigen Stellen machen. Wir ziehen eine meterlange Fahne aus aufgewirbeltem Weiß hinter uns her, die die Sicht nach hinten auf fast Null sinken lässt. Wenn doch einmal ein anderes Fahrzeug entgegenkommt und seine Schneeschleppe auf uns trifft, sind wir sekundenlang auch nach vorne blind. In solchen Momenten steigt die Spannung im Auto spürbar an: Was erwartet uns auf der anderen Seite der weißen Nebelwand? Ein riesiger Elch?

Ein meterhoher Schneeberg, in den sich der Caddy gleich mit einem dumpfen Geräusch hineinbohrt? Oder haben wir Glück und die Straße geht dort doch weiter?

In Vorbereitung solcher Begegnungen gehe ich jedes Mal vom Gas, präge mir die nächsten hundert Meter des Straßenverlaufs ein, so lange er noch sichtbar ist. Dann fahre ich gerade so weit am Rand, wie es der scheinbar endlose weiße Wall zu meiner Rechten noch gefahrlos erlaubt. Schnell wird der Entgegenkommende von der hinter uns aufwirbelnden Schneegischt verschluckt. Sekunden später könnte man das Auto bereits für eine Illusion halten, so unwirklich wirkt es inmitten der arktisch anmutenden Wüstenlandschaft. Eigentlich wäre hier ein Hinweisschild wie „Zum Nordpol noch zehn km" passender als eine Blechkarosse. Der außerordentlich starke Schneefall an diesem Tag trägt seinen Teil zu solchen Gedanken bei. Etwa zwanzig Zentimeter Neuschnee liegen auf der Straße.

Mit der Ankunft in Rovaniemi verblassen solche Wildnisgefühle schnell. Der Trubel der Jahrmarktatmosphäre im Weihnachtsmanndorf verbreitet seine spezifisch nordische Note. Auf einem Rentierschlitten kann sich der Tourist über eine 200 Meter lange Runde ziehen lassen. Miniatur-Schneemobile dienen als arktische Alternative zum Autoskooter und warten darauf, knatternd von Kindern über einen welligen Parcours gefahren zu werden. Wer will, stürzt sich in „Tubes" (prall aufgepumpten Schläuchen von LKW-Reifen) eine Eisbahn hinunter und hofft darauf, heil unten anzukommen.

Eine Vielzahl von Verkaufsständen ergänzt das Angebot für die Besucher. Weihnachtsdekorationen in allen Facetten, samische Handwerkskunst, Rentierfelle, aber auch jede Menge Kitsch warten auf Käufer. Überall blitzen und funkeln Lichterketten. Scheinwerfer tauchen Teile des Geländes in blaue, grüne oder auch rötliche Farben. Ein riesiger Schneemann grüßt am Eingang zur „Snowworld". Dort sind Skulpturen von Bären, Schwänen, Fischen und Zwergen zu bewundern - allesamt aus Schnee und Eis modelliert. Im „Postamt" kann man - quasi unter professioneller Aufsicht - seine Adventsgrüße zu Postkartenpapier bringen. Das Highlight sind allerdings die Berge von kindlichen Weihnachtswünschen aus aller Herren Länder, die dort kartonweise lagern. Einzelne Briefe sind ausgelegt und geben einen mal lustigen, mal nachdenklich stimmenden Einblick in die Kinderseele.

Wir nutzen unser Kontingent an Aufnahmefähigkeit nach der langwierigen Anreise voll aus, fahren dann zur Übernachtung ins Hotel und sind am nächsten Morgen bereit für neue Abenteuer. Das Schneegestöber hat sich gelegt. Ich plädiere dafür, die Rückfahrt auf Nebenstraßen anzutreten. Auf diese Weise würden sich unsere Chancen auf Tiersichtungen erhöhen und wir könnten noch viel bessere Eindrücke von der winterlichen Abgeschiedenheit der Region bekommen. Wenn ich gewusst hätte, wie recht ich mit dieser Behauptung haben sollte...

Zunächst erfreuen wir uns tatsächlich an der Streckenwahl. Schon die Namen der ausgeschilderten Orte sorgen für gute Laune: Uumaa, Pirttiniemi, Korpilombolo, Aapua. Sollte es einmal eine Region auf der Welt geben, die unter einem schwerwiegenden Mangel an Vokalen leidet, würde ich sofort die Finnen für die Leitung der Blauhelmmission in der Krisenzone vorschlagen. Die Bereitschaft der Ostskandinavier, mit Selbstlauten zu wuchern, färbt selbst auf die schwedische Grenzregion ab, die wir mittlerweile durchfahren.

Auch die Rentiere lassen sich nicht lumpen. Regelmäßig entdecken wir Gruppen, die unweit der Straße in den Schneemassen nach Flechten und Gräsern stöbern. Tief senken sich die Köpfe der Tiere in den weißen Untergrund. Anke fordert immer wieder Stopps ein, als Sonderbeauftragte der Familie für die Fotochronik des Jahres kann sie es nicht riskieren, ein halbwegs taugliches Motiv zu verpassen. Irgendwann fange ich an, vorwärts zu drängen, schließlich sind die Tage kurz und die restliche Fahrstrecke noch lang.

Was kurz darauf passiert, sehe ich persönlich in der Tradition von Evas Urschuld, die bekanntlich dafür gesorgt hat, dass Adam vom rechten Weg abgekommen ist. Wieder passieren wir zwei – ich formuliere bewusst neutral – Exemplare aus der Familie der Hirsche. Kaum, dass wir an den etwas entfernt weidenden Tieren vorbei sind, hallt Ankes Ruf durch das Auto: „Da waren Elche!" Auf den nächsten fünfzig Metern unserer verlangsamten Fahrt wird klar, dass es sich bei dieser Einschätzung um eine weibliche Mindermeinung handelt. Eine sehr, sehr klare Zweidrittelmehrheit im Caddy hat Rentiere gesehen. Dabei hat der jüngste Stimmberechtigte so gute Augen, das er noch nicht einmal eine Brille benötigt.

Meine Frau wäre keine gute Juristin, wenn Widerspruch sie irritieren würde. Uneinsichtig beharrt sie auf der Richtigkeit ihrer Wahrnehmung. Vorwurfsvoll wirft sie mir Blicke zu, die besagen, dass ich drauf und dran bin, ihr das Foto der Tages zu vermasseln. Genervt stoppe ich den Wagen, knalle den Rückwärtsgang rein und beginne, rasant zurückzufahren, um meine Begleiterin von ihrem Irrtum zu heilen.

Bereits in der Fahrschule lernt man, dass emotional aufgebrachte Menschen sich nicht ans Steuer setzen sollten. Die Mischung aus Ungeduld und Ärger, die derzeit in meinen Synapsen tanzt, blendet solche Lerninhalte erfolgreich aus. Mein furioser Pushback im Dienste der Wahrheit nimmt seinen unheilvollen Lauf. Als das Auto anfängt etwas zu schlingern, versuche ich noch eine Kurskorrektur, aber es ist schon zu spät. Auch der jugendliche Kommentator von der Rückbank („Was machst du denn?") kann das Grundübel nicht abwenden. Wir merken, wie wir in Schieflage geraten. Erschrocken bremse ich, wir kommen zum Stehen.

Der Stimmungsumschwung kommt bei allen Fahrzeuginsassen abrupt. Keiner von uns interessiert sich mehr für die verflixten Tiere. Wir klettern aus dem Wagen und nehmen die Bescherung in Augenschein. Die rechte Hälfte des Autos hat die Fahrbahn verfehlt und ist in den unbefestigten Schnee geraten. Ich stammle Entschuldigungen, wie schwer es sei, im Rückspiegel eine weiße Fahrbahn von einem weißen Fahrbahnrand in einer komplett weißen Landschaft zu unterscheiden. Warum muss hier auch alles so verdammt weiß sein!? Plötzlich verliert die Romantik der Einsamkeit um uns herum beträchtlich. Auch meine Ausflüchte, dass die Dämmerung längst eingesetzt habe und die Sicht dadurch schlecht sei, bringen uns nicht weiter. „Du bist ja auch gefahren wie ein Berserker!" sagen mir Ankes stumm anklagende Blicke.

Wir berufen einen Krisenstab ein, der im Nullkommanichts viele verschiedene Strategien hervorbringt, die sich allerdings teilweise komplett entgegenstehen. Moritz behauptet, man könne den Wagen einfach herausfahren, wenn wir uns alle auf die linke Wagenseite lehnten. Die Aussicht auf lästige Aktionen wie Schneeschippen festigt ihn in seiner Meinung. Er würde auch persönlich das Fahren übernehmen. Anke plädiert dafür, die eingesunkenen Reifen fast bis zur Grasnarbe frei zu legen und Reisig vor die Reifen zu legen, damit wir auf der rechten Seite eine Chance auf Grip haben. Ich fühle mich berufen, zwischen den zwei Extrempositionen zu vermitteln. Ich meine, dass wir mit ein bisschen Schippen, ein bisschen Reisig unter den Reifen und ein bisschen Schieben wieder frei kommen müssten.

Wir versuchen es. Immerhin sind wir so versiert, ständig eine Schaufel mit uns zu führen. Während ich anfange, im Weiß zu graben, entbrennt eine scharfzüngige Mutter-Sohn-Diskussion um Moritz' Kleidungsstil. Unser Junior hält es für angemessen, den Pannendienst bei minus fünfzehn Grad im Tiefschnee in Halbschuhen und nur mit dünner Jogginghose bekleidet zu bestreiten. Extra die

Skihose und Winterstiefel anziehen? Wird ja wohl so lang nicht dauern.

Nachdem wir Teile des Schnees von den Rädern entfernt und etwas Zweigwerk verstreut haben, setze ich mich gegen den Protest meiner Frau wieder hinter das Steuer und versuche, den Caddy aus dem Schlamassel zu befreien. So schief stehe das Auto ja nun auch nicht, behaupte ich. Moritz, der allein durch den Anblick meiner Schaufelei müde geworden ist, pflichtet mir bei. In solchen Momenten fühlen Männer einfach, dass sie Recht haben. Wenige Augenblicke später brechen wir das Manöver erfolglos ab, das Anke mit schmalen Lippen begleitet hat. Immerhin sind wir uns danach in diesem Punkt einig: *Jetzt* steht der Wagen richtig schief.

Kleinlaut gestehen wir auch der einzig anwesenden Frau einen Platz in der Kommandozentrale zu. Obwohl wir fortan - auf ihren konstruktiv angenommenen Vorschlag hin - ausdauernder graben, die Reifen mit noch mehr Zweigen und jeder verfügbaren Fußmatte unterfüttern und bei neuen Versuchen aus Leibeskräften schieben, wird der Neigungswinkel immer bedrohlicher. Auch der Einbruch der Dunkelheit hellt die Stimmung nicht wirklich auf. Nach einer halben Stunde müssen wir uns eingestehen, dass unsere Ausgrabungsversuche gescheitert sind.

Aber noch haben wir nicht all unsere Patronen verschossen. Wir führen in diesen Monaten ständig unser Abschleppseil mit uns. Hoffnungsfroh krame ich es aus dem Kofferraum hervor. Dann versuchen wir, Hilfe herbei zu starren. Nach etlichen Minuten in der Einsamkeit freuen wir uns zunächst über ein Paar Scheinwerfer, das hinter uns auftaucht.

Aufgeregt eile ich zur Straßenmitte und winke, um auf uns aufmerksam zu machen. Nur langsam kommt der fremde Wagen zum Stehen. So langsam, dass man den Widerwillen der Fahrerin schon erahnen könnte. Wir reden in einer wilden Mischung aus Schwedisch und Englisch auf die Frau ein und wedeln mit dem Abschleppseil wie ein Hund mit dem Schwanz. Wir behaupten, dass wir eigentlich nur ein klein wenig Unterstützung bräuchten, um wieder auf die rechte Bahn zu kommen. Gleichzeitig mustern wir verstohlen das Heck des anderen Fahrzeugs auf der Suche nach einer Möglichkeit, unsere Rettungsleine zu befestigen.

Wir müssen schnell erkennen, dass unsere Retterin gar keine ist. Die uns teilnahmslos anglotzende Person scheint ziemlich fest mit dem Fahrersitz ihres PKW verwachsen zu sein. Sie macht sich noch nicht einmal die Mühe, aus dem Wagen zu steigen. Für derartige Hilfe gebe es ja nun mal den Pannendienst, informiert sie uns. Perplex starre ich unsere ehemalige Hoffnung an. Eigentlich müsste ihr doch klar sein, dass wir etliche Kilometer von allen blaugelben Engeln entfernt sind. Dann zwinge ich mich zu einer knappen Abschiedsformel und drehe mich weg.

Retrospektiv vermute ich, dass wir auf die wahrscheinlich am wenigsten hilfsbereite Person in ganz Schweden getroffen sind. Mutmaßlich würde sie einem sich vor Schmerzen windenden Herzinfarktpatienten auch nur die Notrufnummer mitteilen. Anrufen sollte er schon noch alleine, schließlich ist er ja bei Bewusstsein. Außerdem könnte sie die Symptome ja längst nicht so präzise schildern wie der Betroffene selbst.

Wir geben nach dieser Enttäuschung unseren Glauben an den Wert unseres Abschleppseils noch nicht ganz auf. Allerdings ist ein Seil ohne Wagen so nützlich wie ein Eierschneider bei der Waldbrandbekämpfung. Für ein Erfolgsrezept brauchen wir also diese zweite Zutat unbedingt. Aber woher soll die Hilfe kommen? In der folgenden halben Stunde kriegen wir keinen weiteren Artgenossen zu Gesicht.

Notgedrungen finden wir uns langsam mit der Option ab, telefonisch einen Hilferuf abzusetzen. Während ich nach meinem Handy krame, malt sich ein Horrorszenario in meine Fantasie: Was, wenn hier keinen Empfang haben? Bevor die entstehenden kleinen Schweißperlen auf meiner Stirn gefrieren können, beruhigt die Anzeige auf dem Display meinen Pulsschlag. Wir haben Netz.

Im nächsten Schritt versuchen wir, unseren Standort zu ermitteln. Vorher macht ein Telefonat keinen Sinn, da eine Beschreibung der unmittelbaren Umgebung kaum weiter helfen dürfte: „Also vor und hinter uns sowie rechts und links von uns liegt ganz viel Schnee. Außerdem sind hier noch ein paar Bäume und Rentiere oder Elche, das wissen wir nicht so genau..."

Wir brüten über dem Straßenatlas, rufen uns die Namen der letzten Ortschaften ins Gedächtnis und sind am Ende immer noch etwas unsicher, ob wir eventuell verfügbare Helfer an die richtige Stelle lotsen könnten. Dann beginnt eine langwierige Telefonkonferenz, in deren Verlauf wir mit der Notrufzentrale, einem überregionalen Pannendienst, unserer Kfz-Versicherung in Deutschland (die außerordentlich prompt reagiert und erklärt, dass sie nicht für den Schaden aufkommen wird) und schließlich mit Daniel ins Gespräch kommen.

Dass Daniel Daniel heißt, wissen wir zu diesem Zeitpunkt noch nicht. Daniel ist jedenfalls der Erste, der zu verstehen scheint, wo wir eigentlich stecken. Er ist der Diensthabende der regionalen Pannenhilfe und erklimmt die Sprachbarriere unserer gedruckten Wegbeschreibung fast mühelos. Unsere neue Telefonbekanntschaft kündigt an, in etwa fünfundvierzig Minuten vor Ort zu sein.

Als Daniel endlich eintrifft, geht es uns gleich besser. Allerdings muss er aufgrund der Enge der kleinen Straße - ich möchte diese Tatsache nicht unerwähnt lassen - erst noch einmal an uns vorbeifahren, um einen geeigneten Wendeplatz für seinen Wagen zu finden. Dann ist plötzlich alles ganz einfach. Er verbindet das Stahlseil der Winde mit dem Caddy, zieht ihn aus dem Graben und befreit uns aus der misslichen Lage.

Meine gerade wieder auferstandene gute Laune kriegt einen erheblichen Dämpfer, als ich ins Führerhaus des Trucks klettere, um zu bezahlen. Erstaunt vernimmt mein Gegenüber, dass wir seinen Einsatz aus eigener Tasche werden bezahlen müssen. In Schweden decke eigentlich jede Versicherung solche Schäden ab. Kulant gewährt er mir eine Art Barmherzigkeitsrabatt auf den Gesamtpreis, der mich dennoch trocken schlucken lässt. Schwindelerregende 3963 Kronen und 50 Öre weist die Rechnung aus. Das sind umgerechnet 421 Euro.

Auf der im weiteren ereignislosen Heimfahrt backe ich ziemlich kleine Brötchen. Am Ende des Tages sehe ich alles ein. Ich hätte niemals so unbeherrscht rückwärts rasen sollen. Ich hätte auf Anke hören sollen, als die gleich zu Beginn vorschlug, die Reifen noch viel weiter auszugraben - das hätte unsere Chancen auf Selbstbefreiung erhöht. Und ja, ich werde die Rechnung für den Pannendienst aus meiner Tasche bezahlen. Nur auf einem muss ich beharren. Es waren keine Elche.

Eine Autopanne in der Einöde Lapplands sorgt schnell für gruseliges Kopfkino.

Im Tiefkühlgemüselook nach einer Skitour bei frostigen Minusgraden.

Farbenpracht am Tag...

...und in der Nacht.

Lautlose Feuerwerke - Nordlichter verzaubern uns

Aurora borealis. Schon der Klang des lateinischen Namens ist wie eine Melodie.

Vor Beginn unseres Lapplandjahres gehörten Nordlichter zu den Dingen, auf die wir uns besonders gefreut hatten. Die Region um Kiruna gilt als eine der am besten geeigneten Gegenden Skandinaviens, um sie zu sehen. In Alttajärvi finden sich nahezu perfekte Voraussetzungen. Unsere Wahlheimat liegt nahezu 200 km oberhalb des Polarkreises und damit weit genug im Norden. Es gibt kaum störende menschliche Lichtemissionen und es ist kalt und dunkel genug.

Unsere erste Begegnung mit dem Phänomen durften wir bereits im Vorjahr genießen. Damals hatte Leif uns den Tipp gegeben, dass in jener Nacht gute Bedingungen sein würden. Aber woher sollen wir jetzt alleine wissen, an welchen Tagen es sich lohnt, auf Aurorapirsch zu gehen?

Ab November beginnt mit der zunehmenden Dunkelheit die Nordlichthauptsaison. An wolkenlosen Tagen gewöhnen wir uns an, bei jedem Gang durch die Hütte einen Zwischenstopp am Fenster einzulegen. Insbesondere an der nordwärts gelegenen Scheibe, von der aus man den dunklen Wald überblickt, drücken wir uns manches Mal die Nase platt und scannen minutenlang den Himmel.

Sobald auch nur der kleinste auroraverdächtige Schimmer sichtbar wird, fahren wir hastig in Stiefel und Daunenjacken und stürmen nach draußen. Hin und wieder breitet sich dort Enttäuschung auf unseren Gesichtern aus, da es sich nur um eine im Mondlicht schimmernde Wolke oder irgendwelche künstlichen Lichter handelt.

Im Laufe der Zeit nimmt die Zahl der Fehlalarme jedoch ab. In solchen Fällen stehen wir gebannt vor unserem Haus und staunen das Schauspiel an, das über den Himmel wabert. Immer neue Varianten lernen wir kennen. Es gibt Vorhänge aus sattem Grün, die über das Firmament fließen, bevor sie - wie von einem Windhauch bewegt - verwehen und schließlich verblassen. Kuppeln aus Licht überspannen Alttajärvi wie in einem riesigen Dom und rufen zur Andacht. Lichtschweife zucken wie Schlangenkörper über das Firmament. Satt leuchtende Bögen erscheinen aus dem Nichts und verglühen wieder in der Dunkelheit. Die verstörende Lautlosigkeit, in der all dies geschieht, trägt zur mystischen Atmosphäre bei.

So geisterhaft wie sich die Lichterscheinungen am Himmel zeigen, wundert es nicht, dass sich seit Jahrtausenden Mythen um das Phänomen ranken. Dabei gingen die Deutungen der Alteingesessenen über die Ursache der Lichter weit auseinander. Die kriegerischen Wikinger etwa glaubten, dass die Aurora Reflexionen einer weit entfernt tobenden Schlacht darstellten. Andere nordische Stämme erkannten in ihnen tanzende Frauen. In den historischen Dauerwettstreit zwischen den zentralen Themen der Menschheit (Sex und Gewalt) mischten sich aber auch weniger trieblastige Wahrnehmungen. Kanadische Indianer hielten das Ganze für Botschaften ihrer Medizinmänner und die Ureinwohner Skandinaviens, die sich vom Fischfang ernährten, sahen riesige Heringsschwärme über den Himmel schwimmen.

In Finnland hat sich der uralte Mythos über die Entstehung der Nordlichter sogar in der Namensgebung verewigt. Die Finnen glaubten jahrtausendelang, dass ein Polarfuchs mit seinem Schweif so tiefe Furchen in den Schnee schlägt, so dass Funken entstehen, die dann am Himmel sichtbar werden. Wenn die Ostskandinavier vom Fuchsfeuer („Revontulet") sprechen, sollte man also den Himmel und nicht den Wald absuchen.

Selbst als ehemaliger Klassendepp in Physik überwinde ich innerhalb von Sekunden die Vorstellung, an der die Finnen Jahrtausende festhielten. Wie soll man bitte aus Schnee Funken schlagen können?! Mit neu gewachsenem naturwissenschaftlichen Selbstbewusstsein will ich mich den weitaus komplexeren Erklärungen der Gegenwart nähern. Kaum dass ich das tue, sausen mir Fachbegriffe um die Ohren. Magnetosphäre der Erde, magnetische Rekonnexionen, polarer Elektrojet...

Als dann auch noch vom koronaren Massenauswurf die Rede ist und ich langsam verstehe, dass es nicht um einen ekligen, großen Batzen Schleim geht, habe ich bereits den ersten Schritt für ein laienhaftes Verständnis getan. Bei gewaltigen Eruptionen an der Sonnenoberfläche kommt es zum „Massenauswurf" großer Mengen von Plasma, das seinerseits aus unzähligen Sonnenteilchen besteht, die in den Weltraum geschleudert werden.

In Sonnenwinden rasen die Teilchen zur Erde und zwar mit der unvorstellbaren Geschwindigkeit von durchschnittlich 600 km pro Sekunde. Solche Rasanz sucht man auf der Erde vergeblich. Selbst wenn man es nicht mit deutschen Parteien vergleicht, die nach der Wahl eine Regierung bilden sollen. Der bisher schnellste Mensch der Welt, Usain Bolt, brachte es beim besten Hundermeterlauf seiner Karriere auf noch nicht einmal auf 13 Meter/Sekunde.

In der Atmosphäre der Erde kommt es zum Aufeinandertreffen der Highspeed-Sonnenteilchen mit Atomen unserer planetaren Lufthülle. Diese Kollisionen machen die Nordlichter aus, die für das menschliche Auge sichtbar werden. Ein Astrophysiker würde an dieser Stelle betonen, dass die Realität viel komplexer ist als die eben gelieferte Erklärung. Unter anderem würde er uns gerne noch wissen lassen, aus was der Sonnenwind besteht, den der Zentralstern unser Galaxis in gewaltigen Detonationen ungeniert fahren lässt.

Da ich finde, dass man zu Begriffen wie „Teilchen" als Laie schon durch regelmäßige Bäckereibesuche leichteren Zugang hat als zur „Lorentzkraft", den „Corioliskräften" und dem „Hall-Effekt", plädiere ich an dieser Stelle für einen offensiven Umgang mit meiner eigenen physikalischen Beschränktheit. Nur noch eine allgemein verständliche Erklärung sei aufgetischt. Die Farbe der Aurora hängt davon ab, welchen Atomen sie in welcher Höhe begegnet. Sauerstoffatome in über 200 km Höhe ergeben beispielsweise rote, solche von 120 bis 140 km grüne Lichter. Stickstoff hingegen sorgt meist für violette oder blaue Lichtemissionen.

Bei der Mehrzahl der Nordlichter, die wir in diesen Wintermonaten sehen, dominieren die Grüntöne. Nach und nach werden selbst organisierte Nordlichtsafaris - auf denen wir die einzigen Teilnehmer sind - zu einem festen Bestandteil unseres Freizeitprogramms. Unablässig halten wir Ausschau nach geeigneten Beobachtungsplätzen. Die Strenge der Auswahlkriterien für geeignete Standorte nimmt dabei merklich zu. Längst ist Ankes fotografischer Ehrgeiz geweckt.

Während Anke an der Stativeinstellung, der optimalen Belichtungsdauer sowie der Bildkomposition mit Vorder- und Hintergrund tüftelt, genieße ich die Ausflüge mit bloßem Auge. In klirrender Kälte knirschen unsere Schritte auf dem blendend weißen Schnee des Waldes, der einen scharfen Kontrast zur sternenklaren Schwärze über uns abgibt. Es ist, als ob wir eine verlassene Kapelle betreten. Tierspuren auf dem Boden zeugen von der Tatsache, dass wir nicht ganz allein mit den Bäumen und den Sternen sind.

Solche Vorstöße in die geheimnisvolle Atmosphäre der nächtlichen Schatten werden auch ohne die Sichtung von Polarlichtern zu einem Erlebnis. Dafür sorgen einerseits unsere von der Dunkelheit geschärften Sinne. Andererseits erinnern die Erkundungsgänge an ein Gefühl, das wir zuletzt auf kindlichen Schnitzeljagden hatten.

Einmal sorgt eine Komposition der Elemente für ein unvergessliches Miteinander von Schnee, Licht und Geräuschen. Am Himmel, dessen tiefblaue, fast schwarze Farbe über uns hängt, funkeln die Sterne. Der helle Mondschein lässt den frisch gefallenen Schnee erstrahlen, der wie zahllose Baiserkleckse auf den Wipfeln aller kleineren Bäumen sitzt und sich dort verspielt nach oben reckt. Ab und zu verdeckt eine Wolke den Mond teilweise und sorgt für geheimnisvolle Schattenspiele im Wald. Aus einem der Zwinger am Rande des Alttajärvi treibt ein leichter Windhauch die Laute der Huskies zu uns, die mit sehr wenig Phantasie als Wolfsgeheul durchgehen können.

Manchmal bleiben wir sehr lange draußen. Schnell haben wir gelernt, dass unsere Expeditionsausdauer erheblich leidet, wenn wir zu dünn angezogen sind. Meine neu erworbenen Waldbrandaustreter leisten mir beste Dienste. Wenn ich mit den klobigen Stiefeln kleine Krater in den Schnee stanze, fühle ich mich wie ein Fußriese, der sein eigenes Voranschreiten mit primitiven Grunzlauten begleiten sollte. Mit oder ohne solche akustische Untermalung - die Boots halten definitiv warm.

Im Lauf der Wochen werden wir versierter. Dank Miriam wissen wir, dass es nicht nur Wettervorhersagen und Schneehöhenprognosen gibt. Fans der Aurora checken auf gängigen Internetportalen die Wahrscheinlichkeit einer Nordlichtaktivität für eine bestimmte Region. In die Berechnungen gehen zahlreiche Faktoren ein, die wichtigsten davon sind die Sonnenwindaktivität und die Dicke der örtlichen Wolkendecke.

Unsere Ratgeberin aus dem Camp Alta ist noch professioneller aufgestellt. Sie hat eine App auf ihrem Smartphone installiert, die nicht nur die prinzipiellen Aussichten benennt sondern auch sofort

Alarm schlägt, wenn tatsächlich Lichter zu sehen sind. Damit kommt sie ihrer Gastgeberrolle im Camp Alta perfekt nach. In Windeseile informiert sie beim Ertönen des Aurora-Sounds aus ihrem Handy alle Touristen, die dann mehr oder weniger adäquat bekleidet aus ihren Hütten nach draußen stürmen.

Wir machen es ihr nach und checken ab sofort jeden Tag die Auroravorhersage auf unseren Smartphones. Miriams eigene Faszination an den Erscheinungen hat trotz ihrer vielen Jahre in Lappland nicht abgenommen. Sie empfiehlt uns einen Ausflug nach Abisko, wo sich die Nordlichtjäger tummeln. In unmittelbarer Nähe des 90 km von Kiruna entfernten Ortes seien die Aussichten auf grandiose Ansichten besonders gut.

Während Moritz unseren sonstigen abendlichen Polarlicht-streifzügen kaum einmal folgt und lieber die behaglichen Zeiten ohne störende elterliche Kommentare in der Stuga genießt, ist er beim Trip nach Abisko gern mit von der Partie. Nach anderthalb-stündiger Autofahrt erreichen wir den kleinen Flecken, der von Bergen umzingelt ist. Mit dem Sessellift soll es von der Talstation aus auf den Nuolja gehen, auf etwa 900 m Höhe.

Wir werden zunächst in einen Raum geführt, in dem eine Armee von gut gefütterten Overalls in allen Größen hängt. Gut organisierte Eventanbieter sind im winterlichen Lappland immer auf die meteorologische Naivität der Touristen vorbereitet und sorgen mit den kostenlos verliehenen wärmenden Kleidungsstücken für unbedarfte Gäste. So wird eine erfrierungsfreie Fahrt im Lift für jeden möglich.

Auch Moritz schnappt sich einen der Overalls, obwohl seine von der Daunenjacke und diversen Unterschichten aufgeplusterte Körpermitte schon vorher so aussieht, als sei er kurz davor, davon zu schweben. In der Schlange, in der wir wenige Minuten später bei minus 20°C anstehen, machen wir etliche Kandidaten aus, die beim Casting fürs Michelin-Männchen eine enorm gute Figur abgäben.

Gegen neun Uhr abends beginnt die schaukelnde Fahrt den Berg hinauf. Nach wenigen Minuten verschluckt die Dunkelheit die Konturen des Abfahrtsgebäudes, das einen zerbrechlich wirkenden Zweiersessel nach dem anderen gebiert. Jedes Mal, wenn einer der unförmigen Mitfahrer Schwierigkeiten hat, seinen textilen XXL-Leib auf dem Sitz zu parken, kommt es zu einem Stopp des Lifts. Wenn man Glück hat, pendelt man in solchen Fällen lautlos über dem Nirvana aus Schnee, das bereits etliche Meter unter uns liegt. Wenn man Pech hat, verstärkt ein beunruhigendes Quietschen des hin und her wippenden Sessels das Abenteuerfeeling. Nicht jeder Fahrgast genießt diese Momente, wie ich mal wieder aus erster Hand von meiner Frau erfahre.

Eine Ablenkung von solch unbehaglichen Momenten folgt jedoch umgehend. Noch während wir den Berg hinauffahren, sehen wir die ersten Nordlichter, die als grüne Streifen die dunkle Silhouette des Bergrückens einrahmen. Plötzlich können wir unsere Ankunft auf der Bergspitze kaum noch erwarten, hoffentlich hat die nächtliche Bildregie ihr Pulver nicht schon verschossen.

Es dauert - aufgrund der zahlreichen Stopps - fast eine halbe Stunde bis wir oben ankommen. In unmittelbarer Nähe des Ausstiegs befindet sich die "Aurora Sky Station", die als erleuchtetes Gebäude nach drinnen lockt. Dort wärmen wir uns zunächst ein wenig auf. Ohnehin ist am Himmel derzeit ausschließlich die Farbe zu sehen, für die Schornsteinfeger im Alltag Spezialisten sind.

Abisko wirbt damit, zu den zehn besten Orten der Welt zu zählen, wenn es um die Sichtung der Aurora geht. Ein renommierter Reiseführer hat diese Einschätzung abgegeben, die natürlich dankbar von den Einheimischen übernommen wurde. Es wird Zeit für uns, dieses Urteil zu überprüfen.

Wir gesellen uns zur Vorhut der Späher nach draußen und lassen zunächst einmal die Blicke schweifen. Lichtverschmutzung ist erwartungsgemäß kein Thema in der hiesigen Abgeschiedenheit. Die wenigen künstlichen Emissionen des 500 Meter unter uns liegenden Ortes haben die Leuchtkraft von Glühwürmchen und stören nicht. Egal, in welche Richtung wir schauen, einzig die Sterne stanzen einige Lichtpunkte in den tiefschwarzen Himmel der Neumondnacht. Es ist trotz des Schnees so dunkel, dass wir uns - immer wenn sich einer von uns unbeobachtet einige Meter entfernt hat - schnell unsicher sind, ob es sich um einen von uns oder um einen Fremden handelt.

Am Berghang hocken alle ambitionierten Fotografen vor ihren Stativen. Immer wieder tanzt der Schein einer Kopflampe über einen kleinen Flecken von Schnee, wenn ein Schnappschussjäger in seinem Licht die Einstellungen seiner Kamera verändert oder einen neuen Stellplatz für seine Ausrüstung sucht. Anke hat sich längst zu ihnen gesellt. Alles wartet darauf, dass die überirdischen Hauptdarsteller den Vorhang aus Schwärze, der uns umgibt, wieder zur Seite ziehen.

Unvermittelt geht es los. Es ist, als ob wir einem göttlichen Maler zuschauen. Wie ein noch unerfahrener Künstler vollführt er auf der jungfräulichen Leinwand über uns zunächst einige schwach leuchtende Pinselstriche, die er - offenbar unzufrieden mit dem Ergebnis - schnell wieder wegwischt. An Sicherheit gewinnend greift er bald zu kräftigeren Grüntönen, mit dem er Fahnen, Bögen, wehende Vorhänge, Flächen, Wirbel und fransige Muster aus Licht gestaltet. Schließlich gerät er in Ekstase und malt in hektisch zuckenden Bewegungen schnell wechselnde Bilder in den Himmel, bei dem er das ganze Repertoire seiner Farbpalette abruft und das Auge Mühe hat, den Erscheinungen zu folgen.

Die Versammlung aus Aurorajüngern folgt dem Ganzen in überwiegend lautloser Faszination und - was den fotografierenden Teil angeht - mit hektischer Betriebsamkeit. Nur ab und an hört man ein Raunen oder einen Ruf, wenn das himmlische Farbfeuerwerk einen neuen Höhepunkt erreicht. Fast anderthalb Stunden dauert das Spektakel, das sich zwar kleine Schaffenspausen gönnt, aber dann immer wieder die Bühne der Nacht betritt, als hätte es sich selbst noch etwas hinzuzufügen.

Es gibt keine Schönheit, an die man sich nicht auch gewöhnen kann. Anfänglich steht Moritz' Begeisterung über das Schauspiel der unsrigen kaum nach. Nach einer Weile zeigt seine Faszination gewisse Abnutzungserscheinungen. Altersgerecht. Sechzehnjährige haben grundsätzlich mehr Spaß am Tun als am Zuschauen. Moritz setzt sich in den Schnee neben uns und wird nicht müde zu betonen, dass er müde sei. Wir können es ihm nicht verdenken. Wir sind im letzten Novemberdrittel angelangt und die Sonne ist - um fast 23 Uhr - schon vor über acht Stunden untergegangen.

Als sein Klagen über das fehlende Bett längere Zeit nicht zu hören ist, wendet sich unsere Aufmerksamkeit vom Himmel in Richtung des Jugendlichen, der einige Meter von uns entfernt als länglicher Klumpen im Schnee auszumachen ist. Eine vertikale Körperhaltung geht schon seit über einer halben Stunde weit über seine Kräfte. Mittlerweile ist er selbst zum Sprechen zu schwach, denken wir zunächst, als er auch auf Ansprache nicht mehr reagiert. Mit erheblicher Verzögerung kommt doch noch eine Reaktion. "Ich bin eingeschlafen!" hören wir unseren Teenie in einer Mischung aus Schlaftrunkenheit und Erstaunen von sich geben. Begeisterung mischt sich als dritte Komponente in seinen Tonfall, während er sich wiederholt: "Ich bin eingeschlafen!"

Das Erlebnis, bei minus zwanzig °C im Tiefschnee auf einem fast 1000 Meter hohen Berg ins Reich der Träume geglitten zu sein, ist für ihn definitiv das Abenteuer des Abends. Seine arktische Siesta unter einem Himmel voller Sterne und Nordlichter spielt zwar nicht in der gleichen Liga wie ein Fallschirmsprung oder eine rasante Fahrt mit dem Skooter über einen schmalen Waldweg. Aber dafür, dass er mit seinen elterlichen Langweilern unterwegs ist, in deren Freizeitgestaltung sich so skurrile Dinge wie Spaziergänge wiederfinden, ist das Ganze nicht schlecht. In den folgenden Tagen schickt er etliche Beweisfotos seines Tiefschneenickerchens in den digitalen Äther.

Eine Talfahrt im Stockdunkeln rundet unseren Trip gegen Mitternacht ab. Bedienstete bringen kleine Lampen an jedem besetzten Sessel an. So soll sichergestellt werden, dass kein Tourist der Aufmerksamkeit des Personals entgeht. Im Nebeneffekt dieser Sicherheitsmaßnahme erleben wir den ungewöhnlichsten Lichterzug unseres Lebens. Kleine Laternen flimmern schwach unter uns wir eine unregelmäßig interpunktierte Linie, die den Weg nach unten skizziert. In unvorhersehbaren Abständen stellt die Aurora währenddessen klar, dass der Mensch hier definitiv nicht für die schönsten Illuminationen verantwortlich ist.

Wo man gerne auf den Hund kommt - Husky-Harmonie

Anke und ich setzen die Jagd auf Erzählstoff schon bald fort. Nicht nur in puncto Nordlichter stellt Kiruna einen Hot Spot dar. In keiner anderen Region Schwedens ist eine so hohe Dichte an Schlittenhunden vorzufinden. Hier wimmelt es vor "Kennels", wie Huskyfans fachmännisch die Hundefarmen nennen. Kennel ist englisch und heißt direkt übersetzt Zwinger, meint aber eigentlich das Gesamtpaket aus den Vierbeinern, ihrer Herberge und den Betreibern der Anlage.

Für meine Frau ist es der Inbegriff von Glück, Zeit mit einem Vierbeiner in der freien Natur zu verbringen. Mein Problem in dieser Konstellation ist, dass die fast einzigen Tiere, gegen die ich nicht allergisch zu sein scheine, Nacktschnecken sind. Dummerweise kommen bei Anke keinerlei harmonische Gefühle auf, wenn sie eine Nacktschnecke streichelt. Im Gegenteil.

Über das potentiell selbstzerstörerische Element der Liebe haben wir ja schon durch die Geschichte von Romeo und Julia gelernt. Also bin ich trotz Allergie bereit, mich einer gemeinsamen Hundeschlittenfahrt zu unterziehen - auch wenn tränende Augen, donnernde Niessalven und eine unablässig laufende Nase drohen. Wir sondieren die Tourenangebote der Kennels und entscheiden uns für einen Anbieter, der seinen Standort am Ufer des Torneälvs hat.

In der vorindustriellen Zeit waren Hundegespanne im Winter das einzige Transportmittel in arktischen Regionen, wenn man einmal von Rentierschlitten absieht. Der Archetypus der enorm lauffreudigen Tiere stammt aus Sibirien, wo Felsmalereien der dortigen Ureinwohner Hinweise auf eine mindestens 4000 Jahre alte Tradition liefern. Schon die Tschuktschen begründeten eine äußerst erfolgreiche Hundezucht. Insbesondere ihnen verdankt die Menschheit die Rasse der "sibirischen Huskys".

Bei den sibirischen Huskys handelt es sich um bemerkenswerte Tiere. Sie sind eine Art "Asterix" unter den Zughunden. Sie sind mit durchschnittlich 55 cm Größe und mit 25 kg Gewicht erstaunlich klein, aber enorm stark, sehr zäh und sehr gewitzt. Ihre proportionale Kraft wird lediglich von Ameisen und - natürlich - von Spiderman übertroffen. Sie können Lasten ziehen, die das Neunfache ihres Eigengewichts betragen.

Man stelle sich vor, man müsste als 70 kg - Mensch einen 630 kg schweren Schlitten durch den Schnee ziehen - wie weit käme man? Die meisten von uns weisen schon nach wenigen hundert Metern eine lila Gesichtsfarbe auf, wenn wir den Rodelschlitten ziehen müssen, auf dem die etwas korpulente Schwiegermutter mal spaßeshalber statt der Kinder Platz genommen hat (aus Gründen des Familienfriedens weise ich an dieser Stelle *ausdrücklich* darauf hin, dass ich *nicht* aus Erfahrung spreche).

Der höchst erstaunliche sibirische Husky hingegen hält trotz seiner unscheinbaren Statur solche Beanspruchungen Dutzende von Kilometern aus. Er kann bis zu 200 km am Tag laufen, begnügt sich danach mit einigen Brocken tiefgekühltem Fleisch und rollt sich dann zum Schlafen bei minus 30°C im Schnee zusammen, um sich zu erholen. Wenn man das hört, möchte man sofort einen Stapel von T-Shirts mit der Aufschrift "Ich bin ein Weichei!" für sich und seine Artgenossen in Druck geben.

Die grandiosen Eigenschaften der Hunde haben sich dank der geografischen Isolation der sibirischen Völker am Polarmeer frei von schädlichen genetischen Fremdeinflüssen herausbilden können. Es erstaunt daher nicht, dass die Tschuktschen ihre Huskys verehren und sie üblicherweise gut behandeln.[7] In ihren traditionellen Gemeinschaften erreichten die Hunde den Status eines Familienmitglieds. Nächtlich dienten sie mit ihrem extrem dichten Fell den Kindern als lebende Wärmequelle. In den Sagen der tschuktschischen Ahnen sitzen die Tiere zur linken und zur rechten des Himmelstores, um den Eingang zu bewachen. Es heißt bei diesem Volksstamm, dass kein Mensch in den Himmel kommen könne, der seine Hunde schlecht behandelt.

Trotz dieser ausgesprochen zivilisierten Geisteshaltung und der Wertschätzung der Einheimischen war der Fortbestand der Hunderasse kurzzeitig gefährdet. In einer Periode der jüngeren tschuktschischen Geschichte, in der es die Sowjetunion um 1920 herum schaffte, ihren Einfluss bis in die entlegensten Regionen des Riesenreiches auszudehnen, zeigte sich damals, dass es nicht nur Besserwessis sondern auch Besserossis gibt. Mit der üblichen Arroganz einer kulturellen Siegermacht befanden die Russen, dass die Huskys viel zu klein seien und wollten sie durch größere Schlittenhunde ersetzen. Viele Tiere wurden von den russischen Besatzern getötet.

Zum Teil ist der Erhalt der Rasse dem Umstand zu verdanken, dass sie zur gleichen Zeit bei Schlittenrennen in Alaska Furore machten, wohin sie ausgeführt worden waren. In 1909 belegten die anfänglich als "sibirische Ratten" belächelten Tiere auf Anhieb den dritten Platz in der Konkurrenz eines renommierten Rennens. Im Folgejahr gewann ein aus Russland stammendes Gespann. Schnell begann man danach, die Laufwunder auch in Nordamerika zu züchten und prägte dort erst den Begriff der sibirischen Huskys.

7　Das unterscheidet die Tschuktschen beispielsweise von den Grönländern, die leider zu Recht in dem Ruf stehen, mit ihren Grönlandhunden - einer Rasse, die auch als Schlittenhund dient - selten respektvoll umzugehen. Vor Grönland gibt es kleine Inseln, auf denen die Inuit diejenigen Hunde aussetzen, die sie nicht mehr gebrauchen können. Ein abstoßender Mangel an Respekt gegenüber Tieren, die noch kurz davor ihren Besitzern treu gedient haben.

Zu den weiteren traditionellen Schlittenhunden gehören der kanadische Eskimohund, der alaskanische Malamute und der Grönlandhund. All diesen Tieren ist ein enormer Bewegungsdrang vererbt worden. Sie erinnern an Forrest Gump, sie haben "einfach Lust zu laufen".

Mir fällt kein anderes Beispiel ein, bei dem sich der Mensch und das ihm anvertraute Geschöpf in ihrem Tun so einig sind. Ich vergleiche nicht mit mittelalterlichen Tiersportarten, die die sadistische Ader und die Herrschsucht des Menschen unzweifelhaft vor Augen führen, wie etwa der Stierkampf, der Hahnenkampf oder das Elefantenpolo. Auch in der friedvolleren Pferdedressur oder beim Springreiten bedarf es immer wieder menschlicher Überredungskunst. Ein Husky hingegen würde auch ohne Tricks oder Bestechungen laufen wollen.

Als unsere erste eigene Fahrt mit einem Hundeschlitten bevorsteht, lernen wir, dass es im Wesentlichen einen einzigen Trick gibt. Man muss die Huskymeute daran hindern, dass sie mit leerem Schlitten davonstürmt.

Das ist allerdings gar nicht so einfach, wie wir bald herausfinden werden. Als wir uns dem Gewimmel nähern, dass im Kennel vorherrscht, ist die Luft mit der nervösen Vorfreude der Hunde gesättigt. Rastlos laufen viele der Tiere an der Tür ihres Zwingers hin und her und beobachten mit wachsamen Augen, was außerhalb vor sich geht.

Unsere Guide heißt Torben und ist Deutscher wie wir. Seine Leidenschaft für Schlittenhunde hat ihn schon bis nach Alaska geführt, wo er seinen Lebensunterhalt mit Fahrten für Touristen bestritten hat. Ein Erfrierungsschaden an seiner Nase zeugt von dieser Episode. Da ihm die Vorliebe der dortigen Einsiedler für Handfeuerwaffen und Alkohol (oft in Kombination) auf Dauer unheimlich wurde, ist er wieder in Europa gelandet. In der deutschen Heimat hat er es dann allerdings nur kurz ausgehalten. Fast zeitgleich mit uns hat er sich auf den Weg nach Lappland gemacht, im Gepäck seine eigenen Hunde.

"Wie viele Hunde hast Du denn?" wollen wir von ihm wissen. "Naja", grinst er, "eigentlich zwanzig". Neuerdings seien es allerdings ein paar mehr. Er führt uns zu einem Zwinger, in dem einige Miniaturfellknäuel um ihre Mutter herum tapsen. Für einen seiner Rüden hatte die langweilige Fährtour nach Schweden Kreuzfahrtcharakter angenommen. Zusammen mit einer unerkannt läufigen Hündin hatte er sich über die versehentliche gemeinsame Unterbringung in einer Box gefreut - vermutlich einige Male während der achtstündigen Überfahrt. Das Resultat der Liebesspiele auf hoher See wuselt jetzt zu dritt umher.

Nachdem wir uns an den drei Tolpatschen sattgesehen haben, ist es an mir, eine ungelenke Figur abzugeben. Wir sollen unsere Hunde selbst einspannen. Dazu wird ihnen noch im Zwinger das Geschirr angelegt, das dann mit Hilfe zweier Karabinerhaken am Zugseil des Schlittens befestigt werden soll. Geduldig hält der Rüde zunächst still, als er merkt, dass er es mit einem Husky-Legastheniker zu tun hat. Krampfhaft versuche ich die Pfoten in die richtige Öffnung des Geschirrs zu bugsieren, aber irgendwie sieht das Ganze immer wieder verkehrt aus. Nach mehreren erfolglosen Versuchen erinnert mein Vierbeiner immer mehr an einen ADHS-Patienten. Jetzt, da er weiß, dass er mitlaufen wird, ist er kaum noch zu bändigen. Anke kommt mir zu Hilfe.

Endlich haben wir es geschafft, unsere fünf Hunde "anzukleiden". Dann bläut uns Torben folgendes ein. Wenn wir die Tiere gleich am Geschirr hinausführten, gebe es eine Sache, die wir unter keinen Umständen machen dürfen: Loslassen. Mit dem Hund durch die Gegend stolpern - erlaubt. Der Länge nach auf die Fresse fallen, weil der Husky zu abrupt gezogen hat - kein Problem. Im Schlepptau des Tieres bäuchlings über den Schnee gezogen werden - alles im grünen Bereich. Wer aber den Hund loslässt, werde geteert und gefedert aus dem Kennel gejagt. Jeder nicht angeleinte Husky suche sofort wie ein geölter Blitz das Weite und wäre möglicherweise stundenlang nicht wiederzufinden.

Um die Bändigung der Kraftpakete zu erleichtern, gibt uns Torben einen entscheidenden Tipp. Wenn der Zug des Huskys zu stark werde, sollen wir seine Vorderbeine mit Hilfe des Geschirrs anheben. Ein Hund, dessen 4-Feet-Drive ein Downgrade zum reinen Heckantrieb erfahre, sei viel leichter zu kontrollieren.

Der unmittelbar notwendige Praxistest bestätigt das, nachdem wir ausgewählte Käfigtüren geöffnet haben. Zunächst torkeln wir in einer optischen Mischung aus epileptischem Anfall und Stopptanz hinter dem ungeduldig vorwärts zerrenden, aufgeregt hechelnden Tier her. Dann zwingen wir das laufgeile Etwas am anderen Ende des Geschirrs dazu, Männchen zu machen. Plötzlich sind wir Herrchen der Lage und können die Richtung vorgeben.

In der Zwischenzeit hat Torben das mit Rentierfellen gepolsterte Fuhrwerk, vor das wir die Hunde jetzt nach und nach anspannen, auf die Seite gelegt. Zusätzlich ist der Schlitten durch ein Seil mit einem Baum verbunden. Der Sinn dieser Maßnahmen erschließt sich schnell. Wie Flummis hüpfen einige der Huskys laut bellend auf und ab, sobald sie eingespannt sind. Mit aller Kraft werfen sie sich dabei in ihr Geschirr, so dass einem die eigenen Schultern nur vom Zuschauen weh tun. Jedes Mal, wenn sie nach vorn springen, setzt sich ein Ruck bis zum vertäuten Schlitten fort.

Als unser Team von insgesamt fünf Hunden komplett in den Zug integriert ist, steigert sich deren Nervosität noch einmal. Sie wissen, dass es jetzt bald losgeht. Die Luft ist mit einer Kakophonie aus

Bellen und Jaulen geschwängert. In dem akustischen Tohuwabohu haben wir Mühe, Torbens weiteren Erklärungen zu folgen. Der erläutert uns in stoischer Ruhe, worauf es ankommt. Da Anke und ich zu zweit einen eigenen Schlitten lenken werden, lauschen wir konzentriert seinen Anweisungen.

Allerdings ist "Lenken" für das, was folgt, eigentlich der falsche Ausdruck. Die hauptsächlichen Einflussmöglichkeiten auf die folgenden Vorgänge bestehen darin, zu bremsen und nicht vom Schlitten zu fallen. Unser fachlich deutlich kompetenterer Landsmann wird mit einem eigenen Team vorweg fahren. Die beiden Leittiere an der Spitze unseres Gespanns werden dem Rudelführer bedingungslos folgen. Möglicherweise sogar, wenn der seinen Schlitten ins offene Wasser steuert...

Bevor ich solche Visionen vertiefen kann, geht es endlich los. Wir lichten den Anker![8] Torben hat uns instruiert, auf den ersten Metern die ganze Zeit leicht auf der Bremse zu stehen. Zum einen neigten die Hunde am Anfang zum Volle-Kraft-voraus-Modus, zum anderen würde der Weg zunächst einige baumumstandene Kurven aufweisen.

Anke nimmt auf der Sitzfläche des Holzschlittens Platz und übt sich im fast blinden Vertrauen in ihren unbedarften Fahrer, den sog. Musher. Ich Musher stelle mich auf den hinteren Teil der Kufen des etwa zwei Meter langen Gefährts. Die Kufen ragen ca. 30 cm nach hinten raus, so dass man sich - dort stehend - an den Holmen

---

8 Der (Schnee-)Anker ist eine weitere, bisher unerwähnte "Parkhilfe", die - wie wir später erfahren - allerdings umstritten ist. Es handelt sich dabei um klauenartige Eisenhaken, die mit dem Schlitten durch ein Seil verbunden sind und mit kräftigen Tritten im Untergrund verkantet werden. Ihr Nachteil (und damit der Grund für ihre Ablehnung durch einige Hundeführer): Wenn sich der Anker doch einmal löst und der Schlitten davon fährt, kann er sich schon einmal in der Wade eines unbedarften Neulings verfangen und so gravierende Verletzungen verursachen.

festhalten kann, die sich von der Rückenlehne des Sitzes nach oben fortsetzen. Der Schlitten verfügt über zwei Bremsen. Es gibt ein ca. zwanzig cm breites und ebenso langes Blech, das vornehmlich der Geschwindigkeitskontrolle während der Fahrt dient.

Die Worte unseres Guides im Ohr drücke ich die Metallplatte, nachdem wir mit einem unsanften Ruck angefahren sind, mit einem Fuß auf den Boden, damit unser Ausflug nicht bereits nach 50 Metern am Baum endet. Erleichtert registriere ich, wie sich der Reibungswiderstand des Blechs umgehend auswirkt und wir sicher die ersten Kurven nehmen. Sobald ich den Fuß anhebe, sorgt eine Feder dafür, dass sich die Bremse hebt und wir wieder Geschwindigkeit aufnehmen.

Das zweite Bremssystem besteht aus zwei Eisenkrallen, die sich links und rechts in den Untergrund bohren, sobald man einen Teil des eigenen Gewichts auf den Bügel verlagert, der sie verbindet. Endlich hat mein Appetit auf vorweihnachtliche Plätzchen auch mal Vorteile, denke ich, als eine Bremsprobe den Schlitten prompt zum Stehen bringt.

Das ohrenbetäubende Kläffen der tollwütig erscheinenden Meute ist mit der Abfahrt abrupt verstummt. Plötzlich umgibt uns eine Stille, die nur von dem Knirschen der Kufen und dem Hecheln der Huskys durchdrungen wird. Eifrig stemmen sich die Tiere nach vorne. Zwanzig Pfoten fliegen vor uns über den Untergrund, wirbeln kleine Klumpen aus Schnee auf, die in unsere Richtung spritzen.

An der Spitze des Zuges laufen die Leittiere. Krampfhaft versuche ich mich, an ihre Namen zu erinnern. Schließlich sollen sie die Kommandos umsetzen, die ich ihnen als Musher theoretisch zurufen muß. "Links!", "Rechts!" , "Halt!" und "Lauf!" lauten die magischen Worte - eine Sprachbarriere gibt es zumindest nicht. Zum Glück hat meine Namensamnesie bis jetzt keine Auswirkungen. Die Route führt über einen schmalen Waldweg ohne jegliche Abzweigungen. Meine Hauptaufgabe besteht darin, nicht zu dicht auf Torbens Schlitten aufzufahren.

Immer wenn mein Blick zu lange in der Landschaft oder am emsigen Tross der Vierbeiner hängen bleibt, besteht diese Gefahr jedoch. Manchmal ist es fast hypnotisierend, wie die langen rosigen Zungen der Tiere nach hinten flattern und im Takt ihres Laufes auf und ab wippen. Zwischendurch sieht man, wie sich ein Husky, ohne seinen Schritt zu verlangsamen, eine Schnauze voll Schnee vom Wegesrand schnappt. Aber die Laufjunkies erledigen noch andere Dinge bei einer mittleren Geschwindigkeit von 20 km/h. Gleichermaßen fasziniert wie ängstlich (schließlich sitzt Anke in Hundehöhe) beobachten wir, wie einer der Hunde mitten im Sprint demonstriert, dass er keineswegs an Verstopfung leidet. Bis auf einen kurzzeitigen Mangel an Frischluft und gewissen ästhetischen Abstrichen bleibt dieses Intermezzo für uns jedoch folgenlos.

Auch die rumpelige Fahrt über die Unebenheiten des Waldbodens verläuft bis jetzt unfallfrei. Wenn die Kufen des langen Schlittens von einer Bodenwelle hinunter knallen, muss man insbesondere die Zunge von den Zahnreihen entfernt halten. Der Wegesrand schickt uns gelegentlich eisige Grüße in die Jackenaufschläge, wenn die Hunde zu dicht an den überhängenden Zweigen vorbei laufen, auf denen sich der Schnee gesammelt hat.

Irgendwann schaue ich mir einen Trick von Torben ab. Mit einer energischen Drehung aus der Hüfte heraus kann man den Schlitten auf dem Schnee dirigieren, wenn man das eigene Gewicht verlagert und - wie beim Skifahren - die Kufen mit den Füßen von sich wegdrückt. Die Hände halten sich dabei an den Holmen fest und bilden ein Widerlager für den Schwung.

Ich bin begeistert, als ich merke, dass ich auf diese Weise ein wenig Einfluss auf die bisweilen rücksichtslosen Richtungsentscheidungen unserer Vordermeute gewinne. Die verbucht durch unser Gesicht kratzende Äste ebenso als uninteressanten Kollateralschaden wie die Verdauungsnöte einzelner Teammitglieder. Hauptsache, sie können laufen.

Als wir um eine Kurve schießen, sehen wir plötzlich ein Hundegespann aus der Gegenrichtung auf uns zufliegen. Während ich wiederholt "Rechts!" rufe, befürchte ich, es gleich mit einem heillosen Durcheinander aus Hunden und verknoteten Zugleinen zu tun zu bekommen. Doch trotz ihres tollwütigen Laufstils haben die Tiere alle Sinne beisammen. Schon bevor meine Kommandos verhallen, sind sie geistesgegenwärtig ausgewichen. Ihre Reaktionsschnelligkeit ist weit besser als meine. Ich hebe eine Hand, um den Gruß des entgegenkommenden Mushers zu erwidern. Der ist allerdings längst etliche Meter hinter mir.

Die kräftigsten Hunde befinden sich unmittelbar vor unserem Schlitten. Sie sind die Pacemaker und - grundsätzlich in dieser Position - neben den Leittieren der wichtigste Teil des Gespanns. Einer unser beiden Kämpfer in hinterster Front weigert sich beharrlich, eine andere Gangart als den Galopp zu kennen. Auch wenn die anderen 4/5 des Teams traben, lässt er sich von seiner Schrittfolge nicht abbringen. Er strahlt Entschlossenheit aus, notfalls den Schlitten *und* seine vier Artgenossen hinter sich her zu schleifen, wenn die anderen Hunde vor Erschöpfung umfielen.

Davon sind jedoch alle Huskys zu Beginn der Wintersaison weit entfernt. Nachdem wir den Wald verlassen haben und eine langgezogene Ebene überqueren, der man durch die Schneedecke nicht ansieht, dass sie Teil eines Sumpfgebiets ist, muss ich regelmäßig bremsen, um den Sicherheitsabstand zum Vorderschlitten einzuhalten. Fast immer wendet dann eines der Leittiere in einer Mischung aus Irritation, Vorwurf und Bedauern seinen Blick nach hinten, als wolle es sagen: "Was soll das denn?! Hat gerade so'n Spaß gemacht!". Im Gegensatz zu den Hunden spüren wir nicht nur den Rausch der Geschwindigkeit sondern auch die Bodenwellen, über die der Schlitten knarzend holpert.

Sobald wir aber auf ein gefrorenes Gewässer gelangen, sind unsere körpereigenen Stoßdämpfer kaum noch gefordert. Ruhig gleiten wir dahin, können entspannte Blicke über die Weite der jetzt offenen Landschaft schweifen lassen. Die Faszination der Fortbewegungsart wird spätestens hier offenbar. Alle sind zufrieden, die Menschen, die Hunde und die Natur. Ein beschreibendes Wort drängt auf seine unmittelbare Freilassung aus dem Sprachzentrum meiner grauen Zellen: Harmonie.

Nach der Hälfte der Strecke rasten wir. Wir betreten ein Zelt, das im traditionell samischen Stil errichtet wurde. Im Lavvu[9] reichen uns Torben und seine Helferin warmen Tee und eine dampfende Suppe. Als Sitzgelegenheit dienen einfache Holzpaletten, die mit Rentierfellen gepolstert sind. Als unsere Gastgeber ein Feuer entfachen, ist das Karl-May-Feeling fast perfekt. Sinnierend gucken wir in die lodernden Flammen und stellen fest, dass wir nach der Pause gerne wieder unser Schicksal in die Pfoten der Huskys legen wollen.

Anke nutzt den Zwischenstopp für fotografische Vorderansichten der Hunde. Das ist sowohl eine willkommene perspektivische Abwechslung wie auch Bestandteil eines späteren Bilderrätsels. Es wird hinterher gar nicht so leicht sein, dem jeweiligen Huskygesicht das passende Hinterteil zuzuordnen. Vielleicht liegt das am ver-

---

9 Das samische Lávvu (alias Kote oder Kota) erinnert an ein nordamerikanisches Tipi, es hat auch eine konische Form und verfügt über ein Rauchabzugsloch im Zentrum der sich gegenseitig stützenden Holzstangen. Es ist jedoch flacher konstruiert. In der nahezu baumlosen Tundra des Nordens ist es dadurch weniger windanfällig.

störenden Zoom auf die nahen Arschlöcher, den mein neuer Blick-winkel vom Sitz des Schlittens mit sich bringt. Auf der Rückfahrt übernimmt Anke die Aufgaben des Mushers.

Der Rollentausch hat auch Vorteile. Endlich ist es an *mir*, Er-mahnungen anzubringen, wenn das Zugseil auf Gefällen nicht die er-forderliche Spannung aufweist. Torben hatte uns gewarnt, dass eine zu schlaffe Leine die Gefahr berge, dass die Kufen auf die hintersten Hunde aufliefen und so deren Pfoten verletzen könnten. Ein weite-rer Anlass, missbilligende Töne erklingen lassen, ergibt sich, wenn Anke zu dicht auf Torbens Schlitten auffährt. Eine *klassische* Gefähr-dung des Huskywohls! Den Vorsatz, ein besserer Beifahrer als meine Frau zu sein, ziehe ich nicht einmal ansatzweise in Betracht. Soll sie ruhig merken, *wie schwer* die Verantwortung eines Hundeschlitten-führers wiegt.

Trotz unserer kleinen Scharmützel genießen wir beide auch den zweiten Teil der Ausfahrt. Die prophylaktisch eingenommene antiallergische Medikation wie auch mein ausreichender Abstand zu den Tieren tragen dazu bei. Ich leide unter keinerlei asthmatischen Beschwerden. Mir hilft auch, dass wir uns beide in Overalls ge-zwängt haben, die uns von den Kennel-Betreibern angeboten wor-den sind. So verhindern wir, zu viele Hundehaare als Souvenir der Tour nach Hause mitzunehmen.

Die Filmchen, die wir auf der wieder rasanten Fahrt über schmale Waldwege produzieren, sind uns als Mitbringsel viel lieber. Einige Bilder, die ich vom Sitz des Schlittens aus einfange, zeigen nicht nur lauffeudige Hunde sondern auch das Leuchten in den Au-gen meiner Frau. Ich weiß nicht, ob Herr Rossi das Glück inzwischen gefunden hat. Anke sieht momentan so aus, als brenne sie darauf, ihm einen heißen Tipp zu geben.

Viel zu schnell neigt sich das Abenteuer seinem Ende. Nach insgesamt dreieinhalbstündiger Tour gelangen wir heil und gesund sowie mit einer neuen Nordlanderfahrung im Gepäck wieder zum Kennel. Auch die Hunde haben den eigenen Stallgeruch längst in der Nase und werfen sich nach rasantem Schlusssprint sofort nach unser Ankunft bäuchlings in den Schnee. Das lädt Anke zu einer emotionalen Aufarbeitung des Erlebnisses ein. Ausgiebig schmust sie mit jedem einzelnen Mitglied unseres Gespanns, bevor wir Torben helfen, die Hunde wieder in die Käfige zu führen.

Nachdem wir uns verabschiedet haben, wird klar, dass dies nicht unsere letzte Hundeschlittenfahrt sein darf. Schon wenige Wochen später werden wir durch den Besuch einer Freundin verleitet, Wiederholungstäter zu werden. Das traumhafte, fast lautlose Gleiten über die mittlerweile noch üppigere Schneedecke lässt erneut vermuten, dass wir in eine Wolkenlandschaft vorgedrungen sind, in der sich die Engel hinter den vielen weißen Hügelchen verstecken.

Eine Hundeschlittentour ist in Lappland ein Muss: Unermüdliche Vierbeiner in endloser Weite.

Rast nach halber Strecke. Die Huskys brauchen keine Pause - aber wir.

Eingang des weltberühmten und einzigartigen Eishotels, das nur drei Kilometer von unserem Wohnort entfernt liegt.

Jede Suite ist individuell und kunstvoll gestaltet, die Raumtemperatur liegt meist bei kuschligen minus 4 Grad.

Wohnt hier die Schneekönigin? Besuch im Eishotel

Zu Fantasien soll angeblich auch der Besuch des Eishotels beflügeln. Einige Zimmer von Kirunas Touristenattraktion seien direkt aus einem Wintermärchen gestohlen. Da wir die Wochen zuvor das Bauwerk haben wachsen sehen, wird deutlich, dass auch Märchen viel Arbeit bedeuten.

Das Eishotel ist ein hervorragendes Beispiel dafür, wie eine einzige gute Idee Dinge von Grund auf ändern kann. Vor nicht allzu langer Zeit verirrte sich im Winter kaum ein Tourist in die Abgeschiedenheit Lapplands. Die Region um Kiruna hatte damals bereits eine verlässliche Zahl an sommerlichen Besuchern, die die nordschwedische Wildnis während der Mittsommernacht genossen. Die Kälte und die Dunkelheit der anderen Jahreshälfte schreckten jedoch selbst die eigene Landesbevölkerung von einer Stippvisite in den hohen Norden ab.

Dann reifte ein neues Selbstbewusstsein in Jukkasjärvi, einem unscheinbaren Dorf, das sich 15 km östlich von Kiruna (und nur drei km von unserem Wohnort) befindet. Man begann die regional extreme Witterung nicht als Makel sondern als attraktive Besonderheit zu empfinden: "Schaut her, bei uns ist es so kalt, wir können ein ganzes Hotel aus Schnee und Eis bauen. Eine Art riesiges Iglu, das fast für ein halbes Jahr stehen bleibt!"

Inspiriert wurden die Gründerväter des Hotels durch Japaner, die in ihrer Landesstadt Sapporo alljährlich Skulpturwettbewerbe abhalten, bei der sich Künstler an einer äußerst vergänglichen Materie versuchen. In Konkurrenzen bearbeiten Bildhauer dort Eis mit speziellen Kettensägen sowie mit Hammer, Meißel und anderen filigraneren Schnitzhilfen. Dabei erschaffen sie beeindruckend schöne Werke, deren existenzielle Halbwertszeit kaum länger als der durchschnittliche Bestand einer bei Ebbe erbauten Sandburg am Strand ist. Bei ungünstiger Witterung verändern Büsten, Tiernachbildungen und Mosaike schon kurz nach der Erschaffung ihren Aggregatzustand und erinnern mit ihrem tropfenden Verfall an das tränende Auge des bekümmerten Kunstliebhabers.

Als man Anfang 1990 Japaner einlud, ihre Virtuosität in Jukkasjärvi zur Schau zu stellen, mangelte es an Hotelbetten. Kurzerhand entschied man, Besucher auf Rentierfellen und in leistungsfähigen Schlafsäcken in den gerade kreierten Bauwerken aus Schnee und Eis unterzubringen. Die Gäste berichteten am nächsten Morgen von einer grandiosen Übernachtungserfahrung. Eine Idee war geboren. In Anbetracht der monatelangen Minusgrade in Nordschweden fasste man den Entschluss, im Folgejahr etwas zu erschaffen, dass sowohl den Kriterien eines Kunstwerks als auch denen einer Übernachtungsstätte genügen könnte.

Mittlerweile hat sich das Eishotel als **das** touristische Zugpferd etabliert. In seinem Dunstkreis haben die Besucherzahlen und die Angebote an anderen winterlichen Nordlandvergnügungen in der Region stark zugenommen.

Die Macher beherrschen ihr Handwerk längst aus dem Eff-Eff. Die "Eisernte" findet jedes Jahr im März statt. Zu dieser Zeit ist das Eis im Torneälv, an dessen Ufer das Eishotel jedes Jahr neu entsteht, am dicksten. Mit Traktoren fahren die Erntearbeiter dann auf den erstarrten Fluss, sägen riesige Blöcke aus dem metertiefen Eis und lagern diese in einer Kühlhalle bis zum Herbst ein. Fast fünftausend Tonnen Eis werden in jedem Frühjahr auf diese Weise geborgen.

Die eigentliche Bausaison beginnt erst Anfang November, auch in diesem Jahr. Immer mal wieder lassen wir, wenn wir in der Nähe sind, neugierige Blicke über das Gelände schweifen, auf dem sich eine emsige Aktivität entfaltet hat. Zunächst werden mithilfe von Schablonen Gänge modelliert. Dazu dient ein Gemisch aus Schnee und Eis, für das die Architekten einen eigenen Begriff aus der Taufe gehoben haben. "Snice" (zusammengesetzt aus Snow und Ice) bezeichnet die Rezeptur ihres Werkstoffs, der auf bogenförmige Metallgerüste aufgebracht und nachfolgend komprimiert wird.

Nach ein bis zwei Tagen verfestigt sich das Gebilde unter der Wirkung der Kälte, und die stützenden Innereien können entfernt werden. Ein so geschaffener Gang bildet den künftigen Hotelflur, an den dann für Übernachtungen vorgesehene Zimmer nach und nach angefügt werden. Auf diese Weise entsteht der Grundriss des Hotels.

In einem zweiten Schritt kommen die Künstler zum Zug. Je ein Team übernimmt die Dekoration eines Raumes. Der Clou dabei ist, dass sowohl die Bildhauer wie auch ihre Motive von Jahr zu Jahr wechseln. In jeder Saison entstehen auf diese Weise völlig neue Kunstwerke, das Hotel erscheint immer wieder in einem neuen Gewand. Inzwischen ist es für Skulpteure eine Ehre, wenn sie ihre frostigen Fantasien ins nordschwedische Eis schnitzen dürfen. Im Vorfeld gibt es eine Flut an Bewerbungen, von denen aufgrund der zu großen Zahl über 80 % abgelehnt werden.

Erst wenn die Maestros der Kältekammern ihr Werk vollendet haben, öffnet das Hotel seine Pforten. Meist passiert dies Mitte Dezember. Tagsüber fungiert es dann als Kunstgalerie, die man besichtigen kann. Abends checken die Übernachtungsgäste ein und beanspruchen ihr persönliches Winteridyll ganz für sich allein.

Mittlerweile platzen wir vor Neugier und wollen uns endlich selbst ein Bild machen. Begleitet werden wir von einer Freundin, die sich für einen einwöchigen Kurzurlaub entschieden hat und in dieser Zeit bei uns wohnt. Wir setzen uns unter Missachtung all dessen, was wir in der Fahrschule gelernt haben, zu dritt auf den Skidoo. Als Zeugen des mitunter sehr laxen Umgangs der Einheimischen mit den Skooterregeln, die durchaus mal ihre Kleinkinder auf den Sitzen der Motorschlitten mitfahren lassen, kann auch von uns kein Leben aus dem Katalog der hiesigen Verkehrsordnung erwartet werden.

Unsere bewusste Weigerung, ständig einen Seitenscheitel bei der Skooterbenutzung zu tragen, ist insofern auch Ausdruck unseres Integrationswunsches. Schließlich wissen wir schon ein bisschen, wie hier der Schneehase läuft. Als wir dem wachsamen Brian, einem Mitarbeiter von Leif, auf dem Alttajärvi begegnen, hält er uns zunächst für Touristen des Camp Altta und will uns mit mahnenden Worten überschütten, da wir uns zu dritt auf dem Gefährt drängeln. Wir geben uns ihm zu erkennen und ziehen damit sofort den Stöpsel aus dem sich anbahnenden Wortschall. "Ach, Ihr seid es!". Freundlich winkend entfernt er sich. Unbehelligt von Mahnern und Spielverderbern brausen wir mit unserem Skooter über den Torneälv und sind innerhalb weniger Minuten beim Eishotel angelangt.

Dort genießen wir die Besichtigung des eisigen Bauwerks. Der Eingang ist mit Rentierfellen verziert, als Türgriffe sind Rentiergeweihe eingearbeitet. Die Türen selbst sind in quaderförmige Eisblöcke eingearbeitet, die sich als fünf Meter hohe und ebenso breite, torartige Front vom Schnee des übrigen Iglus abhebt. Ein unwirklicher, bläulicher Schimmer dringt von innen durch die Blöcke nach draußen und sorgt für eine mystische Atmosphäre. Wohnt hier die Schneekönigin? Wir betreten das Foyer, lassen unsere Blicke über den schmalen Empfangstresen schweifen, der als hufeisenförmiger überdimensionierter Eiswürfel imponiert. Der etwa dreißig Meter lange Gang hinter dem Rezeptionsbereich wird links und rechts von Säulen gesäumt, die bis zur kuppelförmigen Decke reichen und ins antike Rom passen würden - wenn da nicht ihre frostige Bausubstanz wäre, die nur bei Minusgraden verlässlichen Halt bietet. Wie Schiffsbullaugen sind nahe des Eingangs ovale bis rundliche Gucklöcher aus Eis in die Schneewände eingelassen. In ihnen erblickt man Rentierbilder und traditionell samische Motive, die sich wie besonders schöne Eisblumen ausnehmen.

Über uns hängen Kronleuchter, von denen ein sanftes Licht ausgeht. Zunächst denke ich, dass sie mit irgendwelchen Glasperlen verziert sind, dann begreife ich, dass die zahllosen, faustgroßen, kunstvoll angeordneten "Klunker" auch aus reinstem Eis bestehen. Glücklicherweise scheint alles gut verarbeitet, sonst hätten schon jede Menge Eiszapfen in unseren offen stehenden Münder landen können.

Diese optische Ouvertüre setzt sich zu einem ästhetischen Höhepunkt fort, sobald wir die erste "Suite" betreten. Eisblöcke, die das Bett bilden und mit Rentierfellen bedeckt sind, sind über und über mit furchenartigen Ornamenten verziert. In der Wand dahinter ist der Mond als helle Scheibe nachgebildet. Eine Eule thront über dem Kopfende der Liegefläche. Ihre knopfartigen Augen glühen gelblich, ihr Haupt ist von einem Lichtschimmer umgeben. Um das Bett herum schleichen mehrere Wölfe, einer von ihnen heult den Mond an. Auf einem kleinen Vorsprung duckt sich eine Wildkatze, scheinbar bereit zum Sprung auf die Opfer, die sich spätestens in der Nacht zur Ruhe begeben werden.

Wir verlassen die Szene, die in liebevoller Detailtreue ins Eis gemeißelt ist, und betreten einen verwunschenen Wald, in dem sich das Bett des nächsten Raumes fast verliert. Knorrige Bäume aus Eis lassen ihre Äste nach oben ragen. Vereinzelt sitzen auf ihren Ausläufern Gestalten aus Schnee wie kleine Gespenster. Neben einem in bedrohlichem Schwarz schimmernden Fenster, das in der Wand eingelassen ist, hockt eine barbusige Frauengestalt. Eine Sirene, die den Besucher in die gruselige Einöde gelockt hat? Die Fantasie der Künstler spornt die eigene Vorstellungskraft an.

Wenn wir auf den Gang hinaustreten, der die Zimmer miteinander verbindet, ist es, als ob ein Schwamm in unserem Kopf ein kunstvolles Tafelbild verschwinden lässt, damit dort Augenblicke später die nächste verblüffende Kreation Platz findet. Zahllose, in alle vier Eiswände eingelassene Schneebälle, die beim Probeliegen auf dem Bett so aussehen, als würde es riesige Flocken schneien. Ein wurmartiges Geschöpf, dessen Kopf sich aus dem Boden erhebt, während Teile seines mit stacheligen Schuppen übersäten Körpers im Untergrund verborgen sind. Kakteen aus Eis. Illuminierte Schachfiguren, die das Bett des Schläfers umstehen. Ein Ballett aus Figuren und Fratzen, das jeder mittelalterlichen Kirchenfassade zur Ehre gereichte. Riesige, scheinbar gläserne Karaffen, bei denen man im Geiste das Geräusch hört, wenn man den überdimensionierten Verschlussstopfen entfernte.

Nachdem unser Rundgang durch die Zimmer beendet ist, wenden wir uns einem Iglu mit auffallend großer Kuppel zu, das einige Meter neben dem Hotel steht. Eine kleine Kapelle bietet auf ihren (natürlich zu hundert Prozent thermisch abbaubaren) Kirchenbänken Platz für bis zu vierzig Leute. Die ebenfalls aus Eis geformte Kanzel und der Altar machen alle christlichen Zeremonien möglich.

Der Trend zu Hochzeiten in einem ungewöhnlichen Ambiente hat das Eishotel längst erfasst. Selbst Paare aus Asien haben sich hier schon das Ja-Wort gegeben. Poetisch wirbt man für eine Trauung: "Die Kirche fließt im Frühjahr als Wasser in den Fluss zurück, eure Liebe hingegen ist für die Ewigkeit gemacht!"

Natürlich soll sich eine unvergessliche Hochzeitsnacht im Eishotel anschließen. Damit sich die frisch Getrauten dies trauen, betont das Hotelmanagement, dass es auch Zweier-Schlafsäcke anbietet. Wie hoch die nächtliche Erfolgsquote der frisch Vermählten bei bis zu sieben Grad minus ist, verrät man leider nicht. Ob manche

Braut schon in der ersten Nacht ein schmollendes "Du liebst mich nicht!" in den Schlafsack weint?

Da so vieles im Hotel an Eiswürfel erinnert, ist es kein Wunder, dass wir Lust auf einen Drink bekommen. Auch dieses Bedürfnis kann direkt vor Ort befriedigt werden. Wir betreten die Icebar, in der Hocker, Tresen und selbst die Trinkgefäße aus der hier üblichen Bausubstanz hergestellt sind. Sinnierend betrachte ich den Cocktail, der sich kurz darauf in meinen Händen befindet. Endlich mal ein Einweg-Trinkbecher, der kein schlechtes Gewissen hinterlässt! Und außerdem: Wie viele Ehen hätte man allein in Deutschland retten können, wenn der Abwasch in jedem Haushalt einfach wegtauen würde?

Die Begeisterung über die Behältnisse mit integrierter "on the rocks"- Funktion bringt uns dazu, sie später mit nach Hause zu nehmen, wo wir sie für eine feierliche Wiederverwendung im Gefrierfach konservieren. Bevor wir jedoch auf unserem Schneemobil nach Hause knattern, unterhalten wir uns beim Schlürfen der Drinks über die Tatsache, das es mittlerweile Icebars in vielen Großstädten gibt.

In Oslo, Stockholm und London ahmt man das hiesige Erfolgsrezept unter Inkaufnahme ökologischer Sünden nach. Das Klima, das hier weit über dem Polarkreis naturgegeben ist, muss man dort mit einer sicherlich katastrophalen CO_2-Bilanz in speziell isolierten Räumen künstlich herstellen. Nach dem Bau riesiger Indoor-Schneelandschaften in der Wüste Dubais kann dieser ökologische Sündenfall zwar nicht wirklich überraschen. Es ist dennoch schade, dass wir Menschen nicht einfach mal die Kirche im Dorf bzw. das Eis in der Subarktis lassen können. Das Eishotel selbst ist glücklicherweise bislang ein einzigartiges Erlebnis. Ich hoffe, dass dies auch möglichst lange so bleibt.

„Eisernte" : Große Blöcke werden aus dem meterdick gefrorenen Torneälv gesägt.

Je schneereicher der Winter, desto leichter sind Elche zu entdecken.
Sie verlassen die verschneiten Berggipfel und kommen ins Tal.

Friedliche Koexistenz oder einfach ein rotzfrecher Heudieb? Die hungrigen Elche steigen mit ihren langen Beinen über die Zäune und bedienen sich. Die Pferde machen gute Mähne zum dreisten Spiel.

Immer wieder schön: Der weite Himmel über Lappland.

Ich sehe einen Elch, den Du nicht siehst

Nach einem Arbeitseinsatz in der deutschen Heimat kehren wir Ende Dezember nach Kiruna zurück. Schon die Anreise macht uns wieder zu glühenden Lapplandfans. Die Zugfahrt gen Norden gleicht im deutschen und südschwedischen Teilstück noch einer meteorologischen Geisterbahnfahrt. Menschen, die mit trüben Gesichtsausdrücken auf den Bahnsteigen stehen und mit aufgeschlagenen Mantelkrägen im nasskalten Grau frösteln. Regnerisch-böiges Winterwetter, bei dem sich die Flucht in die eigenen vier Wände als naheliegendste Option sogleich aufdrängt.

In Stockholm besteigen wir den Nachtzug und erwachen am nächsten Morgen in einer Bilderbuchlandschaft, die jeden nächtlichen Traum in den Schatten stellt. Wir beobachten vom Fenster unseres Schlafwagenabteils, wie ein strahlend schöner Mantel aus unberührtem Schnee gemächlich an uns vorbei zieht. In jeder Blickrichtung schmeichelt das Weiß den Augen.

Als wir in Kiruna angekommen sind, finden wir am Bahnhof statt unseres Autos eine Ausgrabungsstätte vor. Mühsam legen wir das von Schneemassen bedeckte Fahrzeug frei und fahren nach Alttajärvi. Nach vierzehntägiger Abwesenheit im Winter ist bei der Wiederkehr in unsere Hütte der spannendste Moment immer der, wenn wir den Wasserhahn aufdrehen. Haben alle Leitungen die knackigen Minusgrade schadlos überstanden? Zwar waren einige Heizkörper als Frostwächter aufgestellt, aber eine Garantie stellt die Maßnahme natürlich nicht dar. Das Plätschern des Leitungswassers ist Musik in unseren Ohren. Wir lassen die nasse Testmelodie wieder verstummen und entfachen ein Feuer im Ofen. Erst nach einigen Stunden herrscht eine Wohlfühltemperatur im Häuschen.

In den kommenden Tagen genießen wir die vielfältigen Facetten des Wellnessprogramms in unserer persönlichen Winteroase. Täglich unternehmen wir eine Expedition in die subarktische Wunderwelt, die uns umgibt. Mal zu Fuß, mal per Skooter, mal auf dem Hundeschlitten. Ansonsten spielen, lesen und faulenzen wir. So vergeht der Rest des Jahres wie im Fluge.

Während auf den Straßen der mitteleuropäischen Städte die üblichen Böllerschlachten ausgetragen werden, begehen wir Silvester auf unvergessliche Weise. Eine halbe Stunde vor Mitternacht schnappen wir uns eine Flasche Sekt, holen unsere im Gefrierfach konservierten Eishotel-Becher heraus und quetschen uns auf den Skooter, um durch den Wald zum Torneälv zu fahren.

Dort parken wir das Schneemobil, etwa einen Kilometer vom Eishotel entfernt. Es liegt auf der gegenüberliegenden Seite des Flusses. Gelegentlich trägt die eiskalte Nachtluft Rufe von Übernachtungsgästen zu uns herüber. Offenbar sind wir nicht die Einzigen, die eine ganz besondere Jahreswende genießen. Eine Reihe von orangefarbenen Lampions steigt vom Hotelgelände in den Himmel auf. Magisch reihen sich die lautlos davonschwebenden Leuchten wie eine überirdische Lichterkette aneinander und zeichnen eine unregelmäßig gestrichelte Linie gen Osten.

Wir entzünden eine Schwedenfackel[10], die kurz darauf ihre lodernde Flamme in den Nachthimmel spuckt. Andächtig schauen wir auf ihr stummes Feuerwerk und fahren mit unserer exklusiven

---

10 Bei einer Schwedenfackel handelt es sich prinzipiell um ein L-förmig ausgehöhltes Stück eines (in klein oder groß erhältlichen) Baumstamms, das man mit der Schnittfläche senkrecht auf den Boden stellt. Der längere Teil des kaminartigen inneren Hohlraums endet oben, der kürzere seitlich und ist mit einem Docht versehen. Wenn man diesen dann entzündet, brennt die Fackel von innen nach außen durch den entstehenden Schornsteineffekt.

Party fort. Westlich von uns lässt sich Kiruna erahnen, dort steigen pünktlich um Mitternacht etliche Silvesterraketen auf. Der Sekt perlt längst in unseren eisigen Trinkgefäßen, die beim Anstoßen ein dumpfes, kaum hörbares Geräusch machen. Die Neujahrsansprache überlassen wir der Schneewelt um uns herum, die mit ihrer beharrlichen Stille jeden Tag aufs Neue alles Wesentliche ausdrückt.

Etwa eine Stunde lang genießen wir unser eigenes Treiben. Dann neigt sich auch unser privates Leuchtfeuer seinem Ende. Nachdem wir sie ein letztes Mal geleert haben, werfen wir die Eisbecher schwungvoll nach hinten über die Schultern in den Schnee. Wenn Recycling immer so lässig und einfach wäre, würde wohl jeder mitmachen.

In den ersten Januartagen endet die mehrwöchige Polarnacht. Am ersten Tag ihrer Wiederkehr zeigt sich die Sonne für die sensationelle Dauer von 35 Minuten am Firmament. Wie ein Werbestratege in eigener Sache scheint sie zu wissen, dass Verknappung die Nachfrage fördert. Also machen wir uns auf, den ersten Sonnenstrahlen des Jahres nachzujagen.

Es lohnt sich. Von einer Erhebung am Stadtrand Kirunas aus ist der intensiv glühende Rand der Himmelsscheibe zu sehen. Nur eine hauchdünne Kappe ist am Horizont auszumachen. Wie ein Pfeil sendet sich von ihr ein rosafarbener Strahl nach oben aus. Ein leuchtender Wegweiser, der den Aufstieg der Sonne in den nächsten Wochen und damit hellere Tage verkündet.

Während wir den zaghaften Existenzbeweisen unserer galaktischen Wärmequelle nachschauen, wird mir klar, wie viele unserer mitteleuropäischen Lebensregeln oberhalb des Polarkreises zeitweise außer Kraft gesetzt sind. Wie bringen beispielsweise lappländische Mütter ihre Kinder am Mittagstisch während der Polarnacht zur Raison? "Wenn Du aufisst, scheint ins sechs Wochen auch wieder die Sonne!" kommt als sehr lahme Motivationshilfe für infantile Nahrungsverweigerer daher. Mit Merksätzen wie "Im Osten geht die Sonne auf, im Süden nimmt sie ihren Lauf, im Westen wird sie untergehen, im Norden ist sie nie zu sehen" handelt man sich unter Umständen in Kiruna eine glatte Sechs in Erdkunde ein. Fast die Hälfte des Jahres ist das Behauptete hier oben kompletter Nonsens.

Anfang Januar vollführt die Sonne lediglich ihren kurzen Klimmzug an der südlichen Kante des Horizonts. Genau dort geht sie zu dieser Jahreszeit sowohl auf wie auch unter. Insofern ist es gut, dass wir neben dem Sonnenstand weitere Orientierungshilfen haben. Der Reim aus Grundschulzeiten ist hier so hilfreich wie eine Haarbürste für einen Kahlköpfigen.

Nicht nur die Wiederkehr des himmlischen Feuerballs befeuert - kein Ausdruck passt besser - unsere Expeditionslust. An einem Wochenende hängt Moritz ein imaginäres Schild an unser Haus, das uns Eltern den Aufdruck "Wir müssen leider draußen bleiben" zeigt. Unser Sohn möchte eine Party feiern. Da er die Spielregeln fürs Topfschlagen mit seinen siebzehn Jahren jetzt schon ganz allein beherrsche, sei elterliche Anwesenheit nicht nur überflüssig sondern auch komplett unerwünscht. Wir flüchten aus der zur elternfreien Zone erklärten Hütte und fahren nach Nikkaluokta.

Der Ort liegt am Fuß des Kebnekaise. Der Kebnekaise wiederum ist mit etwa 2100 Metern der höchste Berg Schwedens. Seine Spitze weckt vornehmlich im Sommer den Ehrgeiz von Wanderern, die einmal auf dem höchsten Punkt des Landes stehen wollen.

Bei unserer Stippvisite im Januar haben wir das Basislager für den Gipfelsturm (in Nikkaluokta stehen etliche Hütten) praktisch für uns alleine. Das ist auch durch die Lage erklärt. Die samische Siedlung ist von Bergen umzingelt. Die Straße, die von Kiruna nach Nikkaluokta führt, endet dort nach siebzig Kilometern als Sackgasse.

In der jetzigen Jahreszeit ist es überhaupt kein Problem, eine freie Hütte zu finden. Nicht nur, dass es kaum Touristen gibt, auch das Personal scheint mehrheitlich in Winterruhe zu sein. Eine hochbetagte Frau händigt uns den Schlüssel zu unserer Hütte aus.

Wenig später begegnen wir einem ähnlich knittrigen Mann, der sich im Zeitlupentempo mit offensichtlich mehrheitlich steifen Knochen von einem Quad herunter quält. Extrem wackelig hangelt er sich vom seinem knatternden Untersatz zur Tür einer Hütte, vor der er geparkt hat, und verschwindet in ihrem Inneren.

Als er einige Minuten später wieder auftaucht und nur wenige Meter weiter fährt, stützt er sich nach dem Absteigen erneut fast ununterbrochen am Quad ab, um sein Ziel zu erreichen. Während wir die mühevolle Prozedur beobachten, hören wir im Geiste förmlich das Knirschen seiner morschen Gelenke. Schon der Anblick tut fast weh.

In unseren Breitengraden ist ein derartiges Gefährt häufig mit jugendlichem Männerspaß assoziiert. Im tiefgefrorenen und völlig verschneiten Nikkaluokta fungiert es als eine Art Rollator de luxe, der dem Greis auch zum Überbrücken kürzester Distanzen dient. Ich bin sicher, dass der Hochbetagte selbst einen einzelnen Müllbeutel im hundert Meter entfernten Container motorisiert entsorgen würde.

Angesichts der Schneemassen, die sich um die Hütten türmen, handelt es sich beim Tun des Seniors jedoch um einen klassischen Fall von Notwehr. Das unwegsame, schneeverwehte Gelände ist selbst für Jüngere unfallträchtiges Terrain. Wir haben Mühe, das Auto nah genug an der Hütte zu parken, damit das Kabel unserer Motorvorwärmung noch bis zur Steckdose reicht. Erst nach dem ich einen halben Meter Schnee geschippt habe und dann das restliche behindernde Weiß mit dem Metallbügel des Elchfängers zur Seite schiebe, kann ich den Caddy mit dem Stromnetz verbinden.

In dem Wissen, dass der Motor am kommenden Morgen wirklich anspringen wird, können wir das Innere unserer gemütlichen Hütte wirklich genießen. Da wir sogar daran gedacht haben, ein bisschen Brennholz mitzunehmen, entfachen wir als allererstes ein Feuer im Ofen, der bald eine behagliche Wärme verströmt.

Vom geräumigen Hauptraum der Stuga führt eine halsbrecherisch steile Treppe auf ein etwa vier Meter hohes Holzpodest, bei der nur eine Hebebühne für Seniorentauglichkeit sorgen könnte. Falls dort oben jemals sauber gemacht wird, dann bestimmt nicht von den beiden Dorfältesten, denke ich. Vorsichtig setzten wir beim Aufstieg unsere Füße auf die schmalen Stufen. Oben steht ein einladend breites Bett, von dessen Matratze man eine grandiose Aussicht auf die Bergkette hat, die den Ort gen Süden begrenzt.

Wir ziehen es jedoch vor - nach dem wir gekocht und so oft an ein paar Erwachsenengetränken genippt haben, dass "Nippen" es eigentlich nicht mehr trifft - eine Matratze vor den bollernden Ofen zu legen, um dort zu schlafen. Das schwarze Tuch der Nacht hat alle landschaftlichen Schönheiten längst unsichtbar gemacht, so dass vom Beobachtungsposten über uns immer das gleiche Bild zu sehen ist. Außerdem steigt die Wärme des Feuers nach oben, dort ist es am späten Abend definitiv zu warm zum Schlafen.

Ausgeruht stellen wir uns tags darauf in der Gebirgskulisse auf die Skier und berauschen uns am Gefühl, den landschaftlichen Schatz mit niemandem teilen zu müssen. Immer wieder, wenn wir in einer unbekannten Gegend unterwegs sind, verstärkt sich das leichte Prickeln, das dem Bewusstsein entstammt, dass in Lappland die meisten Gefahren weder durch dicke Pfeile noch durch Warnschilder gekennzeichnet sind. Hier ist unser eigenes Urteil ausschlaggebend.

Wir folgen zunächst der Richtung eines zugefrorenen Flusses, da parallel zu seinem Ufer ein im Neuschnee schwer auszumachender Track verläuft. Als die verschneite Spur dann das Gewässer quert, entfacht sich eine Diskussion zwischen mir und Anke, ob wir ihr folgen sollen. Ein Skooter schaffe es auch über sehr dünnes Eis, wenn der Fahrer nur ausreichend kräftig den Gashebel drücke, argumentiert mein Weibchen. Somit seien die Abdrücke des Schneemobils kein sicheres Indiz für eine trockene Querung.

Als ich dann Elchspuren auf dem Eis entdecke, bin ich überzeugt: Obwohl ich in der gerade überstandenen Weihnachtszeit für eine ausgezeichnete Isolierung meiner Körpermitte gesorgt habe, werde ich durch die Kalorienkollekte nicht schwerer sein als der zarteste Nordlandhirsch. Ich demonstriere meinen Glauben an den Elchtest und laufe als Testperson vorweg. Mit meiner problemlosen Ankunft am anderen Ufer traut sich endlich auch Anke, mir hinterher zu laufen.

Nach der Flussquerung fahren wir über eine langgezogene Ebene. Von ihr öffnet sich ein herrlicher Ausblick auf die im Hintergrund liegenden Berge. Da wir zur Mittagszeit unterwegs sind, werden die Gipfel von der Sonne illuminiert. Aufgrund der immer noch kurzen Sonnenscheindauer nimmt deren Beleuchtung bald einen rötlichen Ton an. Offenbar will Lappland uns beweisen, dass nicht nur die Alpen glühen können.

Während der diensthabende Wetterengel mit dem überirdischen Dimmer spielt, bewegen wir uns auf ein schroff abfallendes Gesteinsmassiv zu, das die offene Fläche im Süden begrenzt. Dort angelangt, fangen wir bald an zu frösteln. Die Felsen strahlen eine unwirtliche Kälte ab. Das Thermometer zeigt ohnehin zweistellige Minusgrade an. Bevor unsere Zähne befinden, dass Klappern zum Handwerk gehört, entschließen wir uns nach etwa zwei weiteren Kilometern zur Umkehr. Weder beim Wintersport noch bei der Kälte wollen wir eine Überdosis riskieren. Außerdem haben wir im Geiste längst einen weiteren Tagesordnungspunkt beschlossen.

Wir sind jetzt schon fast ein halbes Jahr in Lappland. Dennoch lassen sich unsere Elchsichtungen an nur einer Hand eines Sägewerkarbeiters abzählen. Das muss sich ändern, am besten gleich heute. Schon auf dem Weg nach Nikkaluokta hatten wir nach Elchen Ausschau gehalten. Aufgrund des üppigen Schneefalls in den letzten Tagen sind die Tiere oft in Straßennähe zu finden. Sie nutzen die geräumte Fahrbahn für die Fortbewegung, um Kraft zu sparen. Hüfthoher Tiefschnee bedeutet auch für die hochbeinigen Offroadspezialisten erhebliche Anstrengungen bei der Nahrungssuche.

Die aktuell besonders guten Bedingungen für Begegnungen mit Wildtieren wollen wir auf unserer motorisierten Rückkehr nach Kiruna nutzen. Wir sind gerade losgefahren, da schallt auch schon der erste Sichtungsruf durchs Auto. "Elch auf fünf Uhr!" behauptet Anke. Seit der Teilnahme an einer Walbeobachtung vor einigen Jahren hat sich in unserer Familie die Zifferblattsystematik für solche Gelegenheiten durchgesetzt. So wissen alle Mitspäher, in welcher Richtung ihre Augen fahnden müssen.

Auch ich entdecke den Elch, der etwa achtzig Meter entfernt ist. Aufmerksam verfolgt das Tier jede unserer Bewegungen, die Trichter seiner Ohren peilen unseren Standort direkt an. Sein Lauschangriff ist so konzentriert, dass wir das minutenlang unveränderte Relief seiner Ohrmuscheln am Ende unserer Observation fast zeichnen können.

Es gelingt uns offenbar, so harmlos zu wirken, wie wir sind. Der Elch beginnt nach geraumer Zeit wieder von den Zweigen der Büsche zu naschen. Seine Leibspeise sind junge Birkentriebe, da diese besonders proteinreich sind. Um alle Triebe zu erreichen, setzen Elche radikale Methoden ein. Sie packen dünnere Stämme mit den

Zähnen und knicken sie um wie Streichhölzer, damit sie auch an der Baumkrone fressen können.

Solch typische Zeugnisse von Baumschändung verraten Kennern, dass Elche am Werk sind. Die Tiere selbst sind allerdings selten so leicht zu entdecken wie am heutigen Tag. Nach Anke bin ich derjenige, der den nächsten entdeckt. Wieder saugen wir das Bild in uns auf, als sich unser Fotomotiv mühsam durch den Tiefschnee vorwärts kämpft. Ist es ein Bulle oder eine Kuh? Da die Schaufeln zwischen Dezember und März abgeworfen werden, kann man sich zu dieser Zeit kaum sicher sein.

Unter Wissenschaftlern entbrennt immer wieder die Diskussion, warum die Bullen ihre Schaufeln überhaupt abwerfen. Es erleichtere im Winter die Nahrungssuche, sagen die einen. Eine andere Theorie geht davon aus, dass Raubtiere die von der Brunft enorm geschwächten Männchen auf diese Weise nicht sofort als solche erkennen können. Eine Erklärung, die ich persönlich durchaus einleuchtend finde.

Bei den Bullen geht die herbstliche Liebe so sehr durch den Magen, dass sie bis zu einem Viertel ihres Gewichts verlieren. Männliche Elche können bis zu 800 kg schwer werden. Das ergäbe also 200 kg Gewichtsverlust in der knapp zweimonatigen Paarungszeit! Stellen Sie sich vor, sie müssten acht Wochen lang immer wieder gegen Rivalen kämpfen. Zeitgleich müssten Sie alle Weibchen eines vielköpfigen Harems beglücken, möglicherweise mehrmals am Tag. Außerdem wären sie in dieser Zeit zum Fasten verdonnert und würden ihr Gewicht so von achtzig kg auf sechzig kg verringern. Wenn ich einen solchen Herbst durchlebte, würde ich mich danach auch freiwillig als Frau ausgeben. Zum einen hätte ich endlich Ruhe vor den Damen, zum anderen erschiene ich den stets hungrigen Wölfen nicht als der Schwächling, der ich mittlerweile bin.

Eine dritte Theorie, die sich mit dem Grund für den Geweih-
wechsel beschäftigt, würde wohl von allen Jüngern des derzeitigen
Weltwirtschaftssystems bevorzugt werden. Ihre These folgt der
Wachstumsphilosophie. Die Abwrackprämie für ein altes Geweih besteht in einem Versprechen von noch größeren, imposanteren
Schaufeln im nächsten Jahr. Das trifft insbesondere für noch nicht
voll ausgereifte Tiere zu, deren Stoffwechsel in einen Kopfschmuck
der neuesten Generation investiert. In den Frühlingsmonaten
herrscht dann wieder ein unglaublicher Wachstumsindex in der Welt
der Elche, da sich ihre Schaufeln täglich um bis zu zweieinhalb cm
verlängern können. Eine solche Schnelligkeit beim Sprießen des Ge-
weihs ist in der Tierwelt unübertroffen.

Auch wir sind an diesem Tag definitiv auf Rekordjagd. Wir
haben mittlerweile einen Wettbewerb ausgerufen - wer entdeckt
die meisten Elche? Pro Sichtung gibt es einen Punkt. Anke geht in
Führung, kaum dass wir die Spielregeln etabliert haben. Gleich zwei
Punkte auf einmal! Sie entdeckt eine Elchkuh mit ihrem Kalb. Aufmerksam mustert uns die Mutter, während wir auf ausreichenden
Abstand bedacht sind. Touristische Vollpfosten gibt es mehr als genug. Im strengen nordschwedischen Winter müssen alle Tiere mit ihrer Energie haushalten, wir wollen keine anstrengende Flucht provozieren.

Wir setzen das "Ich sehe einen Elch, den Du nicht siehst"-
Spiel fort. Wenige Kilometer weiter schlage ich zurück. Triumphie-
rend deute ich auf zwei Punkte am Straßenrand - erneut ein weiblicher Elch mit seinem Nachwuchs. Die schon recht professionelle
Amateurfotografin an meiner Seite freut sich mit mir.

Auf dieser Fahrt fliegen uns die Kameramotive lange um die
Ohren. Eine Gruppe von Rentieren kreuzt die Straße, ein weiterer
mächtiger Elch ruht sich in einer Schneemulde zwischen den Büschen aus. Irgendwann ist es dann zu dunkel für gute Bilder und wir
genießen das Rendezvous mit der hiesigen Fauna mit bloßem Auge.

Als auch das nicht mehr möglich ist, beenden wir unsere grandiose Elchobservation und fahren zurück nach Alttajärvi.

Wintervergnügen

Im subarktischen Savoir-Vivre stellen Fotosafaris lediglich eine Möglichkeit dar, sich die Wintertage zu versüßen. Jedes Jahr Ende Januar feiert Kiruna ein Schneefestival. Wir flechten uns mehrere Knoten ins Ohr, um das Event nicht zu verpassen.

Gespannt fahren wir ins Stadtzentrum, als das Datum gekommen ist. Wir flanieren an den Ständen vorbei, die im Zentrum des Ortes wie Pilze aus dem Boden geschossen sind. Die Mischung der angebotenen Waren ist bunt. Artikel für den täglichen Gebrauch, Souvenirs und Kulinarisches wechseln sich ab. Anke lässt sich von der Endung der Vokabel nicht abhalten und kauft reichlich "Glödkaka". Bei Glödkaka handelt es sich um ein samisches Fladenbrot, das bis aus sein Aussehen mit einem Pfannkuchen wenig gemein hat. Es ist, wenn man vom Rentierfleisch absieht, eine der wenigen kulinarischen Spezialitäten der Samen, die es in den Main Stream der schwedischen Esskultur geschafft haben. Ich persönlich finde es eher mittel, aber mein Weibchen findet kulturelle Ausflüge im Speiseplan grundsätzlich notwendig. Gehorsam verdaue ich ihre Belehrung und das etwas pappige Brot.

Die samische Handwerkskunst bleibt mir leichter im Gedächtnis. Überall in Lappland (also auch auf Kirunas Schneefest) werden die typisch nussbraunen Tassen angeboten, die die Samen aus heimischem Holz schnitzen. Die Griffe der Trinkgefäße sind aus dem Horn eines Rentiergeweihs gearbeitet und meist kunstvoll mit traditionellen Symbolen verziert. Aus dem Kopfschmuck ihrer Herden fertigen Lapplands Ureinwohner zahlreiche andere Dinge: Kerzenständer, Schlüsselanhänger, Garderoben. Dass auch das Heft seines Messers aus Rentierhorn besteht, versteht sich für jeden Samen von selbst.

So schön das Sammelsurium der teilweise sehr ursprünglich wirkenden Objekte ist, die Hauptattraktionen des Festivals liegen jenseits des Konsums. Da ist zunächst einmal das Gewimmel, das auf dem erstaunlichen Kinderspielplatz herrscht. Kurzbeinige, gut verpackte Gestalten wuseln um Rutschen herum, deren Bahn aus Eis und deren Geländer aus Schneeblöcken bestehen. Die Gleiteigenschaften der meisten Schneehosen scheinen gut, unermüdlich sausen einige der Kinder die Flächen hinunter. Ihre strahlenden Gesichter beweisen Spaß.

Einige Meter entfernt steht ein kreisrundes Etwas, das durch die Schneequader, aus denen die Wand hergestellt ist, vage an ein Amphitheater erinnert. Eine Art Iglu, das die Kinder mit erbaut haben? Eine Manege für Open-Air-Veranstaltungen? Aber wo ist dann der Eingang?

Die Einordnung des nächsten Objektes fällt deutlich leichter. Ein Labyrinth lädt zum Verirren ein. Natürlich sind auch seine Mauern aus Schnee. Wir haben Spaß an einer eigenen kurzzeitigen Orientierungslosigkeit, bei der die Rufe anderer Irrläufer nur stark gedämpft durch das Bauwerk schallen. An dessen Abzweigungen gewöhnen wir uns bald einen defensive Gangart an. Zu leicht verfängt sich eines der Kinder in unseren Beinen, wenn es atemlos um die Ecke geflitzt kommt.

Wieder im Freien beobachten wir eine Weile das Treiben auf dem kleinen abgesteckten Kurs, der zu einer Runde auf einem Hundeschlitten einlädt. Die Fahrgäste sind mehrheitlich Kinder, was nicht verwundert. Viel mehr als eine Art Karussell, das durch zwei Hundestärken angetrieben wird, ist der kurze Parcours nicht. Etlichen Kleinkindern entlockt die Fahrt auf einem mit Rentierfellen gepolsterten Schlitten dennoch ein zufriedenes Lächeln.

Aber auch Erwachsene kommen auf ihre Kosten. Bereits seit dem ersten Tag des Festivals läuft ein Wettbewerb, bei dem Künstler mit Skulpturen aus Schnee um die Gunst einer Jury buhlen. Kunstbanausen haben an diesem Wochenende einen schweren Stand. Im Park der Innenstadt kommt kein Spaziergänger an den wärmeempfindlichen Werken vorbei. Es konkurrieren fast vier Meter hohe Kopfhörer aus Schnee mit ebenso großen Papageienvögeln um die Ränge in der Wertung. Für jemanden wie mich, dessen selbst erbaute Schneemänner immer ein wenig an die Tuschzeichnungen eines Erstklässlers erinnern, ist es erstaunlich, welch kunstvolle Kompositionen den Schöpfern gelingen.

Dass selbst eisige Januartemperaturen die ersten Frühlingsgefühle des Jahres nicht verhindern können, beweisen die Gewinner des Wettstreits. Stolz posieren sie vor einer Tafel, die ihren ersten Platz verkündet. Sie haben eine langhaarige Schönheit aus Schnee modelliert, die bis auf Handschuhe und Stiefel nackt ist. Die Schneejungfrau schmiegt sich an einen Schwan, der schützend seine Flügel um sie legt. Wahrscheinlich haben hauptsächlich die beiden prall geformten und detailverliebten Argumente in Brusthöhe der Figur die Jury von der Klasse des Werkes überzeugt.

Diejenigen, die selbst durch evolutionäre Schlüsselreize nicht zum Kunstgenuss verführt werden können, können einem Langlaufrennen zuschauen, das wenige Meter entfernt im gleichen Park während des Schneefestivals abgehalten wird. Eine kurze Sprintdistanz lockt etliche Skifahrer an, die sich auf Kufen beweisen wollen.

Im Vergleich mit den Schweden liegen die Finnen etliche Nasenlängen vorne, wenn es um obskure Wettbewerbe geht. Sowohl der Handyweitwurf (der aktuelle Rekord liegt bei etwa 104 Metern) als auch das Luftgitarrenchampionat ebenso wie die Weltmeisterschaft im Frauentragen, bei der ein etwa 250 Meter langer Parcours mit zwei Wassergräben überwunden werden muss, sind finnisches Original. Durch die Etablierung eines Schneefräsenwettbewerbs eifern Kirunas Festivalplaner den östlichen Landesnachbarn in Sachen kuriose Disziplinen nach und imponieren mit einem lappländischen "Auch wir können anders!".

Es gilt, eine dreißig Meter lange und etwa 30 cm hohe Schneeschicht schnellstmöglich zu räumen. Die Wettbewerbsteilnehmer stehen in Position wie Hundertmeterläufer vor dem Startschuss. Vor ihnen stehen ihre Räumwerkzeuge, die für jeden Mitteleuropäer ein Hingucker sind. Geländegängige Fräsen im Rasenmäherformat, deren Raupenantrieb sofort nach der Rennfreigabe vorwärtsdrängt, fressen sich mit spiralförmigen Schneiden durch den winterlichen Untergrund. Über einen schornsteinartigen Auswurf wird die von der Maschine verdaute weiße Masse in einem hohen Bogen seitlich wieder ausgespuckt.

Umgehend entsteht ein menschengemachter Blizzard mitten im Zentrum der Stadt. In meterhohen Fontänen blasen die Fräsen den Schnee aus. Einige Kinder machen sich einen Spaß daraus, durch die eisigen Wolken zu laufen, die am Ende des Spielfeldes entstehen. Um dem Verlauf des Rennens zu folgen, steht man am besten hinter den Akteuren. Von dort sieht man, wie sich Mensch und Maschine in einem verbissen geführten Rennen vorwärts kämpfen. Da die Wettkämpfer häufiger die Schneefronten des Nebenmannes abbekommen, sehen bald alle aus, als seien sie mit Puderzucker bestäubt.

Das Knattern und Rattern der Maschinen dauert fast zehn Minuten. Immer wieder müssen die Fräsen vor und zurück geruckelt werden, wie beim Rasenmähen auf einer Wiese, auf der das Gras kniehoch gewachsen ist. Dann steht der Gewinner fest. Die ersten Worte des Siegers sind nur denjenigen verständlich, die von den

Lippen ablesen können. Zu laut ist das Getöse derer, die noch um den zweiten Platz kämpfen.

Zufrieden sind hinterher nicht nur die Erstplatzierten. Alle Beteiligten scheinen Spaß zu haben. Besondere Umweltbedingungen erfordern eben besondere Spiele.

Inspiriert durch den Besuch von Kirunas Schneefestival blasen wir kurz darauf zu einer weiteren Attacke. Wir wollen uns den Wintermarkt in Jokkmokk anschauen.

Der Markt in Jokkmokk gehört zu den traditionsreichsten der Welt, es gibt ihn seit 1605. Sein Ursprung ist auf wenig romantische Umstände zurückzuführen. Hauptsächlich suchte die schwedische Krone nach einem Weg, den Handel der Samen zu besteuern.

Glaubt man vereinzelt vorhandenen historischen Berichten, wechselten sich seit dem 9. Jahrhundert verschiedene Gruppierungen darin ab, Abgaben aus den Sami zu pressen. Ob es die Engländer oder die Isländer waren, irgendein Scherge einer überlegenen, bis an die Zähne bewaffneten Macht fand immer einen Grund, die Einheimischen um ein paar Rentierfelle zu erleichtern.

Zu Beginn des 17. Jahrhunderts, als der Markt in Jokkmokk erstmals stattfand, war der "heidnische" Glaube unter den Samen noch weit verbreitet. Entsprechend gab man sich große und - wenn nötig - auch grobe Mühe, die Samen davon zu überzeugen, dass sie völlig falsch gewickelt seien, wenn sie glaubten, dass die Welt von einem himmlischen Gott mit dem Namen Rádienáhttje erschaffen worden sei. Aus Sicht der christlichen Eiferer natürlich völlig absurd, zumal die Namen seiner göttlichen Frau (Rádienáhkká) und seiner göttlichen Enkeltöchter (Sáráhkká, Uksáhkká und Juoksáhkká) kaum einfacher auszusprechen sind.

Also belehrte man das skandinavische Urvolk darüber, dass diese Form der Vielgötterei total primitiv sei. Zivilisiert und außerdem schriftlich fixiert sei es, dass Gott die erste Frau aus einer Rippe Adams hergestellt habe, dass Jesus auch als Nicht Stand-up-Paddler aufrecht weite Wege über das Wasser zurücklegen konnte und dass er als Sohn Gottes nicht nur einen leicht aussprechbaren Namen hat, sondern auch mit einem einzigen Fisch, dessen Größe jedoch nicht eindeutig überliefert ist, Dutzende satt werden lassen konnte. *Das* sei durch Schriften bewiesen.[11]

Nach und nach wurde so der religiösen Übernahme der Subarktis wie auch seiner umfassenden Besteuerung Tür und Tor geöffnet. Man kann sich dabei vorstellen, dass mittelalterliche Steuereintreiber vor Einführung des Wintermarktes in Jokkmokk in der Weite der nordschwedischen Tundra einen schweren Stand hatten. Ich male mir aus, wie die Regierungsgesandten in den Sümpfen und Schneewüsten Lapplands auf der Suche nach Schwarzhändlern umherirrten, während die Samen sie schadenfroh aus ihren Verstecken beobachteten. Hätte man Jokkmokk nicht zum Umschlagplatz gehandelter Waren werden lassen, wäre in dieser Gegend Steuerbeamter ein Hochrisikoberuf geblieben ("Was liegt da denn herum?" "Ach, das ist nur wieder ein erfrorener Geldeintreiber!").

Es wurde zur Gepflogenheit, dass im Rahmen des alljährlichen Treffens in Jokkmokk auch die Gerichtsbarkeit und die Gottesdienste abzuhalten. Als idealer Zeitpunkt für den Markt hatte sich der Februar erwiesen, da die erstarrten Flüsse und Seen die An- und Abreise der Ureinwohner erleichterten.

---

11 Man sehe mir an dieser Stelle meinen zynischen Unterton nach. Die Samen hadern noch heute mit dem Ablauf der damaligen Christianisierung, bei der die Kinder den Familien "entnommen" wurden, damit sie in staatlichen Einrichtungen einer religiösen Umprogrammierung unterzogen werden konnten.

Mittlerweile wird die über vier Jahrhunderte alte Tradition sowohl von Samen wie auch von Touristen gepflegt. Jährlich reisen bis zu 40.000 Menschen an. Garantierte Nebenwirkungen sollen Einblicke in die Kultur eines der letzten indigenen Völker Europas sein. Anlässlich des Wintermarktes holt das Urvolk Lapplands gerne seine Trachten aus dem Schrank - wahrscheinlich zum einen, um die touristischen Erwartungen nicht zu enttäuschen. Zum anderen, um die eigene kulturelle Identität zu pflegen.

Die meisten Samen sind von den "Zugewanderten" im Alltag nicht zu unterscheiden. Das liegt auch daran, dass sie sich auf den Wandel der Zeiten deutlich besser einstellen konnten als beispielsweise die Ureinwohner Nordamerikas. Immerhin jeder zehnte Same betreibt nach wie vor Rentierzucht. Dabei hat der technische Fortschritt auch das Leben der Rentierhirten enorm verändert. Dienten früher Rentierschlitten und Skier als technische Hilfsmittel beim Herdentrieb, werden die Wege heutzutage mit Quads, Motorschlitten und sogar Hubschraubern bestritten.

Die Offenheit der Ureinwohner für den technischen Fortschritt und den Lebensstil der Schweden erklärt das Bedürfnis der Samen, die kulturellen Eigenheiten zu betonen. Ein gutes Beispiel hierfür ist das Joiken. Diese ursprüngliche Gesangsform des Volkes kommt oft ohne Wörter aus, ist durch Le-La-Laute gekennzeichnet und begleitete die Samen auf ihren einsamen langen Wanderungen in der Tundra. Der Joik war früher auch Teil schamanischer Rituale, als die Samen noch "heidnisch" sein durften.

Auch wenn der Vergleich angestellt wird - von seiner Art her hat der nordeuropäische Gesang aus meiner Sicht wenig mit bayrischem Jodeln gemein. Der kehlige Gesang der Samen soll dazu dienen, meditative und tranceartige Zustände zu fördern. Das dürfte den meisten Zuhörern beim im Falsett ausgeführten Jodeln der Alpenbewohner eigentlich nur durch parallelen, hochdosierten Cannabiskonsum gelingen. Oft klingt der schrille "Almschrei" (bayrisch *Almschroa*) doch so, als habe sich der Singende gerade irgendwelche empfindlichen Weichteile gequetscht.

Der Joik ist in seiner ganzen Absicht anders, er will gar nicht unbedingt die Aufmerksamkeit der Anderen. Mystisch unterlegte Deutungen sprechen davon, dass der Joikende nicht *über* etwas singt, sondern eine spirituelle oder telepathische Verbindung herstellt - zur Natur, zu Verwandten, angeblich auch zu Verstorbenen. Samische Puristen sehen es daher kritisch, wenn aktuelle Musiker den Joik mit moderner Musik vermischen. Spätestens jedoch seit der Begriff der "Weltmusik" für alles Mögliche strapaziert wird, hat der Joik trotz der philosophischen Einwände manches Traditionalisten ein breiteres Publikum erreicht.

Seit 1990 stellt ein eigener "Grand Prix" die samische Antwort auf den "Eurovision Song Contest" dar. Joikend wird dort dem größten Popmusikfestival Europas nachgeeifert, eine Jury stimmt über den Gesang des Jahres ab.

Alles ist im Fluss, das haben auch die Samen längst begriffen. Schon 1956 haben sie daher im nordnorwegischen Städtchen Karasjok einen internationalen Rat gegründet, der die Belange der samischen Minderheiten in den jeweiligen Ländern (Norwegen, Schweden, Finnland und Russland) wahrnehmen soll. Das versetzt die jeweiligen Vertretungen zumindest in die Lage, Protestnoten gegen solche Regierungsentscheidungen zu verfassen, die ganz offensichtlich die Bedürfnisse der Samen tangieren. Allerdings wird ihr Protest häufig lediglich zu den Akten genommen - insbesondere wenn Wirtschaftsinteressen ins Spiel kommen.

Noch heute hadern die Samen damit, dass die riesigen Stauseen des Nordens, die dem Energiekonzern "Vattenfall" zu seinem Namen verholfen haben, vor Jahrzehnten auf Zugrouten und Weidegebieten der Rentiere und ohne Rücksicht auf heilige Stätten der Samen entstanden sind.

Die meisten dieser Dinge erfahren wir beim Studium von Artikeln oder Berichten. Mit dem Besuch des Wintermarktes in Jokkmokk scheint endlich unsere Chance gekommen zu sein, ein paar persönliche Einblicke zu bekommen. Schon auf dem Weg dorthin bringt sich das zentrale Element der historischen samischen Lebensart auf die Tagesordnung. Immer wieder begegnen uns Rentiere auf den Straßen der tiefverschneiten Landschaft. Wenn sie vor unserem Auto in die Schneehügel flüchten, die sich am Straßenrand auftürmen, kann man die Existenz ihrer Beine danach nur noch vermuten. Bis zum Bauch in den weißen Massen versunken, kämpfen sie sich vorwärts.

Da es vor unserer Fahrt nach Jokkmokk geschneit hat, ist die Schönheit der Natur an einigen Stellen wieder einmal atemberaubend. Wind und Winter haben in einer Senke Schneeskulpturen geformt, die jedem Kinderbuchillustrator als Quelle der Inspiration dienen können. Halbhohe, weiß verpackte Bäume strecken ihre zahllosen knollenartigen Auswüchse zur Seite, ihre Spitzen beugen sich verspielt in alle Himmelsrichtungen. Jüngere Bäume biegen ihre Wipfel unter der Last des Schnees so weit nach unten, dass weiße Bögen entstehen. Wie runde kleine Tore stehen sie zwischen den sanft geschwungenen Hügeln, die sich auf dem unebenen Boden aneinander reihen. Wir wären nicht erstaunt, wenn wir durch eines der weißen Portale einen Zwerg stapfen sehen würden.

Nach unserer Ankunft in Jokkmokk bildet der Markt sofort einen bunten Kontrast zum Weiß des Winters. Zahlreiche Trachten schillern an ihren Trägern. Ihr tiefblauer Grundton wird von Gelb-Rot-Mustern umrahmt, die die Kleider am Kragen, an den Ärmeln, in Gürtelhöhe und am Rockbund verzieren. Auch das Oberteil der Männer (der sog. Kolt) läuft kittelartig aus. Die Frauen tragen rote

Hauben und Schultertücher, deren bunte Fransen weit herunterhängen. Die Schuhe aus Rentierleder enden mit einer Spitze, die bogenförmig gen Himmel weist.

Die bunten Trachten zeigen Farben, die auch auf der samischen Flagge zu entdecken sind und haben oft eine traditionelle Bedeutung. So stehen rote Ringe für die Sonne, blaue Ringe für den Mond. Auch an den Ständen, an denen alle möglichen Handarbeiten angeboten werden, lassen sich auf den Kleidungsstücken, den verzierten Messern und den Holzschnitzarbeiten zahlreiche Symbole ausmachen. Es wimmelt von Elchen, Rentieren, Jägern. Auch Boote, Bären, Schamanen, Trommeln, Hexen und verzauberte Menschen sind wiederkehrende Motive. Verzauberte sind interessant dargestellt: Sie zeigen eine Figur, die über sich selbst zu schweben scheint.

Wir schlendern lange durch die Straßen. Es werden natürlich jede Menge Rentierfelle, Rentierfleisch und Elchfleisch angeboten. Aber auch nicht traditionelle Dinge haben ihren Weg auf den Markt gefunden. Unsere Aufmerksamkeit wird von einer transportablen Sauna gefesselt, die wir an einem der Stände entdecken. Die Idee dazu kommt wohl aus Russland. Das Prinzip ist faszinierend. Auf den ersten Blick sieht das Ganze aus wie ein Zelt, dessen Grundfläche etwa zwei mal zwei Meter beträgt. Im Zentrum der Fläche wird ein ebenfalls mobiler, in der leichtesten Variante nur acht kg schwerer Stahlofen platziert, der mit Holz befeuert wird. Ein Schornstein, dessen Einzelteile beim Transport platzsparend zusammengesteckt werden, leitet den Rauch nach außen. Die Planen des Zeltes bestehen - wie uns der Aussteller verrät - aus feuerunempfindlichem Material. Zusätzlich sei der Heizkörper mit einem speziellen Funkenfänger ausgestattet.

Im Vorführzelt, in dem das Feuer im Ofen prasselt, ist es kuschelig warm. Angeblich kann der Innenraum bis auf 100 °C aufgeheizt werden. Wir haben keine Ahnung, ob das für etwa 1000 Euro angepriesene Modell hält, was der Anbieter verspricht. Da das geringe Gewicht und Packmaß der Einzelteile einen Transport in die Wildnis gestattet, fasziniert aber zumindest die Idee, mitten in einem der einsamen Wälder Lapplands seinen privaten Saunaabend unter einem Sternenhimmel abzuhalten und sich zur Abkühlung in den Schnee zu werfen.

Veranstaltungen umrahmen die Kaufangebote. Ein joikender Geschichtenerzähler lädt zu sich ins Zelt ein. Fotografen zeigen auf Vorträgen ihre schönste Schnappschüsse der lappländischen Natur. Als besonderes Bonbon findet außerhalb des Ortes ein Rentierschlittenrennen statt. Auf einem kleinen Rundkurs messen sich die Wettbewerber und werden dabei von einem breiten Publikum bestaunt. Das ist nicht nur für Touristen ein Spektakel, zumal die Tiere mit buntem Geschirr geschmückt sind.

Die flachen Schlitten, auf denen die Konkurrenten bäuchlings Platz nehmen, sind stilecht mit Rentierfellen gepolstert. Der Kurs ist schon durch die Zuschauermengen "abgesteckt" und das ist sicherlich hilfreich. Der Lenk- und Bremseinfluss, den die "Fahrer" mit ihren beiden Seilen auf ihr Rentier ausüben können, scheint insgesamt ziemlich begrenzt zu sein. Da ihre Fallhöhe von den Schlitten sehr gering ist und reichlich Helfer dazu springen, um das Gespann am Ende des Kurses zu stoppen, ist dies jedoch nicht wirklich ein Problem.

Auch ernstere Themen finden auf dem Wintermarkt Platz. Samische Rechtsanwälte informieren über die neuesten Pläne der Politik, die mit samischen Interessen kollidieren. In den letzten Jahrzehnten geht es dabei meist um Genehmigungen für den Abbau von Eisenerz, das in Lappland offenbar reichlich zu finden ist. Regelmäßig entdeckt man das Mineral in Bergen, die in Naturschutzgebieten liegen. Die Konflikte mit den Samen sind in solchen Fällen natürlich vorprogrammiert.

Es war uns im Vorfeld nicht gelungen, ein Hotelzimmer in Jokkmokk zu buchen. Zu keiner Jahreszeit ist der Ansturm auf den Ort so groß wie Anfang Februar. Also machen wir uns, nachdem wir ein bisschen an den samischen Eigenarten geschnüffelt haben, schon abends wieder auf in Richtung Kiruna.

In diesen Wochen scheint sich auch direkt in unserer schwedischen Wahlheimat die Chance zu bieten, an einer samischen Veranstaltung teilzunehmen. Plakate, Flyer und Zeitungsannoncen weisen schon seit Wochen auf ein Event hin, das an einem Wochenende im städtischen Kulturhaus Kirunas stattfinden soll.

Um auf Anhieb zu verstehen, was genau sich hinter dem Ganzen verbirgt, sind die Lücken in unserem Schwedisch einfach zu groß. Frei nach dem Motto "Die beste Vorbereitung ist gar keine" wollen wir unsere Neugier auf das Happening nicht mit dem Ballast allzu gründlicher Recherche über dessen Sinn und Zweck trüben. Es ist ja auch schön, sich mal überraschen zu lassen.

Zögerlich wie zwei Hundewelpen, die sich das erste Mal etwas weiter von der Mutter entfernen, setzen wir - als der Tag gekommen ist - unsere tastenden Schritte auf das unbekannte Terrain, das im Eingangsbereich des Veranstaltungsgebäudes durch bunte Farben einzuladen scheint.

Auf die farbenfrohen Banner an der Tür folgt eine unerklärliche Leere der Gänge. Irritiert tasten wir uns voran und sind immer gespannter auf die Lösung des Rätsels, das uns die nur spärlich belebten Flure aufgeben. Wo sind die ersten Informationsstände, die Licht in das Dunkel bringen werden? Die vereinzelt auftauchenden Gestalten, die uns begegnen, blicken uns ähnlich fragend an wie wir sie.

In solchen Augenblicken wünsche ich mir immer meine längst verloren gegangene kindliche Spontaneität zurück, die in unverblümter Direktheit eine Frage wie "Was macht ihr hier eigentliche?!" hinaus posaunte. In Ermangelung solcher Unbekümmertheit bleiben uns nur die schüchternen Blicke, die wir auf halb geöffnete Türen werfen. Aus den Räumen, die hinter den Türen liegen, dringt gedämpftes Stimmengemurmel zu uns. Mehr und mehr beschleicht uns das Gefühl, irgendwie fehl am Platze zu sein.

Konzentriert studieren wir ein Prospekt, das wir in die Hände bekommen. Offenbar sind ein Hauptbestandteil des Meetings zahlreiche Arbeitsgruppen, die sich an irgendwelchen ernsten Themen abarbeiten. Die Furchen auf unseren Stirnen vertiefen sich, während wir versuchen, einzelne Sprachbrocken aus dem Kauderwelsch der Broschüre herauszufischen, um den übergeordneten Sinn der Veranstaltung zu begreifen. Als uns das *endlich* gelingt, nehmen unsere Ohren einen leichten Rotton an. Wir sind in das weltweit erste Treffen homosexueller Samen geraten!

Möglichst rasch und unauffällig schleichen wir uns davon. Immerhin verstehen wir jetzt, warum sich Violett als weitere Farbe auf die ohnehin bunten samischen Kleider der Anwesenden gedrängt hat. Der Name "Sapmi Pride" und die wiederkehrenden Regenbögen auf den Flyern hätten uns längst auf die richtige Fährte bringen können, aber im Nachhinein ist einem die eigene Begriffsstutzigkeit ja oft unerklärlich. Jetzt bin ich dankbar, dass sich meine Zunge nicht zu weit vorgewagt hat. Auch wenn es in diesen Räumlichkeiten die zentrale Geste des Wochenendes sein dürfte, auf mein *Coming out* als touristischer Dummbatz kann ich gerne verzichten.

Mein Interesse für die samische Kultur wird durch unseren Fauxpas nicht vermindert. Deren historische Gesellschaftsform ist gerade beim Vergleich mit unserer eigenen geschichtlichen Normalität interessant. Während es in Mitteleuropa in jedem Jahrhundert darum ging, die Macht und die Rangordnungen neu zu definieren, waren die vorchristlichen Samen in sog. Siida organisiert. Bei den Siida handelte es sich um absolut herrschaftsfreie Gruppen, die aus zehn bis dreißig Familien bestanden. Diese Gemeinschaften brauchten keinen Häuptling, der irgendeine Richtung vorgab. Ein Ältestenrat beschloss quasi basisdemokratisch, was zu tun und was zu lassen ist, während man durch Jagd- und Rentierzucht das eigene Überleben sicherte. Die einzige Person, die in spirituellen Fragen eine gewisse Sonderstellung inne hatte, war der Schamane.

Auch aus diesem Grund hätte Karl May nie Lappland als Schauplatz für seine Abenteuergeschichten wählen können. Schon die Geschichte von Winnetou würde ohne Häuptlinge für uns Europäer emotional überhaupt nicht funktionieren! Nachdenklich stimmt in diesem Zusammenhang die Tatsache, dass die Samen - wenn man dem Schweizer Schwaar[12] glaubt, der diese Menschen als einer der wenigen deutschsprachigen Schriftsteller ausgiebig kennenlernen und beschreiben durfte - nie ausgesprochen kriegerisch veranlagt waren.

Schwaar lernte die Gegend in einer Zeit kennen, als die althergebrachte Art zu denken und zu leben den meisten Samen noch geläufig war. In den achtziger Jahren des 20. Jahrhunderts steckte die Globalisierung noch in ihren Kinderschuhen. Die Generation, die Schwaar kennenlernte, hütete ihre Rentiere noch auf traditionelle Weise - ohne motorisierte Hilfsmittel.

Seine Berichte über die Andersartigkeit der Ureinwohner Lapplands sind angefüllt mit Liebe, Faszination und Respekt. Kleine Anekdoten machen dies deutlich. Auf einer seiner ersten Reisen hat-

---

12 Hans Ulrich Schwaar (*1920 in Bern, †2014 in Finnland) war bis zu seiner Rente als Lehrer und Übersetzer in der Schweiz tätig. Seine letzten dreißig Lebensjahre verbrachte er schwerpunktmäßig in Lappland und gewann dort Einblicke in die Traditionen der Samen wie kaum jemand zuvor.

te der Autor als Gastgeschenk ein Schweizer Taschenmesser mitge-
bracht. Der beschenkte Same nahm das Messer, bedankte sich für
die Freundlichkeit und untersuchte es zunächst interessiert. Nach einer ganzen Weile gab er es dann an einen seinen jüngeren Verwandten weiter. Begründung: Er selbst habe schließlich schon ein Messer.

Was zunächst nur wie eine Lektion in Bescheidenheit und
Großmut wirkt, war - so erklärt Schwaar dem Leser - in früheren Zeiten die typische Denkweise eines ursprünglich nomadisch lebenden
Volkes. Wer täglich sein Zelt irgendwo anders aufschlägt, ist gezwungen, mit leichtem Gepäck zu reisen. Aus Sicht eines Umherziehen-
den bedeutet unnötiger Besitz lediglich zusätzlichen Ballast, der die
eigene Beweglichkeit einschränkt.

Die Faszination am samischen "Way of life" war bei dem
Schweizer so groß, dass er in seinen letzten Lebensjahren kein ande-
res Thema kannte. Nach seinem Tod ließ er seine Asche in Finnisch-
Lappland verstreuen.

Winterfest in Kiruna. Das Baumaterial für das Labyrinth ist zu 100% recycelbar.

Winteridylle am Alttajärvi.

Innenansicht unserer völlig vereisten Flurtür nach mehreren Tagen knackiger Minusgrade.

Winterliche Straßen in Kiruna.

Alltag am 68. Breitengrad[13]

Inzwischen - es ist Mitte Februar - sind wir schon ein halbes Jahr in Lappland. Weiterhin herrscht strenger Winter. An manchen Tagen ist die Kühlerfront des Caddys komplett vereist, eine Vielzahl an Zapfen hängt an ihr herunter. Immer wieder gefrieren die Lecknasen des tauenden Schnees nach Abkühlen des Motors am Auto zu stalaktitenartigen Formationen.

Da wir den Vorraum unseres Hauses nicht beheizen, ist das Fenster der Außentür mit mehreren Lagen aus Eisblumen verblindet. Selbst ihre innere Klinke ist bei beißender Kälte mit einer dicken Schicht aus Raureif überzogen. Wenn ich es an sehr frostigen Tagen wage, bereits beim Entkleiden im Vorflur die Verbindungstür zum Wohnzimmer zu öffnen, um mein Begrüßungshallo anzubringen, fliegen mir die Flüche meiner Mitbewohner um die Ohren. Eine zweikehlige Schimpftirade geißelt sowohl die aus dem Flur hinein wabernde Kaltfront als auch ihren Verursacher. Schuldbewusst füttere ich den Ofen in solchen Fällen mit einem Extraholzscheit, damit die Wirkung des Temperaturtorpedos möglichst schnell abklingt.

Wenn das Thermometer unter die - 20°C-Marke sinkt, hat das auch Auswirkungen auf unsere Schlafgewohnheiten. Wie in jedem gut organisierten Ehebett gibt es bei uns eine traditonell männliche und eine traditionell weibliche Seite. Aufgrund jahrelanger Testläufe schlafe ich - anatomisch gesehen - rechts, während meine Frau - obwohl Rechtsanwältin - immer schon die linke Seite für sich beansprucht hat. Diese Liegeordnung hat sich eigentlich bewährt, dennoch schreckt meine Partnerin in diesem Winter nicht vor Putschversuchen zurück.

---

13 Um genau zu sein: Kiruna liegt auf dem 67,85 Breitengrad.

Zu ihrem Leidwesen grenzt ihre Bettseite an eine Außenwand, während meine Seite dem Ofen zugewandt ist. Dass unser gusseiserner Wärmegarant nur einen Meter weit vom Bett entfernt steht, hält mein Weibchen nicht von flammenden Plädoyers ab, die sich inhaltlich bis in die stammesgeschichtlichen Ursprünge unserer Spezies vorwagen. So sei es Aufgabe der Frau, im Zentrum der Höhle das Feuer zu pflegen, während vornehmlich der Mann den Kampf mit den Widrigkeiten der rauen Natur aufzunehmen hätte. Um ihren Worten Nachdruck zu verleihen, verirren sich ihre eiskalten Füße gerne mal zu meinem Rücken, wenn wir die Diskussion im Liegen austragen.

In solchen Momenten bringt es kaum etwas, ihrer sprudelnden Argumentation zu viele medizinische Fakten entgegenzuhalten. Würde ich sie beispielsweise darauf aufmerksam machen, dass ihr Körperfettanteil schon durch ihr Geschlecht mindestens sieben Prozent über meinem liegt und dass Fett ein extrem wirksamer Isolator ist, verschöbe sich der Fokus unserer Betrachtungen zwar, aber die allgemeine Stimmung besserte sich kaum - das weiß ich instinktiv. Auch die Tatsache, dass es mir - als an der Wand schlafender Verlierer unseres Streitgesprächs - obliegt, mitten in der Nacht über den weiblichen Haufen neben mir zu klettern, um den Ofen zu füttern, mag meine Frau nicht irritieren. Zumindest sie selbst hält ihren Status als Klimaflüchtling für unantastbar.

Während der Diskussionsausgang mit der Gleichstellungsbeauftragten rechts oder links neben mir immer wieder für Überraschungen gut ist, haben sich andere Routinen längst eingeschliffen. Nach den ersten stärkeren Schneefällen hatten wir schnell gemerkt, dass wir eine neue Methode austüfteln müssen, um das Holz vom 50 Meter entfernten Schuppen zum Haus zu schaffen. Schon ab 15 cm Schneehöhe ist die Schubkarre als Transportmittel nicht mehr zu gebrauchen.

Mittlerweile liegt der pulvrig-weiße Untergrund fast hüft-hoch. Zunächst hatte ich mich darauf verlegt, den Weg zum Unterstand freizuschaufeln. Auf der stumpfen Spur hatte ich mich dann mit der Schubkarre vorwärts gequält. Als ich eines Morgens realisiere, dass nächtlicher Wind und Schneefall meine Räumarbeiten vom Vortag komplett verschwinden lassen haben, kommt mir angesichts des missmutig wieder hervorgeholten Schneeschniebers die entscheidende Idee.

Das, was ich als Jugendlicher in Deutschland als Schneeschaufel kennengelernt habe, taugt in Lappland allenfalls als Kinderspielzeug. Ein richtiger Schneeschieber ist oberhalb des Polarkreises mindestens einen halben Meter breit und einen halben Meter tief. Die Grundfläche meines Räumwerkzeugs erreicht somit fast die Ausmaße einer Schubkarre. Plötzlich fallen die übrigen Groschen, die noch zur Mark fehlen, von selbst. Ich staple Holzstücke auf dem Schieber und ziehe ihn wie eine Pulka hinter mir her. Es ist anstrengend, dabei durch den tiefen Schnee zu stapfen. Insgesamt ist diese Methode dennoch viel besser, als jeden zweiten Tag hinter Frau Holle aufzuräumen.

Glücklicherweise ist das Ausmaß unserer winterlichen Grundstücksdienste beschränkt. Ansonsten enthielte unser Erlebnisbericht über den Winter in Lappland fast ausschließlich Passagen wie "Montag habe ich drei Stunden Schnee geräumt, danach ausgeruht. Am Dienstag haben wir uns nach vier Stunden Schneeschieben noch ein wenig draußen aufgehalten, dann sind wir vor dem Kamin eingeschlafen". Schon im Vorfeld hatten wir uns bei Mikael erkundigt, ob sich in dieser Jahreszeit jemand mit schwerem Gerät um die Befahrbarkeit der Stichstraße zum Haus kümmern würde. Er hatte uns zugesichert, dass sein Bruder Leif die Auffahrt regelmäßig räumen würde.

In den Dörfern Lapplands scheint es immer mindestens einen Bewohner zu geben, der einen Bulldozer besitzt. Im Angesicht der Entfernungen und der niedrigen Bevölkerungsdichte obliegt es der Bürgern selbst, für das Räumen der kleineren Straßen zu sorgen. Die Kommunen schaffen es mit Mühe und Not, die Haupt-strecken befahrbar zu halten.

In Alttajärvi ist Leif der Mann mit der größten Baumaschine. Er nimmt gerne auf ihr Platz. Schon im Sommer hatte er mir vorgeschwärmt, wieviel leichter sein Leben durch die Anschaffung des Bulldozers geworden sei. Im Sommer räumt er mit ihm Baumstämme und anderes Sperrgut beiseite, jetzt im Winter dauert es knappe fünf Minuten und unsere tief verschneite Auffahrt verdient ihren Namen wieder.

Meist beseitigt Leif im Laufe des Vormittags die nächtlich-winterliche Bescherung. Da Moritz fast jeden Morgen schon um kurz nach sieben Uhr zur Bushaltestelle stapft, muss er sich in dieser Frühe manches Mal noch den Weg durch den Neuschnee bahnen. Das sei allerdings - wie er uns mit typischer Teenagerlogik darlegt - problemlos auch mit Sportschuhen möglich. Er brauche keine Winterstiefel anzuziehen, schließlich gehe er "auf dem Schnee".

An jedem Montag bringen wir unseren Sohn mit dem Auto zur Schule. Zum Wochenstart beginnt sein Unterricht erst gegen neun Uhr und zu dieser Zeit gibt es keine passende Busverbindung. Daher ist es außerordentlich ungünstig, dass es einmal ausgerechnet in der Nacht von Sonntag auf Montag junge Hunde schneit. Ungläubig starre ich am Morgen auf die Schneemassen vor dem Haus. Schneeschippen ist angesagt, damit wir problemlos mit dem Caddy bis zur Straße vordringen können.

Wie fast immer bin ich auch an diesem Tag als Erster morgens wach. Ich habe bereits das Feuer entfacht, ich habe Kaffee gekocht, den Tisch gedeckt und Brötchen aufgebacken. Auch nach meiner fast halbstündigen morgendlichem Aktivität gleicht der Muskeltonus meiner beiden Mitbewohner immer noch dem einer gekochten Spaghetti. Was Anke angeht, stört mich das nicht - sie bestimmt den Beginn ihrer werktäglichen Dosis an Büroarbeit selbst. Die eigentliche Zielperson meiner Vorlagen ist Moritz.

Ich versuche, den zum Aufstehen Verurteilten aus dem Bett zu kriegen. Die Resonanz macht einem Montagmorgen alle Ehre. Unwirsch grunzt der Angesprochene nonverbale Antworten und zieht sich die Decke über den Kopf. Auch die erste, zweite und dritte Mahnung lässt der Morgenmuffel verstreichen, um dann – wie immer auf den letzten Drücker – durch eine notdürftige Abfahrtsroutine zu hasten.

Das Wegstück, das unsere Hütte von der Straße trennt, ist etwa 80 Meter lang. Während Moritz Mühe hat, in den Tag zu finden, habe ich bereits mit dem Schaufeln begonnen. Allerdings habe ich es nicht versäumt, den zusammengerollten Klumpen im Bett darauf vorzubereiten, dass ein Teil der Räumarbeiten an ihm hängenbleiben wird. Als der unförmige Kissenbrei endlich seine Gestalt zu einem Jugendlichen mit hängenden Schultern und etwas vornüber geneigtem Oberkörper gewandelt hat und vor der Haustür steht, haben zumindest seine Gesichtsmuskeln ihren ursprünglichen Tonus beibehalten. Mürrisch starrt er auf den vor ihm liegenden, längst nicht abgewendeten Schneeberg. Wenn er eines noch mehr hasst als Aufstehen, ist es, zu Zwecken elterlich verordneter Arbeit aufzustehen.

In der ersten Stunde nach dem Wachwerden scheint unser familieneigener Pubertierender hauptsächlich für folgende Aufgaben gerüstet: Müde, wort- und appetitlos am Frühstückstisch auf den Kaffeebecher starren, blicklos in die am Schulbusfenster vorbeifliegende Landschaft glotzen und teilnahmslos den Ausführungen der Lehrer angebliches Gehör schenken. Physisch anstrengende Arbeiten gehören offenbar definitiv nicht zum morgendlichen Repertoire eines Gymnasiasten.

Endlich tritt er vor die Haustür und beginnt auf meine bereits unwirschen Äußerungen hin den Kampf gegen die Schneekomplettummantelung unseres Caddys mit viel zu kleinem Werkzeug. Lustlos wedelt er symbolische Mengen Schnee vom Auto und betrachtet in deutlich längeren dazwischenliegenden Intervallen das Ergebnis seiner „Bemühungen". Es erinnert mich an die Geste eines Kleinkindes, das sich verträumt auf seinen Spielzeugbesen stützt, während seine Mutter versucht, die Spuren einer wüsten Party zu beseitigen, die das Haus wie nach einem Bombenangriff hinterlassen hat.

Inzwischen selbst schweißgebadet (nachdem ich bereits eine Strecke von 50 Metern vom Schnee befreit habe) schaue ich mir diese extrem passive Form von Aktivität eine kurze Zeit mit steigendem Blutdruck an. Dann ordne ich einen Tausch der Tätigkeiten an. Ich würde mich um den Caddy kümmern, Moritz soll den Rest des Weges zur Straße räumen.

Widerwillig versucht er, Elan zu entfalten. Zunächst prescht er beim ersten Mal mit Anlauf in den Schnee - unter Verwendung der größten Schaufel, die sich unter unseren Räumwerkzeugen findet. Motto: Jetzt zeig ich dem alten Sack mal, was 'ne Harke ist. Die auf dem Weg liegenden Mengen bremsen seinen Schwung schnell aus. Nach einigen Schneeladungen ist er außer Atem. Sein Tempo und sein Ehrgeiz nehmen in einer sturzflugartigen Kurve ab. Noch häufiger als beim Freilegen des Autos wird seine Räumtätigkeit vom Getippe auf seinem Smartphone unterbrochen. Nach etlichen Minuten hat er nur einen schaufelbreiten Streifen von etwa 20 Metern geräumt.

Dass er zu spät zur Schule kommen wird, ist inzwischen auch ihm klar geworden. Als er die ganze Mühe der noch ausstehenden Arbeit erfasst, behauptet er mit jugendlichem Optimismus und im Geiste einer fundamentalistischen Ablehnung der Aufgabe, dass wir den Rest der Strecke auch mit dem Wagen durchpflügen könnten. Inzwischen befinde ich mich fest im Sattel der Prinzipienreiterei. Ich mag noch nicht einmal ernsthaft darüber nachdenken. Moritz beschuldigt mich, meine Erziehungsmaßstäbe im Strafvollzug erlernt zu haben, wirft die Schaufel zu Seite und stapft zur Bushaltestelle, von wo der Bus erst in einer viertel Stunde abfahren wird. Dann lieber noch später zur Schule kommen. Seine mangelnde Würdigung der ihm gewidmeten Morgenmühen ärgert mich nachhaltig. Vielleicht ist die Pubertät ja doch vor allem dazu da, den Abschiedsschmerz zu mindern, wenn die eigene Brut den Haushalt irgendwann verlässt?

Um mich von morgendlicher Trantütigkeit abzugrenzen, räume ich nach seiner Abfahrt den Rest der Weges. Danach fühle auch ich mich, als wäre ich einen Halbmarathon gelaufen. Zufrieden stehe ich unter der Dusche, um den Schweiß abzuduschen, der einem Lapplandbewohner nach echter Männerarbeit zusteht. Als ich aus dem Bad trete und mir gerade die Haare trockne, höre ich Motorengeräusche von draußen. Leif biegt mit seinem Bulldozer in unsere Einfahrt ein und staunt darüber, dass bereits fast alles geräumt ist.

Ich gehe zu ihm nach draußen und schaue ihm zu, wie er innerhalb weniger Momente einen breiten Streifen vom Schnee befreit, der zum benachbarten Haus führt. Dann steigt er kopfschüttelnd und grinsend von seiner geliebten Baumaschine: "Man merkt, dass Du aus Deutschland kommst!", behauptet er. "Warum hast Du nicht gewartet, bis ich komme?" Feixend schaute mich Anke von der Seite an, als Leif meint, dass wir mit den Spike-Reifen des Autos auch durch den Neuschnee bis zur Straße gekommen wären. Gut, dass Moritz das nicht hört, denke ich. Bockig weise ich darauf hin,

dass sich erst kürzlich wieder Gäste von ihm im Tiefschnee festge-
fahren hätten.

Vorsichtshalber wechsele ich das Thema und lade ihn zu einer Tasse Kaffee ein. Nach kurzem Zögern willigt er ein, er hätte
zwar noch einige Arbeiten auf seiner Liste, aber schließlich hätte er
ja jetzt durch meinen Arbeitseinsatz - wieder grinst er - mindestens
drei Minuten gespart.

Mit einer Einladung zu einer Extradosis Koffein liegt man bei
den Schweden kaum einmal falsch. Einhellig berichten alle Landes-
kundigen, dass hier jede Tageszeit die beste Tageszeit für einen Kaffee ist. Er gehört so sehr zu den Grundnahrungsmittel, dass es mehrere Wörter gibt, die sich rund um die Trinkkultur etabliert haben.

Als ich das erste Mal den schwedischen Satz "Vill du fika?"
vernehme, bin ich zunächst sprachlos und glaube Zeuge der legendären skandinavischen Freizügigkeit zu sein. Als Deutscher kriegt
man die drei Wörter kaum ohne zweideutiges Grinsen über die Lippen. Irgendwann im Laufe der Monate gelingt es mir immer besser,
die mit "fika" ausgedrückte Einladung zum Kaffeekränzchen von un-
terbewusst assoziierten Schweinereien abzugrenzen.

Zentrale Bedeutung beim fika hat außer den meist parallel
verzehrten Kanelbullar auch das Wörtchen "påtår". Påtår ist vor allem in Restaurants Gepflogenheit und beschreibt die Tatsache, dass
man sich mit dem Erwerb einer einzigen Tasse Kaffee so lange nach-
schenken darf, bis in den eigenen Adern reines Koffein fließt. Derartige Freigiebigkeit ist unter deutschen Gastwirten kaum verbreitet,
aber das hat wohl seine Gründe. Einige Germanen werden erst
durch Schilder am Hotelbuffet davon abgehalten, sich eine Wochen-
ration Mitnehmbrote am Frühstückstisch zu schmieren. Als geübte
Besatzungsmacht sind *Deutsche* dafür bekannt geworden, dass sie
sich morgens um fünf Uhr mit einem Handtuch auf Mallorca eine

Liege am Pool reservieren. Beim deutschen påtår wären wahrscheinlich manche versucht, mit einer großen Thermoskanne am Kaffeeausschank zu erscheinen.

Hilfe! Unser Sohn ist verliebt!

In Schweden sind nicht nur die Gebräuche rund um das warme Aufputschmittel besonders. Indem wir Leif und Miriam mehrmals zum Essen einladen, erlernen wir den Besuchsknigge des Landes. In der Regel – so heißt es – wird eine gewisse Vorlaufzeit erwartet, in der sich beide Seiten auf das Event vorbereiten können. Während der Gastgeber für die Mahlzeit sorgt, ist es üblich, dass der Eingeladene nicht nur ein Getränk sondern auch den Nachtisch beisteuert. Die von Miriam mitgebrachte Prinzesstorte sieht farblich aus wie Frosch - schmeckt aber deutlich besser. Das Innere der "Prinsesstårta" besteht hauptsächlich - passend zu Lappland - aus schneeweißer Sahne. Ihr knallgrüner Marzipanmantel allerdings lässt so lange das Auge tränen, bis die zuckersüße Füllung von den optischen Eindrücken ablenkt.

Das Schöne an den Zusammenkünften mit Leif und Miriam ist auch die Tatsache, dass sie manchmal ihren vierjährigen Sohn Hjalmar im Gepäck haben. Der schwadroniert als Einziger hemmungslos auf schwedisch drauflos. Ist ihm doch egal, wenn die Hälfte der Leute sein Geplapper nicht verstehen. Egal, ob er wiederholt "Jag är hungrig!" (Ich bin ... den Rest können Sie sich denken) posaunt oder anerkennend "Det röker bra!" (Das riecht gut!) verkündet, ich sauge seine Sätze auf und freue mich über jeden Brocken Schwedisch, den er uns vorwirft.

Wie immer nutzen wir Treffen mit unseren Dorfnachbarn nicht nur linguistisch. Begierig lauschen wir den neuesten Anekdoten, die unsere Besucher pointensicher entwickeln. Unlängst mussten sie mal wieder mitten in der Nacht aufstehen, um Touristen aus der Patsche zu helfen, deren gesunder Menschenverstand mindestens punktuell zur Behandlung auf die Intensivstation gehört.

Einer ihrer Gäste hatten es allen Ernstes für eine gute Idee gehalten, mit dem Auto auf den gefrorenen See zu fahren. Möglicherweise hatte er irgendwo mal gelesen, dass Autohersteller in Lappland winterliches Glatteistraining auf den Eisflächen der Gewässer anbieten. Tatsächlich werden auf dem sechs Kilometer entfernten riesigem Sautusjärvi solche Sicherheitsschulungen angeboten. Dabei kommt dem Detail einer vorherigen Befreiung des Eises vom Schnee jedoch entscheidende Bedeutung zu. Im knietiefen Weiß des Alttajärvi war der PKW des nachtaktiven Fahrers sofort steckengeblieben. Sein Fortbewegungspotential entsprach umgehend dem eines hilflos auf dem Rücken zappelnden Käfers. Kleinlaut wimmernd hatte sich der ehemalige Offroadoptimist mitten in der Nacht an Leif gewandt, der das Auto mit seinem Bulldozer auf geeignetes Terrain zog.

Ungläubig lauschen wir dem Bericht von Leif und Miriam und fragen sie dann, aus welcher Nation die Touristen stammen, denen sie den nächtlichen Sondereinsatz zu verdanken hatten. Sie beruhigen uns damit, dass es keine Deutschen waren.

Ich komme ins Grübeln. Kürzlich war ich über die Meldung gestolpert, dass ein schwedischer Kettensägenfabrikant zum Erstaunen der Käufer in folgender Weise vor seinem Produkt warnt: "Nicht versuchen, die laufende Kette mit der Hand anzuhalten." Im Zuge des Berichtes hatte ich über weitere skurrile Warnhinweise gelesen. Der Bügeleisenproduzent Rowenta rät in einer Gebrauchsanweisung davon ab, die Kleidung am Körper zu bügeln. Ein Tamponhersteller mahnt seine Käuferinnen, nach Einführen des Tampons doch bitte wieder die Hose hochzuziehen. Ein Fabrikant faltbarer Kinderwagen betont in der Produktbeschreibung, dass vor dem Zusammenklappen das Kind aus dem Wagen zu entfernen sei. *Dass* es eine Zielgruppe für solche Warnungen gibt, bestätigt der Tiefschneeausflug von Leifs Gast.

Weitere Erzählungen der beiden verdichten diesen Eindruck. Auch auf dem Waldweg, der unweit unseres Hauses Alttajärvi mit dem Torneälv verbindet, hatten Touristen schon eine Bewerbung für den Vollpfosten des Monats hinterlassen. Fast 200 Meter weit waren sie mit dem PKW durch den Schnee gerumpelt, bevor sie steckengeblieben waren. Statt sich adäquat zu entschuldigen (z.b. mit einem Satz wie "Tut uns leid, dass wir Euch so viel Mühe machen, aber wir sind einfach sehr dumm") hatten sie versucht, sich mit ihrem Navigationsgerät herauszureden.

Den Vogel hatte vor einigen Wochen ein Gast abgeschossen, indem er auf den Holzbrettern der schwimmenden Sauna ein loderndes Feuer entfacht hatte. Offenbar zerfiel für ihn das Holz der Welt in zwei Teile. Holz, von dem er will, dass es brennt und Holz, das - wenn es nach ihm geht - nicht brennen soll. Vermutlich war ihm der Einfall beim Fönen in der Badewanne gekommen. Während einer von Leifs Helfern damit beschäftigt war, die Flammen mit dem Feuerlöscher zu ersticken, die längst auf Teile der Sauna übergegriffen hatten, musste der Realitätslegastheniker seine Theorie allerdings verwerfen.

Mit jeder Geschichte, die wir erzählt bekommen, wird uns klar, wie vertraut wir mittlerweile mit der Region sind. Der Abend vergeht wie im Fluge, die ein oder andere Flasche Wein leert sich, nur Miriam hält sich zurück. Es sind nur zwei Straßenkilometer bis zum Camp Altta, aber bekanntermaßen begeht man in Schweden schon ab 0,2 Promille eine Trunkenheitsfahrt.

Um nicht alkoholisiert am Steuer erwischt zu werden, weichen etliche Lappländer bei der abendlichen Fahrt zu Freunden auf ihren Skooter aus. Theoretisch gilt für die Motorschlitten die gleiche Promillegrenze. Tatsächlich gibt es auch Polizisten auf Skootern, die Verkehrskontrollen durchführen. Allerdings ist die Gegend so weitläufig, dass die Wahrscheinlichkeit, besoffen auf dem Schneemobil erwischt zu werden, gegen Null geht. Auf einem Waldweg bei minus 20°C auf Alkoholsünder zu hoffen, dürfte für die Ordnungsmacht ein zähes Geschäft sein. Als wir das erste Mal zwei Männer mit "Polis"-Westen durch den Wald düsen sehen, hätten wir ihnen gerne mit stolzgeschwellter Brust unseren Führerschein vor die Nase gehalten. Zu unserem Bedauern werden wir jedoch komplett ignoriert.

Obwohl er meinen Namen längst kennen müsste, nennt Leif mich zum Abschied mal wieder „doctor". Er wird nicht müde zu scherzen, dass Alttajärvi jetzt seinen eigenen Hausarzt hätte. Tatsächlich konsultiert mich seine Frau Miriam ab und zu bei medizinischen Problemen. Ich habe schon erwähnt, dass Miriam ursprünglich aus Spanien stammt. Einmal berichtet sie mir von einem Wehwehchen und öffnet eine Schranktür in ihrer Küche.

Als ich den Blick auf das Schrankinnere richte, kriege ich große Augen. Schmerztabletten, Herzmedikamente, Antibiotika - das Fach quillt vor Medikamenten über. Anscheinend hat Alttajärvi nicht nur einen Arzt, sondern auch eine Apotheke, denke ich. Im Hinblick auf die Tablettenwirkung scheint deren Besitzerin jedoch weitgehend ahnungsarm. Wahllos zieht sie verschiedene Packungen auf der Suche nach einem geeigneten Mittel für ihre Beschwerden heraus. Mit ratlosem Gesicht präsentiert sie mir eine Packung mit Nitraten, die eine wirksame Hilfe bei Patienten mit Herzkranzgefäßverengung sein können, bei Gesunden jedoch Blutdruckabfall bis zur Ohnmacht verursachen können. Ich erklärte ihr die ungefähre Wirkung, woraufhin sie beschließt, die Wirkstoffe nicht zu brauchen.

Ich mache meine Verwunderung öffentlich und frage Miriam, wie sie zu diesem beeindruckenden Arsenal an Präparaten kommt. Sie erklärt es mit ihrer Abstammung. Angehörige würden ihr regelmäßig Arzneien schicken. In der Sorge um die Gesundheit Nahestehender scheint sich bei Spaniern eine besonders reine Form der Liebe zu zeigen. Wenn man jemanden wirklich liebt, versorgt man ihn auch mit Tabletten. Egal, ob der Beschenkte tatsächlich krank ist bzw. an welcher Krankheit er aktuell leidet. Hat ein Iberer zu Hause irgendeine Tablettenpackung übrig, weil er selbst schneller wieder gesund geworden ist als gedacht, oder weil er keine Medikamente mag oder weil er unter ihren Nebenwirkungen gelitten hat, schmeißt er sie nicht etwa in den Mülleimer. Er verschenkt sie.

Wer hätte vor Start unseres Nordlandabenteuers gedacht, dass man in Lappland so viel über Spanier lernen kann? Dank Moritz sprengt unser interkultureller Austausch sogar die Grenzen Europas. Längst hat er sich in seine Kursgemeinschaft eingefunden. Seine Affinität zu Thailändern wird immer stärker, was uns zunächst unerklärlich ist. Besonders die thailändische Küche hat es ihm angetan. Mit dem deutschen Fraß, den er bei uns vorgesetzt bekommt, kann er sich kaum noch anfreunden.

Wir denken daher zunächst, dass seine sich häufende Abwesenheit kulinarisch motiviert ist. Auch als er eines Tages berichtet, dass er Horrorfilme schauen war, sind wir noch arglos. Wie heißt denn dein Kumpel, will ich von ihm wissen. "Es ist kein Kumpel, es ist eine Freundin!" antwortet er. In Superzeitlupe fällt mein Groschen. Was war noch mal der Grund, warum männliche und weibliche Teenager so gerne zusammen Gruselkino gucken..?

Plötzlich fange ich den Alarmgedanken auf, den mir der Quarterback meines Kommunikationszentrums zuwirft. Ich stürme in vorsichtigem Tonfall, aber dennoch entschlossen nach vorne: "Ist es *eine* Freundin oder *Deine* Freundin?". Er schaut kurz zu uns hinüber. "Naja. Inzwischen sind wir zusammen." Touchdown!

Darum also hatte sich Moritz fast nur noch zum Schneemobilfahren nach Hause verirrt. Uns hatte nicht verwundert, dass seine extrovertierte, freundliche und spontane Art Fremden gegenüber das anfängliche Heimweh nach Deutschland innerhalb von wenigen

Wochen hatte verschwinden lassen. Immer neue Namen tauchten in seinen Berichten auf. Wir waren erfreut, als sich seine Partyeinladungen häuften. Die Klagen über sein Schicksal als Gastschüler am "Arsch der Welt" waren längst verstummt. Aber - verdammt noch mal - musste er seine Integration jetzt derartig übertreiben?

Meine Gedanken eilen voraus. In etwas über sechs Monaten steht unsere Rückkehr nach Deutschland an. Wird ausgerechnet unser ehemaliger Lappland-Oppositioneller nicht zurück wollen? Vor Beginn unserer Zeit in Kiruna hatte sich Moritz als Entführungsopfer gefühlt. Jetzt, da er die Schönheit von Thailändisch-Lappland entdeckt hat, drohen neue Komplikationen.

Eines Tages lernen wir seine Auserwählte kennen. Wir können zwar ihre Leidenschaft für Minnie Maus nicht verstehen, aber dennoch mögen wir sie auf Anhieb. Tapfer kämpft sich ihre Zunge, die hauptsächlich asiatische Kost gewöhnt ist, durch unseren deutschen Kartoffelbrei. Immer häufiger verbringt sie Zeit in unserer Hütte. Mit ihr zusammen machen Moritz sogar Dinge Spaß, die wenige Wochen zuvor noch der Kategorie "Rentnerhobby" angehört hatten. Wir spielen mit seiner Freundin Gesellschaftsspiele und sind entzückt, dass Moritz mit seiner Flamme fast nur noch Schwedisch redet.

Das amourös motivierte Sprachtraining gibt seinen Schwedischkenntnissen einen beachtlichen Schub. Sein Selbstvertrauen wächst, bald kommuniziert er auch mit Dritten in der Landessprache. Etwas neidisch nutze ich jede Gelegenheit, um selbst auf Schwedisch zu radebrechen. Hemmungslos haue ich seiner frischen Liebe irgendwelches Gestammel um die Ohren, das oft zu einem ratlosen Gesicht bei ihr und zu meckerndem Gelächter bei Moritz führt. "Man muss sich auch erlauben, Fehler zu machen, wenn man eine Sprache lernt!" versuche ich mich zu rechtfertigen. "Ja, aber Du machst ja *nur* Fehler!" erwidert er bei solchen Gelegenheiten. "Lass es lieber!" Erfreulicherweise leide ich unter Altersstarrsinn und lasse mich nicht von taumelnden Gehversuchen in der Fremdsprache abhalten.

Zumindest sind wir uns darüber einig, dass meine Lernfortschritte sich nur Mikrometer von der Nulllinie entfernt haben. Wie es um Moritz schulische Leistungen bestellt ist, sollen wir auf einem Elternsprechtag erfahren. Als der Termin verkündet wird, freuen wir uns über die Chance, wieder einmal etwas mehr über den schwedischen Schulalltag zu lernen.

Im Treffen geht es sowohl um eine allgemeine Leistungsbeurteilung wie auch um Moritz' Integration im Klassenverband. Die beiden Lehrerinnen, die uns gegenüber sitzen, haben hauptsächlich Positives zu berichten. Moritz käme im Schwedischen gut voran. Außerdem täte er der Gruppe sehr gut, man sei froh, dass er den Ehrgeiz der Anderen etwas anstachele. Wenn er noch etwas fleißiger wäre, könne er allerdings noch größere sprachliche Fortschritte machen. Eine Kritik, die Moritz anscheinend gut nachvollziehen kann. Offenbar tut es seinem Selbstbewusstsein sehr gut, trotz mancher Bequemlichkeit der Überflieger des Kurses zu sein.

Nach dem Gespräch schlendern wir durch die Flure des Gymnasiums. Es ist schön zu sehen, mit welch großer Sicherheit sich unser Sohn mittlerweile auf dem ehemals unbekannten Parkett bewegt. Mit einer Spur von Besitzerstolz hatte er uns schon am Tag der offenen Tür durch die Hjalmar Lundbohmsskolan geführt. Unter anderem hatte er uns die Caféteria und das gut ausgerüstete Tonstudio gezeigt, das jedem musikaffinen Schüler auch außerhalb der Unterrichtszeiten zur Verfügung steht. Ihn selbst zieht es in der letzten Zeit regelmäßig zum Krafttraining in das schuleigene Fitnessstudio. Im Workoutduell mit einem seiner Kumpel will er sein Muskelwachstum fördern. Ob seine neue Freundin diesen Ehrgeiz befeuert?

Anke und ich sind glücklich, dass sich alles so gut fügt. Es gelingt uns, die Sorgen um die Entwicklung von Moritz' Liebesleben beiseite zu schieben. Wer weiß, was in sechs Monaten ist!

Lieber wollen wir die Tage pflücken. Ein Farbenwucher aus Gelb und Orange begrüßt uns morgens. Rasant nimmt die Helligkeit zu. Die Tage am 68. Breitengrad wachsen doppelt so schnell: Kommen in Hamburg täglich vier Minuten Licht dazu, sind es hier über acht. Noch vor dem letzten Märzdrittel werden die Tage in Alttajärvi länger sein als in Norddeutschland. Wie eine Hausfrau beim Frühjahrsputz wuselt die Sonne in der zweiten Winterhälfte am Firmament, entfernt hektisch möglichst große Brocken an Dunkelheit. Es ist, als riefe sie mit glühendem Antlitz eine besorgtes "Ich komm zu spät zur Mitternachtssonne!" aus.

Licht ist Leben - an kaum einem anderen Ort spürt man das besser als in Lappland. Es erscheint unwirklich, dass unsere Ära als chronisch übermüdete Polarnachtzombies gerade einmal sechs Wochen zurück liegt. Die Reizarmut des nordischen Winters hat aber auch einen großen Vorteil. Als ich wieder einmal zu einem Arbeitseinsatz in Deutschland eintreffe, bescheinigt man mir, dass ich noch nie so entspannt ausgesehen hätte.

In unserer weißen Oase ist Stille für uns das dominierende Geräusch. Fast zwangsläufig stolpert man hier irgendwann über seine eigene inneren Mitte und kann sie sich von allen Seiten aus in aller Ruhe anschauen. Das ist in der Kakophonie der allgegenwärtigen Medien des 21. Jahrhunderts, in der Zeitmangel eine epidemisch um sich greifende Geisteskrankheit ist, von unschätzbarem Wert.

Das erste Mal seit vielen, vielen Jahren habe ich genug von der kostbarsten Währung des Lebens, die in Tagen und Stunden gemessen wird. Wenn man erst einmal anfängt, darüber nachzudenken, kann man gar nicht mehr aufhören. Ist es ein Zufall, dass die emotionale Entwicklung vieler Menschen gerade dann ins Stocken gerät, wenn sie beim Eintritt ins Erwachsenenalter beginnen, dem kollektiven "Ich-kann-gerade-nicht" zu folgen? Oder anders herum: Haben die Entwicklungssprünge, die Kinder und Jugendliche machen, nicht auch sehr viel mit dem Überfluss an Zeit zu tun, der in dieser Lebensperiode zumindest vorhanden sein *sollte?* Wenn gut Ding wirklich Weile haben will, ist es angesichts des globalen Mangels an Verschnaufpausen kein Wunder, dass wir immer noch im emotionalen Gewand des Neandertalers in der Welt herummurksen. Mir gelingt es in der Zeit des winterlichen Müßiggangs tatsächlich, eigenen Gedankenspiralen auf die Spur zu kommen und mich ein Stück weit von ihnen zu befreien.

Mein persönlicher Fortschritt fügt sich hervorragend in die saisonale Aufbruchsstimmung ein. Unser Vermieter Mikael wird nicht müde, sich bei Besuchen darüber zu freuen, dass die Müdigkeit ihn verlässt. Endlich spüre er wieder ausreichend Energie. Er schlägt uns vor, einmal die Loipen in der Innenstadt Kirunas zu testen, auf denen er jetzt regelmäßig seine Runden auf Skiern drehe.

Seinem Rat folgend entdecken wir dort, dass wir wahrscheinlich zu den am wenigsten rasanten Langläufern der Region zählen. In unfassbarem Tempo fliegen einige Sportler über das Terrain, auf dem auch Langlaufrennen ausgetragen werden. Mir kommt der Gedanke, dass die Cracks eine sehr schwere Geburt gehabt haben müssen, als sich ihre Skier am Muttermund verhakten. Schon das härtet vermutlich ab.

Die Faktenlage verhindert, dass wir unser gänzlich anderes Leistungsniveau einfach auf das Material schieben könnten. Natürlich haben unsere nicht gewachsten Ski viel schlechtere Gleiteigenschaften. Aber während wir mit schlotternden Beinen einige der steileren Abfahrten hinunter stümpern, sausen etliche Angeber elegant an uns vorbei und nehmen genauso schnell den nächsten Anstieg, während wir ihnen ehrfürchtig nachschauen.

Endgültig stumm vor Staunen werden wir, als wir das erste Mal Zeugen einer Sportart werden, von deren Existenz wir bis dahin noch nicht einmal wussten. Als ein Hund im Vollsprint an uns vorbei schießt, frage ich mich kurzzeitig, was er auf dem gewellten Kurs zu suchen hat, den die Loipe beschreibt. Dann entdecke ich seine lange Leine, an deren Ende ein Skifahrer hängt. Der Hund zieht den erstaunlicherweise souverän Aufrechten in einem Affenzahn hinter sich her. Das Duo verschwindet so schnell hinter der nächsten Kurve, dass man auf den Gedanken komme könnte, eine Vision gehabt zu haben.

Später erfahren wir, dass das Ganze "Skijöring" heißt. Kjøring bedeutet auf norwegisch Fahrsport, so dass wahrscheinlich Norweger als erste die Idee hatten, die eigene Geschwindigkeit auf Skiern durch ein Zugtier zu steigern. Einige lassen sich dabei von Hunden ziehen, andere spannen Pferde vor die Leine. Während die Pferdeliebhaber vorzugsweise Rennen auf gefrorenen Seen austragen, wagen sich die Hundefans auch auf kurvige und unübersichtliche Strecken.

In der Gegend um Kiruna sehen wir mit eigenen Augen nur Skijöring-Aktive, die auf den Hund gekommen sind. Angesichts schmaler und gewundener Waldwege zeigen diese mitunter ein enormes Vertrauen in die Disziplin des Hundes und in die eigenen Langlaufkünste. Wenn das Gespann an mir vorbeifliegt, frage ich mich kopfschüttelnd, wie oft Vollbremsungen am Baumstamm vorkommen. Für uns jedenfalls liegt die Sportart so nahe wie eigene Versuche beim Wingsuitdiving.

Es ist gut, die eigenen Grenzen zu kennen. Das gilt in der Eiseskälte Lapplands mehr als anderswo. Selbst ein gemütliches Beisammensein im Hausinneren beinhaltet ein Restrisiko für Erfrierungen - zu dieser verblüffenden Erkenntnis gelangen wir an einem Abend, an dem wir Leif und drei seiner Saisonhelfer (Camillo und Pergamo aus Spanien sowie Brian aus Irland) zum Essen eingeladen haben. Wir überraschen unsere Gäste mit einer schweizerischen kulinarischen Tradition. Einige Zeit zuvor haben wir unser altes Raclettegerät in den hohen Norden überführt. Im Schmelztiegel der Nationen, zu der unsere Hütte während des Abends wird, leiten wir die Raclette-Novizen aus Süd- und Nordeuropa zunächst bei der Käseschmelzung an und machen sie mit den Pfännchen vertraut.

Es wird ein lustiges Miteinander, in dessen Verlauf auch Getränke mit geschicklichkeitsmindernder Wirkung zum Einsatz kommen. Glücklicherweise sind wir mit dem Hauptgericht irgendwann fertig, so dass sich am Raclettegerät noch kein Käsegeflecht ausgebildet hat, dass an Fondue-Orgien à la "Asterix in der Schweiz" erinnert. Der Verzehr des Desserts stellt unsere Gäste koordinativ vor keine wesentliche Herausforderung. Ebenso gelingt die Getränkevernichtung weiterhin mühelos. Insbesondere Brian, der Ire, ist in dieser Hinsicht weit vorn. Die Kanten seines starken Akzents schleifen sich mit vorrückendem Abend immer weiter ab. Die Verständlichkeit seiner Wortbeiträge erhöht sich dadurch allerdings überhaupt nicht.

Zu fortgeschrittener Stunde steht Brian vom Tisch auf und verschwindet - wie wir zunächst denken - in Richtung Toilette. Nach etwa zehn Minuten ist er immer noch nicht zurück, so dass die am Tisch Verbliebenen die Entsendung eines Spähtrupps beschließen. Auf dem Klo (das sich übrigens in einem tadellosen Zustand befindet) kann Camillo ihn nicht entdecken. Unser spanischer Kundschafter berichtet jedoch, als er sich wieder zu uns gesellt, dass sich Brian in den Flur gelegt habe, um etwas auszuruhen. So weit er es verstanden habe, hätte der Ire über ein abrupt einsetzendes Bedürfnis nach Ruhe berichtet.

Grinsend feiern wir anderen zunächst ohne ihn weiter. Nach einer weiteren Viertelstunde multilingualen Austausches beschließe ich, noch einmal nach Brian zu schauen. Als ich die Tür zum Vorraum öffne, traue ich meinen Augen kaum. Zwar liegt er intuitiv in fast perfekter stabiler Seitenlage. Allerdings befindet sich nur noch seine untere Körperhälfte im Haus. Sein unbedeckter Kopf und Teile seines Oberkörpers ragen durch die mittlerweile geöffnete Tür nach draußen und ruhen auf dem Schnee der Eingangsstufen. Wie es sich für Lappland gehört, herrschen auch in dieser Frühlingsnacht zweistellige Minusgrade.

"Was machst du denn?" frage ich Brian in besorgtem Tonfall und rüttle ihn an der Schulter. "Mir geht es gut!" behauptet der Ire, während er den etwas trüben Blick seiner gerade geöffneten Augen auf mich richtet. "Ich muss mich nur eine Weile ausruhen."

"Kein Problem!" entgegne ich, "aber wieso bist Du halb draußen?" Schwerfällig und offenbar nur bedingt orientiert hebt Brian sein Haupt etwas und blinzelt umher. Dann fällt es ihm ein: "Mir war warm!"

Da ich nicht davon ausgehe, mit den Inhalten einer medizinischen und meteorologischen Expertise zu ihm durchzudringen, beschränke ich mich darauf, Brians gefährdete Körperteile ins Warme zu ziehen und die Außentür zu schließen. Brian nimmt die fremdgesteuerte Lageänderung ohne Protest hin und widmet sich wieder seiner Bewusstseinstrübung. Vorsichtshalber lasse ich die Verbindungstür zum Flur jetzt einen Spalt weit offen, um etwaige Schnapsideen des Iren frühzeitig zu bemerken.

Es kommt zu keinen weiteren potentiell selbstschädigenden Manövern. Brian schläft über eine Stunde lang seinen Rausch aus und zeigt sich danach wieder in der Lage, eine andere als die horizontale Körperposition einzunehmen - wenn auch etwas unsicher.

Camillo, Leif und Pergamo stellen - als unsere Zusammenkunft weit nach Mitternacht endet - eine ausreichend nüchterne Begleitung dar, um die erfolgreich reanimierte irische Alkoholleiche nach Hause zu bringen.

Als ich am nächsten Morgen Leif begegne, steigt er grinsend vom Bulldozer, mit dem er gerade Schnee räumt. Auch er hat es anscheinend geschafft, die gute Laune der feucht-fröhlichen Runde über die Nacht zu retten. Immer wieder erstaunlich, dass Vertrautheit umso leichter wächst, je undeutlicher die eigene Aussprache wird. Das sagt vermutlich viel über die menschliche Natur. Wir haben jedoch beide überhaupt keine Lust, darüber nachzudenken. Statt dessen schwelgen wir in den Erinnerungen. Immerhin sind diese bei uns noch lückenlos vorhanden. Brian hat da wohl so seine Schwierigkeiten. Zumindest kriegt er noch so viel zusammen, dass er seine Augen demonstrativ-beschämt mit einer Hand vor unseren Blicken abschirmt, als Anke und ich ihm das nächste Mal begegnen. Peinlich ist ihm der alkoholbedingte Verlust seiner Körperspannung offenbar schon.

Bei Alkoholexzessen kennt also auch Lappland kein Wundermittel, das für eine verlässlich vertikale Körperhaltung sorgt. Ganz anders ist das bei Glatteis, auf das man in Kirunas winterlichem Stadtbild an nahezu jeder Ecke geführt wird. Beispielsweise gibt es für Verletzte Unterarmgehstützen, die Spikes an ihrem Ende aufweisen. Anke ist begeistert von dieser Entdeckung. Schon lange davor haben wir ein anderes Geheimrezept für den aufrechten Gang entdeckt, das wir beim ersten Mal allerdings als typischen Ausrüstungsgegenstand eines Seniors fehldeuten. Zunächst denken wir, dass Rollatoren in Lappland schwer angesagt sind.

Als wir dann genauer hinschauen, sehen wir, dass es sich um einen Tretschlitten handelt, der den von Eis- und Schneeglätte dominierten Alltag im hohen Norden elegant erleichtern kann. Er besteht im wesentlichen aus zwei parallel zueinander angeordneten Kufen, die fast zwei Meter lang sind und die ein nach oben gebogenes vorderen Ende aufweisen. Von der Mitte der Kufen zeigen annähernd senkrecht stehende Ausläufer nach oben, die wiederum durch eine etwa in Hüfthöhe angebrachte Querstrebe miteinander verbunden sind. An dieser Querverbindung halten sich die Benutzer mit den Händen fest, während sie sich - wie beim Tretroller - mit einem Fuß abstoßen. Schwungvoll und im wahrsten Sinne des Wortes leichtfüßig sausen sie dann an drei verdutzten Mitteleuropäern vorbei, die sich bei der ersten Sichtung vergeblich bemühen, einen nicht allzu dämlichen Gesichtsausdruck zur Schau tragen.

Die UGOs (Unbekannten Gleitobjekte) haben sogar einen eigenen Namen, seitdem sie vor rund 150 Jahren in Piteå von Betreibern einer Kühlhalle erfunden worden sind. Wahrscheinlich hatten die Verantwortlichen es satt, dass ihre Mitarbeiter ständig Arbeitsunfähigkeitsbescheinigungen einreichten, weil sie sich - schon wieder! - auf die Fresse gepackt hatten. Man nannte den Schlitten Spark. Er diente erstmals dort auf dem vereisten Untergrund der Lagerhalle als Fortbewegungsmittel. Der Funke seiner Benutzung sprang sehr schnell auf ganz Schwedisch-Lappland über, das in den Wintermonaten ja quasi eine unendlich große Kühlhalle ist.

Der Spark sorgt nicht nur für ein schnelleres sondern auch für sicheres Vorankommen. Darüber hinaus gibt es in Kniehöhe unterhalb der Lenkstange meist ein kleines Brett, auf dem man beispielsweise einen Einkaufskorb befestigen kann. Prinzipiell kann dort sogar eine weitere Person Platz nehmen, so dass der Tretschlitten dann sogar zwei Leute transportiert.

Überwiegend werden Sparks von älteren Menschen benutzt, die in der kalten Jahreszeit mit dem Schlitten verwachsen zu sein scheinen. Der Weg zu Freunden und Verwandten, der Gang zum Bäcker und zum Einkauf sowie der Ausflug auf den gefrorenen See, wo man sich beim Eisfischen auf das kleine Bänkchen des Schlittens setzen kann, werden mit ihm bestritten. In früheren Zeiten war es in manchen Gegenden Standard, dass Briefträger Sparks bei der Zustellung ihrer Sendungen benutzten.

Aber Skandinavien wäre nicht Skandinavien, wenn man sich nicht allerlei Kurioses rund um den Alltagsgegenstand ausdenken würde. Die Stadt Piteå hat es mit einer fahrenden Kolonne von über 1300 aneinander gereihten Tretschlitten ins Guinness Buch der Rekorde geschafft. Es werden Rennen ausgetragen, bei denen deutlich sportlichere Modelle zum Einsatz kommen. Dabei schlittern die Konkurrenten mehr oder weniger elegant, aber teilweise erstaunlich schnell über das Eis. Im finnischen Kuopio, in dem in jedem Februar ein Eismarathon für Schlittschuhfahrer und Biker stattfindet, gibt es alljährlich auch ein 40 km langes Rennen für Spark-Fahrer. Die mittlere Geschwindigkeit des Siegers liegt dabei regelmäßig um die 24 km/h - das ist deutlich schneller als die meisten Leute Rad fahren!

Dennoch gilt man nach der schwedischen Verkehrsordnung bei der Benutzung der Tretschlitten als Fußgänger und verlässt in der Regel die Bürgersteige nur, wenn diese zu gründlich vom Schnee geräumt sind. Wenn sich allerdings Tüftler die dunklen und langen Winterabende dadurch verkürzen, dass sie zwischen den Kufen des Sparks einen Reifen und den Antrieb des ausgedienten Motorrads montieren, dürfte auch der nachsichtigste schwedische Polizist keinen Passanten mehr in dem Benutzer erkennen. Allerdings weichen die Bastler mit ihren Fahrzeugen freiwillig auf die Flächen der Seen aus, wo sie halsbrecherisch mit über 100 km/h auf den dünnen Kufen stehend dahinrasen.

In einem Internetvideo schafft es einer der Wahnsinnigen innerhalb von vier Sekunden auf über 100 km/h, indem er einige Liter Wasser in einem angebrachten Tank auf über 400 Grad erhitzt und dann ein nach hinten gerichtetes Auslassventil öffnet. Durch den entstehenden Vorschub legt er einen ebenso ohrenbetäubenden wie wackligen Raketenstart hin, für den man auf Dauer vermutlich eine sehr gute Unfallversicherung braucht.

Um keinen Preis der Welt würden wir uns auf einen solcherart motorisierten Schlitten stellen. Uns reichen die weniger gefährlichen Alternativen vollauf. Auch nach rund einem halben Jahr fühlt sich der Vorrat an großen und kleinen Abenteuern, die uns dieser Ausschnitt der Welt zu bieten hat, längst nicht verbraucht an. Immer wieder entdecken wir Dinge, die neu und faszinierend für uns sind. Zeitgleich sind wir dankbar für das Gefühl, ein kleines bisschen hierhin zu gehören.

Am allermeisten aber freut uns, dass auch Moritz Frieden mit seiner Verschleppung gemacht hat. Auch ihm fallen mittlerweile sehr überzeugende Gründe ein, warum das verbleibende halbe Jahr in Alttajärvi schön werden könnte. Dabei scheint das für ihn wichtigste Argument weiblich sowie asiatischer Abstammung. Aber auch die Ausfahrten mit dem Schneemobil genießt er in vollen Zügen.

Vieles von dem bisher Erlebten nimmt schon jetzt einen festen Platz in der Rubrik "Unvergesslich" ein. Zu keiner Sekunde haben wir es bisher bereut, dass es uns hierher verschlagen hat. Erstaunlich ist auch, dass wir vom Winter gar nicht genug bekommen können. Das hätten wir vor unserer Abreise in Deutschland nicht gedacht. Wir sind geradezu erleichtert, dass wir bis einschließlich April immer noch etwa zwei Monate Schnee übrig haben.

Dieser Gedanke verhindert effektiv, dass wir Torschlusspanik entwickeln. Sowohl eine mehrtätige Skootertour wie auch eine ausgedehnte Skiwanderung stehen noch auf unserer Wunschliste. Jetzt, da die Temperaturen allmählich milder werden, können die Pläne hoffentlich bald umgesetzt werden.

Und wenn der Winter nach etwa acht Monaten weicht, ist es nicht mehr lang bis zur Mitternachtssonne und dem Mittsommerfest. Dann wird auch die Zeit kommen, in der man die hiesige Natur durch ausgedehnte Wanderungen erkunden kann. Dank des schwedischen Jedermannsrecht darf man dabei an jeder beliebigen Stelle sein Zelt aufbauen und auch ein Lagerfeuer in der Wildnis ist bei entsprechender Umsicht möglich.

Zahlreiche Nationalparks warten darauf, von uns erkundet zu werden. Eine Kanutour auf dem Vittangiälven nahe Nikkaluokta geistert schon seit Herbst letzten Jahres durch unsere Vorstellungswelt.

Diese Vielzahl an Ideen und Aussichten im Kopf versöhnen uns mit dem Umstand, dass die erste Hälfte unseres Lapplandabenteuers schon "verbraucht" ist. Hoffentlich bringen wir in den noch verbleibenden sechs Monaten alle wichtigen Flausen unter...[14]

---

14 Wie mein Schriftstellerkollege Walter Moers (**das** hört sich ja gut an!) schon ganz richtig anlässlich seines nie vollendeten Comicstrips "Der Gefangene der Karnevalsinsel" feststellte, sind Fortsetzungsgeschichten etwas zutiefst Widernatürliches. Insofern tut es mir besonders leid, dass ich zu diesem Mittel greifen muss. Glauben Sie mir: Es ist ein Notfall. Würde ich den Bericht in einem einzigen Buch fortsetzen, wäre der mir zur Verfügung stehende Rahmen definitiv gesprengt. Es wäre, als versuche man, acht Leute in einen Kleinwagen zu quetschen.
Falls Ihnen das Bisherige gefallen hat und Sie Lust auf den Rest haben, tröste ich Sie mit der Aussicht, dass die Arbeit zum geplanten Band 2 bereits in vollem Gange ist. Sollte das Nachfolgebuch niemals fertig werden, werde ich zu gegebener Zeit einen Termin und einen Ort bekannt geben, an dem Sie mich mit rohen Eiern bewerfen dürfen. Das macht ja vielleicht auch Spaß.

Vom selben Autor im FjällBunny-Verlag erschienen:

Amüsant und selbstironisch führt der Autor durch die Irrungen seiner sportlichen Midlife-Crisis. Zunächst gibt er den langsamsten Radrennfahrer, den Lüchow-Dannenberg je gesehen hat, erklärt sich daraufhin trotzig zum Extremradwanderer und entdeckt das Liegeradfahren. Er beschließt, als selbst ernannter Superheld völlig untrainiert vom Wendland aus zum Nordkap zu radeln. Auf den letzten 700 km begleiten ihn – ebenfalls auf Liegerädern – sein maulender dreizehnjähriger Sohn, der sich um seine Sommerferien betrogen fühlt, und seine Frau, der das Radfahren fast ausschließlich bei Bergabfahrten Spaß macht...

Erhältlich im Buchhandel (ISBN 978-3-00-058264-6) oder Bestellung an tomteparker@t-online.de